笼中的爱人

〔英〕蕾切尔·阿博特 著
李娟 译

Sleep Tight

天津出版传媒集团
百花文艺出版社

新经典文化股份有限公司
www.readinglife.com
出　品

目录

序曲

酒吧里人声鼎沸，熙熙攘攘。女孩脸上挂着笑，准备离开。笑声和喊声在耳边回响，她费力地打开沉重的大门，一阵冷风猛地灌了进来。她转身对每个可能正看向她的人喊了声“晚安”，只见几条胳膊举了起来，向她挥手道别，但大部分家伙不是继续沉浸在啤酒中，就是疯狂地打着手势，向任何愿意洗耳恭听的人分享他们的最新笑话。

门在她身后砰的一声摔上了，切断了那温暖的黄色灯光和年轻人纵情享乐的快乐声线。黑暗的夜笼罩着她，突如其来的宁静似是有形的一击，击中了她。有那么片刻，她站在原地，一动不动。

她在初冬的寒气中哆嗦着，把脖子上的围巾拉紧了些，环抱双臂取暖。她真得去淘一件喜欢的外套了，好在晚上外出时愿意穿着出门。想到自己的虚荣，她不禁微笑，并提醒自己：走回公寓只需一刻钟，只要走快点儿，很快就能暖和起来。

酒吧的门再次转开，一时打破了宁静，里面琥珀色的灯光泼洒到潮湿的人行道上。从温暖的酒吧传来的一阵响亮乐声中，她似乎听到有人在喊她的名字，但门一转，砰的一声又关上了，一切复归宁静。

在曼彻斯特这一区的街道上，零星的几个人步履匆匆，在拐上通往自家的岔道后消失不见。可怕的天气和初冬刺骨的寒意迫使人们今夜只能窝在家里，而谁又怪得了他们？

一对情侣在她前面不远处停下来接吻，女孩用胳膊圈着男孩的脖子，踮着脚尖，好把整个身体都贴在男孩身上，总算为这个夜晚带来了些许暖意。她望着他们，想到恋爱的感觉是多么美妙，不禁又笑了。最近才和男友搬到一块儿，她从来没有这么快乐过。

她走到主干道的交叉口，在十字路口等待。车辆稀稀拉拉，但作为进出曼彻斯特的主干道之一，这里从来都没有彻底安静过。

她趁着没有车匆匆过了马路，走向另一边更为安静的街道，远离了学生公寓和现代风格的房屋。他们在一栋维多利亚风格的旧房子里找到一套公寓时，她欣喜若狂。整个一层都是他们的，尽管还是有点儿脏，但他们已经在清理了。最棒的是，公寓位于一条宁静而讨人喜欢的林荫道上，使得那里的每一栋房子都有种私密感。

她拐进第一个路口。右边的小公园里通常总是挤满了玩耍的孩子，但在夜里的这个时候，里面一个人影都没有，只有一架孤零零的秋千在无声地轻轻摇晃。

平底鞋落在人行道上几乎没有声音，她有种与世隔绝的奇怪感觉。她朝路过的那些房子的窗子望去，大部分都被高高的篱笆墙遮住了，能看见的又都是黑乎乎一片，路上只有街灯死气沉沉的倒影，使得远处的那些房间给人一种无人居住的怪异感觉。

附近有人！这个念头突然偷偷向她袭来。她没有丝毫证据，既没有听到鞋的摩擦声，也没有瞥见什么黑影。完全是别的什么东西，那感觉就像有个人的眼睛在她的背上凿出了一个洞。她就是知道。

身体瞬间变得僵硬，每一条神经末梢都在刺痛。她是不是该跑？如果她这么做了，会不会成为让那个人追她、抓她的信号？她是不是该拐进某户人家的车道？但那人会在她赶到那户人家的门口前逮住她。

让对方知道自己察觉到了正在被跟踪会不会更好？如果转身去看，会不会刺激对方做出反应？她不知道。

但那人就在那里。她只是不知道对方离她有多近。

来不及多想，她飞快转头，但大街上空荡荡的。那人不在她身后？那一定在什么地方，她确信。她朝公园望去，想到了那架晃动的秋千。那人可能藏在那条没有灯光的黑暗小路两旁的灌木丛后，正与她并列同行。

那天晚上早些时候的一个片段突然刺穿了她的脑海。身处充斥喧闹笑声的酒吧中，有那么一刻，她感到不自在。她在吧椅上猛一转身，以为会看到紧挨着身后站着一个凶恶的陌生男人，但没有，甚至没有人在看她。于是她拂去了那种感受，让夜晚的快乐包住那令人不舒服的战栗，并从中挤出活力。但无济于事。她现在的感觉和当时一模一样。

公园的入口就在前面。如果对方在里面，要来抓她，这就是动手的最佳时机。她只有几秒钟的时间想对策。她要表现得若无其事，然后一走到和公园大门平行处就开始跑。如果有必要，她要尖叫求助。

还有两步，她就要到了。她放下双臂，垂至身体两侧。要走的那条路的拐角处就在前面，但那里更暗，深得她喜爱的那些树的粗树干在狭窄的人行道上投下深深的倒影，漆黑又光秃秃的树枝弯入夜空。

一步，两步——跑！

她没敢看公园敞开的大门，耳边只有自己沉重的脚步声和急促的呼吸声，听不到是否有人在追她。

距离拐角处只有十米时，情况发生了。她差一点儿就到了那里，差一点儿就到家了，差一点儿就安全了。

一个暗影从最后几棵黑黑的树后出现，一动不动，然后悄然迈开双腿，伺机抓她。

第一部　奥莉维亚

1

刺耳的门铃声打破了屋内阴郁的宁静，我停止踱步，心里涌起一阵荒唐的希望。是不是罗伯特回来了？他忘记带钥匙了吗？但我知道不是。我完全知道来的是什么人。

是警察，他们来这里是因为我打了电话。

我应该知道接下来会发生什么。我应该对罗伯特一直以来用言语之外的一切告诉我的东西有更透彻的理解。现在他已经带着我年幼的孩子们离开三个小时了，我身体里的每一根骨头和每一块肌肉都因失去他们而疼痛。

我的孩子们在哪里？

是不是出了什么事故？*千万不要。*

这个念头如有形的一击击中了我，我紧闭的眼睑后浮现出生动的画面。我睁开双眼，但还是能想象出他们坐在罗伯特车的后座上。那辆车被某个疯狂的司机撞出了马路，躺在一条暗巷的沟里，等着被人发现。我看到他们额头上全是血，我在内心里留意听他们的呼喊，只为了确认他们还活着。但除了从敞开的车窗传进来的鸟鸣，我什么都没听到。在这幅幻想的画面中，我没有看到罗伯特。

尽管那些画面阴森可怖，但我并不相信他们出了车祸。内心里，我知道可能发生了别的事情，而且要凶险得多。

我打开门，一个肩膀宽阔的年轻警察站在门口。他穿着防刺背心和短袖衬衣，看上去结实又能干。我知道他将要问我什么。我知道他们的套路，和上次不会有什么两样。

我对他认不认识我感到好奇。他知道今晚报警的奥莉维亚·布鲁克斯就是七年前因男友失踪而打电话报警的丽芙·亨特[①] 吗？这会让事情变得不同吗？

已经过去了这么多年，我还是会做有关那个可怕夜晚的噩梦，每一次惊醒，浑身都浸在冰冷的汗水中。当时男友打电话跟我说他正从大学实验室出来，很快就会来见我。回家的路并不远，但两个小时后他还没有回来，我忧心如焚，记得当时我紧贴着小女儿贾丝明，对她小声说："爸爸很快就会回来的，宝贝。"其实她并不能听懂，她当时只有两个月大。我不过是在自欺欺人而已。丹再也没有回来，我再也没有见到他。

我原本以为再也没有比那晚我感到的恐惧更可怕的事了，一小时接着一小时地等待，不知道亲爱的丹可能出了什么事。

但我错了，因为这一次情况要糟糕得多。这一次，恐惧如同一个坚硬的皮球，在我的胸腔、我的脑海、我的五脏六腑里四处痛苦地跳动。

警察理所当然想知道详情，他想弄明白我为什么这么担心。孩子们和父亲在一起，当然没什么可担心的，不是吗？你试过打他的手机吗？我认为自己没必要回答这个问题。

罗伯特是六点钟离开的。他说想带孩子们出去吃比萨。我本想和他们一起去，但他坚持说想单独和孩子们多相处相处。天哪！我不想承认，但我当时心中窃喜。考虑到我对他的感受，我觉得哪一天我们真的分开了，这对他来说将会是很好的锻炼，于是我就让他们去了。

他们离开后的一小时内我没有多想。我觉得他们不会那么快回来，于是我找事情做，让自己一直忙着。我知道罗伯特才不会吃什么比萨呢，

---

① "丽芙"是"奥莉维亚"的昵称，"亨特"是奥莉维亚结婚前的姓氏。

他必定想在孩子们都上床睡觉后和我共进晚餐。于是我开始准备红辣椒，这是他最喜爱的食物之一，作为他带孩子们出去的犒赏。

做完了能想到的所有事情，我回到客厅，感到里面空荡荡的。身边一个孩子都没有——这种情形从未有过，除非他们上床睡了。当然了，贾丝明已经上学了，弗雷迪才两岁，他整天都和我在一起，而比利虽然上了托儿所，但只在上午去。

房子给人的感觉空落落的，好像里面的空气都被吸走了，只留下一个冰冷、无声的空间。我用全新的视角打量着客厅——全新的、不满的我——我意识到我们创造的这个空间是多么枯燥无味。我们将中性色调的理念运用到全新的高度，在这里看不到一丝色彩，也找不到一件私人物品。没有一张孩子的照片，也没有一时兴起随手买的小玩意儿。这里的每一幅画都不是因为它唤起的情感被选中的，而是因为它纯粹的中性特征可以和这里单调的环境无缝对接。每一样装饰品都是以其尺寸选取的，为的是制造完美的平衡。还有，当然了，罗伯特不喜欢在这个房间里放玩具。

住在这里的人是谁？

可以是任何人。也许，对罗伯特来说，这种布置是在我的公寓套房里住了太久造成的不可避免的结果，在那里，橘黄色的墙壁和祖母绿色的展示品幸福地和睦相处，那些颜色散发着快乐。而这个房间给人的是什么感觉？

什么都没有。

我答完了警察的所有问题。我们已经断定罗伯特不会在饭后带孩子们走亲访友，罗伯特和我都没有什么亲人。我的父母几年前去世了，那时贾兹[①] 还是个婴儿。罗伯特一直都不知道父亲是谁，母亲在他还是个孩子的时候就去世了。我们俩也都没有兄弟姐妹。这些都是残酷无情的事实，我们无从选择。

①贾丝明的昵称。

但我怎么能解释我连一个他可能会带孩子们去拜访的朋友都想不出？我们怎么会变得这么与世隔绝？这么孤独？

我知道为什么。因为罗伯特想独占我，不想与人分享我。

在他提出想单独带孩子们出去时，我就应该知道有什么不对劲。他从来没有这么做过。要是我听了，认真地听了他所说的话，我或许就及时制止他了。

“奥莉维亚，”他说，“一个父亲带自己的孩子出去吃比萨没有什么奇怪的，对不对？毕竟，有些男人就独自抚养孩子。”

罗伯特是不是在试图暗示我什么？他是不是猜到了我的感受？如果这个人不是罗伯特，我也许会认为可能——仅仅是可能——他接受了我或许会离开他这一事实，并正在努力证明他一个人应付得来。但这个人不是别人。这个人是罗伯特，事情没有那么简单。

我想象了他们会在哪里的所有可能，每一种都让我充满恐惧。我不知道哪一种更糟糕：我幼小的孩子受了伤躺在某处，还是我害怕的另一种情况。我不敢把它说出来。

2

已经过十一点了。距离我把弗雷德温暖的身子抱在怀里、吸着他香甜的气息已经过去五个小时了，想到他会困惑，我就不能忍受。还有比利，他要睡觉了，他累的时候就会发脾气。还有我可爱的贾丝明，这会儿会想回家和妈妈待在一起。她从不喜欢我离她太远。对一个七岁大的孩子来说，她心思实在是太重了。

只要罗伯特把他们安全带回来，我就会打消所有打算离开他的愚蠢念头。我会学着忍受长期处于监视之下，只要我的孩子不受到伤害。

把他们带回来，罗伯特。

那些警察在搜索房子，就像上次我失去丹时一样，好像我会把自己的孩子藏到什么地方似的。他们出去敲邻居家的门了，把他们一一叫醒。他们看见什么了？他们知道些什么？

更多的警察来了，这次是警探。

“布鲁克斯太太？”我的思绪被一个声音打断了。我抬起头，目光与一个女人友善的眼神相撞。她看起来比我大不了多少，但肯定比我大，因为这里的每一个人都叫她长官。

“我叫你奥莉维亚你不介意吧？我叫菲利帕。我们已经给本地所有的比萨店打过电话，但没有人对你的丈夫和孩子有印象。”

“也许他们改变了主意，去了一家汉堡包店。他们可能那么做，对不对？”我是在抓住最后的稻草，我们都知道。

“你为什么不跟他们一起去呢，奥莉维亚？”

我该怎么回答这个问题？我不知道。他之前从来没有这么做过。我觉得必须编个借口，虽然我不知道为什么要这么做。“罗伯特觉得我看上去神色疲惫，可以趁机休息一下。他是想帮我。”

“你工作压力大吗？所以才会疲惫不堪？还是说孩子们折腾得你有点不得安宁？”

她认为我会伤害自己的孩子？

“我的孩子都很乖——我向你保证。我也没有出去工作，照看孩子和罗伯特就够我忙的了。”我只在怀上贾丝明之前正儿八经地上了几个月班。产假结束后，罗伯特叫我嫁给他，他压根儿就不想让我去工作。他想让我待在家里照看他，我觉得这未尝不可。但现在我不知道自己当初为什么会欣然做出那个决定，满足于当一个依附他人的人。

问题纷至沓来，但我只想冲他们所有人尖叫。别再问我那些愚蠢透顶的问题了！帮我把孩子们找回来！

“很抱歉不得不问你，奥莉维亚——你介意和我的一个同事去趟楼上吗？我们想让你检查一下孩子们的东西有没有什么不见了。衣服、最喜欢的玩具、书，你知道那类东西。”

什么？我瞪着她，一时说不出话来。东西怎么会不见？

我从沙发上撑起身子，僵硬的四肢挣扎着承受住体重，我感觉自己像个三倍于实际年龄的女人。我不知道他们在想什么，但这太荒唐了！为什么会有东西不见？这个念头如纸带一般在我脑袋里打转。

一名探员跟着我上楼，我认得他，但想不出为什么，不过那没什么大不了的。我决定从贾丝明的房间开始。她的房间很整洁，一眼就能看出她所有的东西都在应该摆放的位置上。

我朝她的床走去，揭开床罩，以为会看到贾兹的布娃娃洛蒂靠在枕头上，但没有。我掀开羽绒被。洛蒂哪儿去了？贾兹都七岁了还喜欢把洛蒂放到床上，但现在这里没有它的踪影。我极度痛苦地看着那名探员。他只是看着我，什么都没说。

我慢慢朝衣柜走去，几乎不想打开它。那名探员还在看着我。我轻轻拉着把手，好像动作慢一点儿就能改变结果。贾丝明的粉红色背包不在架子上。突然，我像发了疯一般，把衣架前后推动，拉开所有的抽屉。

“不——”我痛哭道，把一个音节拉长到二十个。我女儿的衣服哪儿去了？

我听到咚咚的脚步声逐渐接近，菲利帕出现在门口。她朝我走来，抓住我的手臂。她不必问——看我的脸色就知道发生了什么。我一直不想承认，但现在只能面对事实。

他带走了我的孩子。

3

汤姆·道格拉斯从办公桌前疲倦地站起身，把双臂伸过头顶。自从上司侦缉总警司詹姆斯·辛克莱由于身体原因提前退休后，汤姆在伦敦警察厅的工作变得大不相同了。新上司人很好，但太看重数字，难讨汤姆的喜欢。新上司招人反感不仅是因为他用铁腕掌握着财政，那是他的工作。对汤姆来说，新任侦缉总警司似乎也想靠数字来破案，就好像那是一个万能公式，只要按照既定的标准运用，便能无往不利。

汤姆最初来伦敦警察厅任职是为了离女儿露西近些，前妻凯特在他们离婚后就不辞而别，搬到了伦敦，他只能跟着。在许多方面，这份工作都是他梦寐以求的，但现在伦敦生活已不再有什么吸引力。凯特在新恋情告吹后又带着露西搬回西北部，于是这里再也没有什么值得汤姆留恋的了，他又一次思女心切。

他从椅背上抓起皮夹克，拿起钥匙。深夜的这个时间点少有生机，尽管死气沉沉的公寓无甚诱人，但他的确需要睡会儿，也需要填填肚子，至少他还能从烹饪中享受到乐趣。他开始考虑这顿深夜晚餐该吃些什么。

就在汤姆拧灭台灯的刹那，电话铃响了。他盯了电话听筒一会儿，犹疑不定，但他知道不得不接——只要电话铃响了，他从来就做不到不接。

“侦缉总督察道格拉斯。”

“汤姆，很高兴逮着了你。我是菲利帕·斯坦利。如果你能抽出一分钟，我想让你帮我查一点资料。”

她一自报家门，汤姆便知道这场对话将会持续很久，于是拖出椅子，重新坐下，把夹克和钥匙放回办公桌上。在他离开曼彻斯特前，菲利帕不过是他那组的督察，而现在已经晋升到和他平起平坐的侦缉总督察了。没有什么阻挡得了这个女人，她一定会攀上最高峰。

“嗨，菲利帕，很高兴接到你的电话。我能帮你做什么？”他问。

“我需要你回忆一下一起七年前的旧案子。当时你正搭警员瑞安·蒂皮茨的顺风车，中途他不得不调头去应付一个名叫奥莉维亚·亨特的女人，对方报警声称男友失踪了。”

汤姆知道和菲利帕不会有什么朋友间的叙旧——她这个人从来都只讲正事。他能清楚地想象出她的样子。她此刻肯定一如既往地穿着那套“制服”：露着脖子的白色衬衣，不会露出太多乳沟，笔挺的深蓝色短裙，好穿又不失优雅的鞋子——他母亲会称之为船鞋。她黑色的短发明亮耀眼，拢到耳后，除了一点儿口红外不施粉黛。她看上去总是整洁得无可挑剔，充满女人味儿，但一点儿都不性感，就算有那么一丁点儿，也早被她的傲气消磨得荡然无存。

“怪了，我还真记得。没错。我忘了当事人的名字，但如果我没有记错，她有个哭闹不停的婴儿，她固执地认为男友遭遇了不测。得知那失踪的家伙是个穆斯林时，瑞安表现得好像那人的身份就解释了一切。依他所见，我们肯定会在某个胡同里找到那个被痛殴的家伙——当然了，我们根本就没找到。因为他那态度，我还臭骂了他一顿，并向那个女孩道了歉。你需要知道什么？”

“我想知道你对她的印象——我说的是那个女孩。”菲利帕答道。

“为什么？发生什么事了？”汤姆问。这件事过去很久了，卷宗里应该详细记录了所有细节，但菲利帕肯定不会无缘无故这么问。

“我会告诉你原因的——但我不想影响你的判断。先把你记得的告诉我，然后我就会告诉你我为什么想知道。顺便说一句，我已经就这个和瑞安谈过了。他现在是探员了，天知道是谁做出了这个令人惊讶的决定。没有人认可他的聪明才智，他却自信心膨胀，而且还像一直以来那样无能。我想从你这里挖到料的可能性更大。”

汤姆不确定菲利帕是不是在明褒暗贬，但他决定不去理会。那个案子不是汤姆能转身就忘的，倒不是因为那个特别的夜晚，而是因为后来发生的事情。“就如我刚说的，我第一次见她是因为她男友——一个伊朗小伙子吧，我想——没有回家，她打电话报警。但当时不是很晚，我们真的以为他也许只是去酒吧了，会在凌晨一脸歉意地出现。但她男友严格遵守宗教信仰中关于禁酒的规定，所以，很显然，这个女孩知道不可能是那样，于是我们把他归为了失踪人口。但经过一番调查，我们发现他的信用卡上有些消费。他买了一张从曼彻斯特到伦敦的火车票，那天晚上晚些时候又订了一张去澳大利亚的机票。我记得他还给她发了一条短信，说很抱歉什么的。短信是从伦敦的希思罗机场附近发送的，你可以查到。我记得他好像没有赶上那趟航班，但因为他买的是一张可改签机票，所以什么时候走都可以。而一旦奥莉维亚收到他的消息，我们就没有理由去跟进了。”

“和卷宗里记录的完全吻合。你记性真不赖，汤姆。”

“好吧，”汤姆大笑一声答道，“如果不是几个月后她再次成为我负责的案件当事人，我不会记得这么清楚。我猜，你知道接下来发生了什么吧？”

“我看过卷宗，但还是由你来告诉我吧。”

汤姆顿了顿。他现在能回忆起奥莉维亚·亨特的样子了——她泪流满面，挂着一副凄凉的神情，使得想调查她的念头显得荒谬无比，但又不得不做。

“她卖掉了自己的公寓，打算搬去和父母同住——我觉得这是迫于无奈而非自愿。不管怎样，到了约好的那天，她开车去了父母家，去看看她爸爸为什么迟迟没有开他们租好的小货车去搬她的东西，结果发现双亲倒毙在床上。事实查明是因为热水器出现了故障，而进风口恰巧又堵住了，造成一氧化碳中毒。我们调查了此次事件，对奥莉维亚盯得很紧。在短短几个月内接连失去男友和父母似乎不仅是奇怪那么简单——尤其考虑到她的男友为那套公寓支付了一大笔定金，并把它放在她名下，而她又是父母遗嘱的唯一受益人。英国外交部试过寻找她男友的家人——我想他的名字叫丹吧？”

“丹纳什·贾罕德。”菲利帕说。

“没错，就是这个。他们想查明他家人是否收到过他的消息。以当时英国和伊朗的关系，这并不容易，我想两国外交部都没有查到什么。因为男友抛弃了她，只丢给她一个婴儿，奥莉维亚已经陷入震惊，在得知父母双亡时就彻底崩溃了。她说她父亲对安全重视到了多疑的地步，这样的意外根本说不通。”

“但没有她或其他人谋杀的证据。”

“没错。”汤姆说，“貌似就只是一场悲剧事故。奥莉维亚的神经彻底错乱了。就在那天上午，她把那套公寓卖掉了。她不能住在父母的房子里——她也不想，而且还要操心婴儿。但我记得买下她公寓的那个男人好像主动提出让她继续住在那里。那人有其他地方住，所以我想那人让她搬回去了吧，但我对那个人没有什么印象。”

“那人名叫罗伯特·布鲁克斯，后来娶了她。”

“好吧，这件事总算有了个好结果。”汤姆面带微笑地说，“但所有这些资料不都记在卷宗里了吗？我能帮上什么忙？”

“我需要知道你的看法。不是证据所指的，而是你对奥莉维亚的看法——你对她有几分信任？你认为她演了一出好戏的可能性有多大？”

“好吧，但你得告诉我为什么。”汤姆答道。

“因为我现在就和她在一起。这次是她丈夫罗伯特·布鲁克斯失踪了，还有她的三个孩子。”

4

他们想了解罗伯特，了解我们之间的关系。可连我自己都想不明白，又怎么能对他们解释清楚？我只知道在我人生中可怕的时刻，是他把我从危难中解救了出来。我先是失去了丹，两个月后又失去了双亲。他们死了，两个人都死了。

我不知道那个时候如果罗伯特没有走进我的生活，我会做出什么。当时他对我来说是个彻头彻尾的陌生人，仅是我公寓的买主，但不知怎么，他似乎理解我需要什么，并指引我度过了人生最黑暗的时光。

自从丹走后，我就整日过着行尸走肉般的生活。唯一刺穿迷惘的，是我意识到要卖掉丹和我一起居住的公寓。我凭一己之力承受不起那里，而且每一个角落都会让我想起他：我们从旧货店和跳蚤市场买来的家具，因免费而拿来粉刷厨房的难看得要死的浅桃红色油漆。每个角落和缝隙都有一段记忆。但我没有选择，贾兹和我将不得不搬回我爸妈家，尽管我很爱他们，但我不知道该怎么和他们相处。

当罗伯特在一个严寒的日子搬进公寓时，我还在那里，站在大厅，贾兹坐在婴儿车里，我们周围都是箱子，等我爸爸来。后来发生的事证实，我再也见不到爸爸了。

罗伯特似乎是唯一知道接下来该怎么做的人。他让我待在公寓里，自己回原来的地方住了几个月，他不想听到我试着去另觅住处。当他最终不得不搬进来时，又把多余的房间让给了我们。他甚至帮我办了丧事，并且卖出了我父母亲的那栋平房。

我知道自己应该感恩戴德，我也的确这么做了。我不知道当时如果没有他，我怎么应付得来。但他习惯性的沉默、要求他为我们所做的一切都要得到赞赏和认可的态度越来越令人筋疲力尽。

他总是在注视、观察我，甚至在孩子们调皮地逗我笑的时候，他也不看他们。他的目光总是停留在我身上，我笑他就笑，如果我从房间走出去，他就目送我出去。我能感到他在盯着我。我回来的时候，他还在看着门，好像他的视线一直没有离开过那里。

这就是我们没有朋友的原因。在极少几次我试图融入其他夫妇的场合，罗伯特的目光一刻都不曾从我身上挪开过。如果我跟一个女人说话，他就要知道我说了什么，然后在回家的路上我就被迫忍受审讯，直到复述完每一个字。如果我和哪个男人说话，他就会立刻出现在我身旁。

多年来，我第一次渴望见到苏菲。苏菲是我最亲近的姐妹，我脑海中清晰地浮现出她带笑的双眼，这段记忆如一道明亮的白光从我心头闪过，转瞬又消失了。

我一遇到苏菲，她就把我带进了她的世界，然后一切就变得有趣起来，生活成了我们的探险。我曾真的相信我们的友谊会持续到永远，但苏菲唯一的志向就是参军，离开大学后不到几个星期，她就去了桑德赫斯特[①]开始训练。突然，她不再是我每日生活的一部分，此后再也没有人填补她的位置。

所以现在我孤身一人在这里，心里只有一个念头。

我的孩子们在哪里？

我能感觉到警察越来越担心了。已经是早上了，但从昨晚到现在，没

①桑德赫斯特皇家军事学院，是英国培养初级军官的一所重点院校。

有丝毫进展。我不停地颤抖，双手湿冷、笨拙。每次有人试图用咖啡或茶来“引诱”我时，我都只能拒绝，因为我怕自己连杯子都握不住。气氛有了变化，变得急迫了许多，我知道他们是真的在担心我的孩子。

菲利帕告诉我他们在查看主干道上的摄像头。我知道最初的二十四小时有多重要，尽管她足够仁慈，不想提醒我这点。

当警方发现孩子们的一些衣服不见了时，就开始问我护照的情况。我知道警方认为罗伯特劫持了孩子并把他们带出了国，作为某种荒唐的监护权之争的一部分。但孩子们没有护照，我也没有，我们不出国度假。我们喜欢安格尔西岛，那是北威尔士海岸附近的一座岛屿，开车去只要几个小时，我们知道来回的路。

菲利帕又走过来挨着我坐下了，她这么做的时候我很担心，总觉得会有不好的消息。

“奥莉维亚，我觉得该把你孩子失踪的消息通知媒体了。我知道他们是和自己的父亲在一起，但我们没有查到他在哪里。你昨天晚上给了我们一张孩子们的合影，你能帮我们再找几张照片吗？单人照和合照都行，也许会有用。”

我站起身，希望双腿能承受自己的重量，走到餐柜前，拉出装照片的盒子。我拿不准自己有没有勇气去看它们，一想到孩子们的样子，看到的一切便都是痛苦的。当然，如果真的发生了事故，这时候应该已有人发现他们了吧？也许他们正在某处的一家医院里哭着喊着要妈妈，并纳闷我为什么不在他们身边。我怎么会想到那里去呢？我知道压根儿就没有什么事故。

我拿着盒子往餐桌走。有人把一件外套丢在了地板上，衣服皱成一团。笨拙、恍惚的我不小心绊着了，所幸有人及时拉住了我，但照片撒了一地。

我认出那个抓住我胳膊的男人了，之前居然没有想起来，丹没有回来的那天晚上他也来过。我不喜欢他，他把床底下和衣柜里都搜了一遍，好像丹会藏在那些地方似的。不过他们应该是照章办事。我一直想不起他的名字，直到我听到菲利帕问：“那是你的外套吗，蒂皮茨探员？”

蒂皮茨。完全吻合。那个名字听上去有点刺耳，他长着一张老鼠脸，鼻子尖尖的，眼睛小而圆。我不禁为这次不是由他负责而感到高兴。

我把视线从他脸上挪开，移到地板上的一片狼藉上。这件事虽小，但差不多足以将我打倒，我抓住沙发背来支撑。孩子们的照片在散落的一堆杂物中笑着仰望我。

最上面是一张丹纳什的照片。我已经克制自己不去看他的照片太久了，此刻，我贪婪地看着他的每一个细微之处，强压住了一声喘息。他那黑色的卷发从脸庞往后梳，刚好垂到领下，深棕色的眼睛闪烁着笑意，咧着一张大嘴，微笑着低头看着一个甜美的年轻女孩。女孩一头金色长发，一双明亮的蓝眸，戴着一顶米色的羊毛混纺帽子，帽子的一边扣着一个亮晶晶的搭扣。

菲利帕看着我，然后把目光移到那张照片上。“那是你，对不对？”她问，几乎不能克制声音里的难以置信。是的，那个是我。

那时我对帽子有点儿痴迷，还曾试过劝苏菲戴帽子——甚至主动提出把我最喜欢的黑色浅顶软呢帽借给她，但她说她唯一会戴的帽子就是军官帽，还得是在逼不得已的情况下。

我突然想到罗伯特不仅从来没有见过苏菲，也从来没有见过丽芙——他只遇见了奥莉维亚——这个切合实际、普通乏味版的我。

我看着丹的照片。他会怎么看待现在这个站在他面前的人？我依然留着长发，只是引人注目的金黄色已经褪成了令人愉快的淡棕色。我过去喜欢选择最明亮、最有活力的色彩，这个嗜好改变了，连同我对危险和刺激的喜爱。苏菲和我一起做过一些疯狂的事情，丹通常都会在一旁为我们欢呼。我们做的事五花八门，从为慈善举办跳伞活动到从桥上蹦极，不一而足。但我现在意识到我已经习惯了平庸。我是怎么让这种转变发生的？我怎么会失去了自我？

内心深处有个小小的声音在对我说，如果孩子们会回来——不，当他们回来的时候——我必须找回自己当初的模样。我必须找到一种方式去重新发现自我，也许枯燥无味的那个人根本就不是罗伯特。

我把丹纳什的照片塞进牛仔裤口袋。我觉得罗伯特回来的时候不想看到它。因为他会回来——他必须回来。

我不敢相信我居然睡着了。尽管客厅里满是人声，但我不肯回卧室躺下，我想肯定是我累极了——要不就是身体再也扛不住更多压力。

我醒来的时候，听到一连串对房间里的每一个人发号施令的声音。突然，说话人的语气里没有了之前缓慢、沉重、克制的担忧，取而代之的是一种振奋人心的兴奋感。

“取消新闻发布会。什么都不要透露，我们稍后会告知他们详情。”

我想他们还没有意识到我醒了，但紧迫感迫使我挣脱了最后一丝睡意。内心的空虚开始被一种我只能相信是希望的奇怪感觉代替，我挣扎着坐了起来。菲利帕注意到了，朝四周扫了一眼，示意大家噤声。他们看懂了她的暗示，在她挨着我坐下的时候离开了。

“奥莉维亚，我们收到了一些好消息。你丈夫的车在北威尔士被摄像头拍到了，从画面上看，孩子们和他一起在车上。是几个小时以前拍到的，从那以后我们就再也没有看到他，但我们已经通知当地警察去找他了。”

我松了口气，首先想到的是他们还活着。谢天谢地。接着我突然感到眩晕。哦，不——不要那么做，罗伯特。“他在哪里？在北威尔士哪里？你确定是他吗？”我知道菲利帕能听出我声音里的惊慌，但她依然冷静。

“他正在跨过梅奈大桥进入安格尔西岛。那肯定是他的车。你能想到他会去哪里吗？从那之后就再也没有摄像头拍到他，这很不寻常。”她担忧地看着我。

“他会走小路。”我告诉她，“他总是说，有其他有趣得多的路可走却老是走主干道是个错误。”我忍不住了，不得不问，“他能一直走到霍利赫德岛都不会再被摄像头拍到吗？”

“我知道你在想什么。你在想渡船码头，对不对？”菲利帕靠过来，握住我的手，“别担心，我们派了人去仔细查看所有的船只。他进爱尔兰虽不需要护照，但需要某种形式的身份证明。目前还没有人以他的名字预订过什么。”

她把身子转了四十五度，好侧对着我。我集中注意力看着她，专注于面前能看到的，而不去注意脑海里那个试图发出尖锐警告的铃声。

“你有什么没有告诉我吗，奥莉维亚？”她问道，“你是不是知道他可能去哪里了？”

我如果不去想会感觉更安全，但现在我必须面对我们第一次去安格尔西岛的回忆。罗伯特带我们一家子去了霍利赫德岛西边的南栈灯塔，我们站在那里眺望大海，一股冷风猛烈地把我的头发从脸庞向后吹去。我爱极了那种充满活力的感觉。我凝视那巨大的碎浪花，聆听它们撞到下面岩石上的声音，思绪飘到了千里之外。就在那个时候，罗伯特告诉我，那一年的早些时候，一个男人就是从那里的峭壁上跳下去自寻短见的。

“这是完美的死亡之地。”他说。

我记得很清楚。我扭过头，一脸迷惑地看着他，只见他凝视着远方汹涌的海水。

“如果我失去了你，这就是我要来的地方，这会是铭记你的美丽的地方。你非常清楚我不能忍受没有你的生活，对吧？”他说。

但我还在这里。他一直都怀疑我在考虑离开他吗？他不会的——至少，我不知道他怎么会这么想。我闭上眼睛，试图遏制恐慌。喉咙里溢出一声啜泣，我在沙发上蜷缩成一团，尽最大的努力去抚慰痛苦，驱赶心头的那段记忆。

5

这种等待——带着不确定和无能为力的挫败感——令人难以忍受。菲利帕不准备带我去安格尔西岛，我苦苦相求。她坚称当地警察对询问调查进行了最佳安排，他们了解那块地方。无论我说什么或做什么似乎都不可能改变她的看法。愤怒、挫败的眼泪不停地顺着脸颊汹涌地往下流，我用湿透的手帕按住双眼，试图隔绝房间里的声音，专注地想象孩子们的脸，小声说着他们听不到的安慰和让他们安心的话，希望他们能回到我身边。

透过啜泣声，隐隐地，我听到那些说话声又有了变化。这次不一样，没有断断续续的指示或目的感。随着一声长长的叹息，房间里的呼吸似乎都被带走了。我无法分辨那是一声惋惜、悲痛的叹息，还是完全不同。

我感到沙发另一头被压住了，有人坐到了那儿，把我的湿发往后抚去。我听到一个声音，但听不清说了什么。

"我们找到他们了，奥莉维亚。他们没事。你丈夫和孩子们都没事，他们正在回家的路上。他们都安然无恙。"

我能听到菲利帕声音里的笑意，我很高兴有事让她开心，但我过了好一会儿才明白过来。"什么？"我颤抖着问道，"他们在哪儿？你确定他们都好好的？"

菲利帕伸出手来握住我的手捏了捏，让我安心。"他们是在安格尔西岛的一张床上被发现的，他们还在那里吃了早餐。你丈夫说，那是你们经常去的地方。”菲利帕亲切地看着我，“他们很好。你没什么好担心的。”

我还没来得及完全消化孩子们毫发未伤、正在回来的路上这个事实，更别提其他具体情况了。我注意到蒂皮茨探员正在收拾包，其他人好像已经都走了，只有菲利帕和蒂皮茨还在。他们也要走吗？我不认为罗伯特回来的时候我能独自应对。我惶恐地四下看了看，菲利帕好像看出了我的心思。

“别担心，奥莉维亚。蒂皮茨探员会在这里陪着你，直到你丈夫回来。”

我惊慌地注视着她。我不能从那个男人身上感到一丝同情，我不想让他留在这里。“你不能留下来吗？”我相当无助地问。

她看了看我，又看了看蒂皮茨探员。我能看出她很不解，我一下子明白了，这应该是低级警察的工作，但在这个时刻，我觉得菲利帕是我最亲近、近乎朋友的人。她对我微微叹了口气，声音几不可闻。“好吧，我原本只是想回家看看我的猫，然后睡几个小时。你去吧，瑞安。你先走。”她转向我，“好吧，奥莉维亚。我哪儿都不去，我会留下来陪你。”

我看着她，知道自己的眼神看起来肯定很狂乱。我心乱如麻，不知所措，但又为得知他们是安全的而如释重负。

“你为什么不上楼去赶紧洗把脸？这样孩子们就不会看到你这么紧张不安了。”她柔声建议道。

天哪！我看起来肯定可怕极了，我的头发摸起来像打结的稻草。

我的双腿还在抖个不停，菲利帕扶我站起来，领着我朝楼梯走去。“你撑得住吗？”她问道。但我必须撑住，我得在孩子们回来前打起精神。

我拖着疲惫的身子上了楼，走进浴室，瞥了一眼镜子里的自己：眼睛通红，眼四周是糊掉的黑色染眉膏，脸上污点斑斑。我仍想哭，于是坐在马桶座圈上，放松地啜泣起来。谢天谢地！

他在干什么？他在想什么？

眼泪渐渐退去，我站起身，试着重修面容。我刷了牙，梳了头，往脸上拍了些极少用的粉底来遮盖糟糕透顶的疹块。没有什么能掩饰通红的眼睛，但没准儿孩子们不会注意到。

接下来一个小时我都坐在沙发边沿，双膝并拢，紧握着双手，来回扭动揉搓着，怎么都没法停下来。

接着我们听到了车开上车道的声音，车子转弯的时候车头灯在墙壁上投下了一道淡淡的光。我飞快地从沙发上站起来，一把打开门。

罗伯特张开双臂从车道上朝我跑来，我模糊地听到他在对我喊着什么，但我从他身旁躲开了，我现在没有时间理他。

我只想见到我的小宝贝们。

6

我不想离开孩子们。我想把他们都集中到一个房间里，自己躺在门口的地板上，这样就没有人能靠近他们了。

我最后恋恋不舍地看了一眼两个儿子，在他们温暖的额头上各印下温柔的一吻，惊叹于他们熟睡时天真无邪的美丽，然后蹑手蹑脚地朝贾丝明的房间走去。她知道有什么不对劲，因为尽管我拼尽全力克制，但在朝车子跑去和紧紧抱住孩子们小小身子的时候还是忍不住掉下了眼泪。令我欣慰的是，她快要睡着了，洛蒂紧贴着她的脸颊。

我跪在贾丝明床边，轻轻地把落在她脸上的头发拨向后方。“好好睡，小宝贝。”我轻声说。

没有听到一丝声音，但我知道自己正被监视。我扭过头，看到落地灯从后面勾勒出罗伯特的轮廓。他的脸躲在阴影里，但我知道他在笑。他转过身，我听到他朝楼下走去，菲利帕还在那里等着。我不想去，但知道必须跟着他下去。

菲利帕很好心，但还是问了一些尖锐的问题，其中大部分似乎都是针对我的。“奥莉维亚，你丈夫说你知道他带孩子们去度周末了。你是不是忘记了？”

罗伯特一脸焦急，好像在担忧我的身体状况。他试图挨着我坐在沙发上，但我站起来走开了。我连看都不想看他一眼。

他朝菲利帕做了个只能被形容为抱歉的表情，好像他需要为我惊人的举动表示歉意。

“我没有忘记。他说他带孩子们去吃比萨。”我紧咬牙关，清晰地吐出每一个音节。

“亲爱的。”罗伯特走过来坐在我的椅臂上，抚摸我的头发。我想推开，但又担心这会让我显得更加精神错乱。“是你帮他们把东西装进包里的。你不记得了吗？我怎么会知道一个两岁的孩子需要什么？”

我不能推开罗伯特，于是再次跳了起来，走到我们从来没有使用过的假火炉前。恐惧和惊慌化为怒火，我猛转身，愤怒地盯着他，对着他的脸摇手，用食指指着他，以强调自己说的每个字。“我还以为你们都死了。”我的声音嘶哑了，远远没有达到我想要的效果，“你怎么能这么做，罗伯特？你怎么能？”

罗伯特转向菲利帕，对她大幅度地耸了耸肩，伸出双手，手掌向上，好像在说：“你看出我被迫忍受什么了吧？”

在我激动的表现后不久，菲利帕就决定离开了。当罗伯特走开帮她拿外套时，她握了握我的手，轻声说：“如果有什么让你担心，奥莉维亚，打这个电话就能联系到我。有需要就给我打电话。”说着递给我一张名片。我赶在罗伯特回来前飞快地把名片塞进了口袋。如果被他看到，他会拿走的。

罗伯特送菲利帕出去，然后满面笑容地回到客厅，看起来对自己很是满意。

我总是自以为聪明，但显然还不够。罗伯特是这个家的主人。短暂爆发的愤怒慢慢消退，取而代之的是恐惧。我畏惧丈夫，为不知他会做出什么来而害怕。

“你为什么要那么做，罗伯特？”我已经猜到了答案，但仍这么问道。我能听见自己的声音在颤抖，罗伯特会知道我那阵恐慌已经过去了——随之而去的还有我熊熊燃烧的怒火。我很害怕，我能在他的双眼里看到满足。

“做什么？我只是带孩子们离开几天，我不知道你怎么会忘记了。”他试图装出一副不解的神情，但他知道糊弄不了我。

我转身离开他，看见他就令我无法忍受。当我开口的时候，声音几不可闻。“你知道我没有忘记。你们根本就不是去度周末，你们是要去吃该死的比萨。”

我通过镜子观察他，看到他的嘴角微微扬起。崇尚暴力不是我的天性，但如果此刻我有武器，我发誓一定现在就结果了他。

他双手朝我的肩膀伸来，我好不容易才克制住，没有因他的触碰而退缩。他把我的身子扳过来，望进我眼里，好像那样就能让我相信他的鬼话。“我根本就不是单单去吃比萨。你知道的。”罗伯特把头歪向一边，就那么看着我，“我很好奇这会不会就是一个离婚女人的感受。每次孩子们跟父亲出去，她就不知道他们在做什么或去了哪里。他们可能去任何地方，她只能想象。”

我像个孩子似的抬手捂住耳朵，不想听他说的话。我想离开这个房间，但他挡在我和门之间，他还在说着，还在告诉我我是他生命中唯一重要的东西。

他抓住我的胳膊，把它们拉到我的臀部，我没有试图去抵抗。他站得非常近，近到我能看清他皮肤上的每一个毛孔。

他凑过来，在我耳旁低语。我感觉到他的呼吸热热地喷在我脸上：“如果你离开我，奥莉维亚……”

第二部　两年后

7

周五

汤姆·道格拉斯走进酒吧时，里面一片喧闹，他的组员们正在庆祝最近打的一场胜仗。很难从喧闹声中分辨出每个人的声音，但是快乐的庆祝声总是会让人有种特别的感觉。交谈声越来越大，人们的语速也越来越快，奇怪的大笑声穿透原有的嘈杂，这是放肆的狂欢庆祝夜。

汤姆从伦敦警察厅辞职后，在柴郡短暂地休息了一阵，现在已经回到曼彻斯特好几个月了。他很喜欢自己的新工作。他接手了一个很好的团队，不过他知道里面还有一两个让人伤脑筋的组员要处理，这件事已经刻不容缓了，但是在他们快要破了大案子的紧要关头搞分裂实在是个错误。他们两年来的艰苦努力今天终于有了成果，其中大部分努力是在他加入这个团队前就有的，他们终于找到了可以逮捕一个连环强奸犯的铁证。

汤姆一边推开人群往吧台走去，一边挥手问候团队的每一位成员，在空中打着他们都懂的手势：要喝一杯吗？好几个玻璃杯举了起来，组员们纷纷用食指示意能再满上就再好不过了。汤姆转向酒吧侍应生，问道：“我把信用卡放你这儿，可以叫人不停过来给他们续杯吗？”

汤姆有钱并不是什么秘密，不过大多数人都不知道他的钱是从他哥哥那边继承来的。汤姆觉得他的组员们应该畅饮一顿，他也很开心自己能够为他们买上几轮酒。组员们都工作得很卖力，那个用刀尖胁迫女孩并因为警察找不到证据而对他们比画胜利手势的混蛋看来要消失很长一段时间了。想到曼彻斯特现在是个比较安全的地方，汤姆很高兴，但他还没有蠢到认为总体上会有很大的改观。案子总是那么多，而且要做的总是越来越多。

汤姆决定就在这里待一个小时，然后留下他们继续庆祝。虽然大部分组员在他身边能适度放松，但是那些较年轻、职位较低的组员——可能除了狂妄自大的瑞安之外——都有点怕他，他走后他们应该会玩得更开心。

不管怎么说，他心中为要不要去见利奥斗争得厉害。他们的关系出现问题已经有些日子了，但两人似乎都还没有准备好打破感情的僵局——如果硬要说这算一段感情——看来这事儿得由他来办了，这可不是第一次了。

利奥诺拉·哈里斯对汤姆而言意味着快乐和痛苦。他们相识将近一年，他一直希望两人的关系可以变得亲密些。在买下利奥姐姐家旁边的那栋小屋时，他完全没想过要开始一段新的恋情。事实上他当时最不想考虑的可能就是一段新的恋情。但利奥和其他女人太不一样了，她像箭一样正直，并且坦率到让人痛苦的地步。她有过不幸的童年，因父亲的漠不关心而伤痕累累。利奥很明确地表示,她会和所有男人保持一定距离，但汤姆很希望自己是个例外。

利奥有一些特别之处，她气质独特，身材高挑苗条，散发着一股漫不经心的优雅。她很努力地想要表现得尖刻一点，以此掩饰脆弱，但汤姆从未被她骗住。

他早就知道想要亲近她没有那么容易，但还是希望能以持之以恒的真诚和尊重来打破她长久以来对男人筑起的壁垒。但她实在难以攻克。他们的关系每前进两步，就会后退一步——有时候他觉得是前进一步，然后又后退两步，而且他一直处于后退的境地。她看起来是想见到他并和他在一起的，但突然间又会筑起防备将他推开，消失不见，这种状况有时候甚至会持续好几个星期。他怀疑但不确定她是在考验他。这样的情况还要持续多久？

利奥一开始就很明确地说不想谈感情，做爱是另一回事，但他不能认为做爱会让他们成为一对，也不能认为有了第一次就会有第二次。

汤姆长出了一口气，他不能这样生活，不能不清楚自己是不是正处于一段恋情中，一切都按照她的要求来。虽然她并没要求都听她的，但他知道，一旦他们做爱了，他就输了。对利奥，他一直尽量保持清醒，过于亲密会让他失去理智。

“长官！”一声喊叫将他从沉思中惊醒。他转过身，看见组员们正举着杯子向他敬酒，他从吧台上拿起酒杯回敬。“干杯！”他们齐声喊道。这种感觉真不错，这样他就可以不再想利奥，或许今晚就不用特意绕路去见她了。他不想玩游戏，那不是他的风格。如果将自己正在外面庆祝一事打电话告知利奥，她应该会觉得无所谓吧。为了让他知道他们不用对彼此负责，她应该会说：“你没必要打过来，你不出现，我就会当成你很忙。”冷血的女人啊！

汤姆感到口袋里的手机在震动。说到冷血的女人，这里还有一个——他的上司侦缉警司菲利帕·斯坦利。从她开始在他手下工作起到随后的几年里她变得越来越严肃了，近乎到了爱摆官架子的地步，不过职位倒是一升再升。汤姆真心希望她打来是为了祝贺他们这次出色地完成了任务，但也知道这是不可能的。她会很正式地祝贺他们，但不会挑他在酒吧的时候特意打过来。

他将手机举到耳边，知道自己不可能听清她在说什么。“稍等一下，菲利帕，我到外面去说，这里太吵了。”他将啤酒杯放回吧台。他不喜欢喝啤酒，所以不觉得有多可惜，但单独给自己点杯红酒又不太好。推开挤到吧台旁要免费酒水的人群，汤姆好不容易才站到酒吧外的人行道上。

“抱歉，菲利帕。我们在开庆祝会，所以我刚刚没听清楚你说了什么。”

“现在听得到吗？”菲利帕问道，完全忽略了他刚提到的庆祝会。

“可以了，很清楚。有什么事吗？”

“我想你应该知道我们接到过一宗失踪案。我们派了一个人去做风险评估，这个巡警看起来是个酒囊饭袋，但好在记忆力不错，所以他才能在资料进入系统前就记下来给了我。”菲利帕略一停顿，汤姆等待着，知道她还有话要说。“你还记得几年前你在伦敦的时候我给你打过一个电话吗？让你回忆一个伊朗男友消失后，父母也紧跟着去世了的女孩。”

“我记得。她丈夫带着他们的孩子们去了某个地方，没有回家，对吗？我记得你还发了封电子邮件告诉我他们后来都安然无恙地回来了。是不是现在发生了什么事？”汤姆问道，他知道她不会无缘无故地打过来提这个旧案子。

“这次是那个丈夫出差回来后，报案说妻子奥莉维亚和孩子们都失踪了。”

*该死的，这个家庭到底是怎么了？*汤姆用手梳起短发。“这次是来真的还是又是浪费资源？过去没有人真正失踪，对不对？我们像傻瓜一样到处跑，结果却只发现自始至终都有无懈可击的解释。”汤姆说，“表面上看奥莉维亚的生活是由一连串失踪组成的，但对我来说更像是一系列交流问题。这次你怎么看？我认为你不相信这不过又是一场愚蠢的游戏，否则你不会打电话过来。你听上去很担心。”

他能听到电话那头的一声叹息。在调查的这个阶段，通常这种事不会让一个侦缉警司烦恼，但他感觉到她很担忧。

“菲利帕？”他问，催她做出反应。

“去调查的警员说，情况很怪异。她的车在车库，手提包在厨房。如果她只是不告而别，那她没有带钱包、衣服和孩子们的任何东西。没有人会两手空空地离开，所以我不确定该作何想。我们的人，我想应该是米歇尔警员，当然了，还在调查现场。他已经做了基本调查，但我们需要派个级别更高的人去核实。”

“她失踪多久了？”

“她丈夫不知道。他声称确定今天早些时候妻子还在家，但下午他到家的时候，他们就不见了。现在十点了，他在八点左右打电话报了警。他们最小的儿子才四岁大，所以他不相信妻子会让小儿子在外面待到这么晚。但她以为丈夫明天才会回家，所以也有可能什么事都没有。”

“但你不那么认为。”这不是个问句，汤姆从她的语气中得出这个结论。

“上次，就是在她丈夫和孩子们没有回家的那天晚上，她说了些话。我是因为那件事才被牵涉其中的，就跟她单独谈了谈。她当时不停地重复同样的话：‘他不会那么做的，告诉我他不会那么做。’”

“不会做什么？”汤姆问。

“我不知道，她不肯告诉我。但无论是什么，那件事都把她吓得六神无主。坦白跟你说，汤姆，从那以后，她说话时恐惧的表情就一直萦绕在我心头。”

8

汤姆推开人群，挤回拥挤的酒吧，双眼搜寻着贝基·鲁滨逊的身影。几周前，发现她申请了大曼彻斯特警队的侦缉督察职位时，他高兴得不得了，但看到她本人时就没有那么开心了。她太瘦了，两只眼睛好像凹进了脸颊。他思忖着不知道今天有没有机会弄清楚是什么把她折磨得不成人形，她显然被那桩遭遇彻底打垮了。

和贝基在伦敦共事的日子让他乐在其中。当时贝基是他手下的警员，他发现她头脑灵敏，洞察力极强——正是这起案子里他需要的人。但他得确定她应付得了。

贝基手里紧抓着一杯看似橙汁的饮料，和其他组员站在一起，微笑着，但双眼空洞无神。汤姆扬了扬手，贝基和其他几个人扭头看过来。他示意贝基过来，她像是如释重负般转身把玻璃杯放在最近的餐桌上。没有人因未得到他的召唤而露出失望的神情。

“长官，你找我？”她乌黑的眼睛朝他望来。

“我们接到一项任务，贝基。一个女人和三个孩子失踪了。我去付了酒钱就来，路上告知你详情。你愿意接吗？”

“没问题。你想让我开车吗？”贝基问。与此同时，汤姆朝酒吧服务生招手，做出签字的手势。

“多谢，不用了。”汤姆答道，记起在伦敦当差时贝基几次令人神经紧绷的驾驶经历，“来坐我的车吧，办完后我会叫个人顺便送你回去。”

他们默默穿过马路，朝停车场走去。汤姆遥控开了锁。一直等到两人都坐进车里，系好安全带，发动了汽车引擎，他才开口。他侧过脸看了她一眼，她却笔直地凝视着前方，显然不想和他有眼神交流。这完全不像她的性格。

“贝基，你知道，你申请来曼彻斯特工作，我很高兴。当你得到这份工作时，我更是开心。现如今要调动并不总是那么容易，阻力很大，这点我们俩都心知肚明。但你究竟是怎么了？你变了，看上去就像被人击中了要害，希望你不会介意我这么说。”

“多谢。”贝基说。她总算露出了一丝笑意，汤姆能感觉到她紧绷的脊椎放松了一点儿。“不过我没事。我很高兴能离开伦敦，而且我真的不想谈它，就算对你也不愿意。如果这会影响到我的工作，那就请告诉我，长官。否则的话，我们能不能不再提这个了？其他人不知道我的过去，所以他们说不定以为我一直都是这副可怜相。我倒宁愿是那样。”

汤姆慢慢点了点头，把车开出停车场，转向布鲁克斯家的方向。他知道这种感受，如果贝基不想告诉他，那他就言尽于此了。“好吧，我希望你明白，如果你愿意，什么时候跟我谈都可以。你知道我决不会向外透露一个字。顺便说一句，只有我们俩的时候，叫我汤姆就行了。对我，你不需要总是那么正式。”

“好吧，明白了。你现在是打算告诉我案子的事还是怎样？”她问，过去那个略微有点儿冒失的贝基似乎回来了。

汤姆一边开车一边把菲利帕所说的关于罗伯特·布鲁克斯两年前失踪的详细情况都告诉了她，然后又回忆了一遍约九年前他第一次和奥莉维亚·布鲁克斯见面的经过。“当时直觉告诉我那件事有些地方不对劲，但我记不起来到底是什么。我当时和瑞安在一起，他不过机械地问了一遍情况，问题出现的时候，他甚至都没有试着去向更深层次挖掘。”

“你口中的瑞安是指我们的瑞安·蒂皮茨吗？”

汤姆只一点头。

“哦，真该死。可怜的女孩。”显然贝基没花多少时间就摸清了瑞安有几斤几两。“那你认为她的前男友出了什么情况？”贝基问。

“我不知道。我们最后得到的消息是有证据表明他预订了一张机票，所以只能推测他出国了。”

两人沉默了好一会儿。如果只说奥莉维亚因男友失踪而忧心如焚，并不能完全表达她表现出的震惊和恐惧。任何遭遇过被男友抛弃，把一个新生儿丢给自己的女人都会伤心，但在汤姆看来好像不仅如此。

“那只是问题的开始。”他继续道，“两个月后，她的父母又双双去世了，也是她发现的。”

汤姆眼前浮现出歇斯底里的奥莉维亚一遍又一遍地尖叫，说“这不可能是意外”的情形。但无论他们怎么调查，就是查不出谋杀的可能。汤姆甚至怀疑过她那个失踪的男友。他正在修工程学博士学位，也许——仅仅是也许——这一切不过是想骗取保险金的鬼把戏。

“那么，如果我没有理解错，她的前男友跑了，父母又被发现双双死亡，后来的丈夫跑来营救，七年后他带着孩子走了。她声称丈夫在撒谎——那么她是怎么想的？她认为他挟持了他们？”

“我不知道。菲利帕认为这件事有些蹊跷。”

“那么如果他两年前的挟持计划失败了，这次会不会是第二次企图，只不过这次更完善了些？”

汤姆扬起眉，瞟了贝基一眼。“接着讲。”他说。

“好吧，如果两年前他真那么想要孩子，那这次他可能会和妻子永别，并再次挟持孩子——把他们藏到什么地方。他有两年的时间来计划。”

就在这个节骨眼上，汤姆的手机不合时宜地响了，打断了他们，他想都没想便按下了仪表板屏幕来回答，一个声音通过蓝牙充满了整个车厢。

“是道格拉斯侦缉总督察吗？”是当值警员生硬的声音。

“请讲。”汤姆答道。

“我刚接到米歇尔警员的电话，他正在布鲁克斯家里，和那个父亲，也就是罗伯特·布鲁克斯在一起。我听说你正开车去那里？”

“没错。我们十分钟就能到。有什么问题吗？”

“好吧，可能有问题。不管怎么说，很奇怪。米歇尔一直在填写失踪人口登记表，他问孩子们的父亲要几张孩子们的照片，这很平常。他说布鲁克斯先生走去餐具柜拿，结果发现相片盒是空的。他以为他妻子把相片盒换了地方。为了简便些，他说他可以从电脑上打印一张出来。但电脑上也没有，查不出电脑上有过照片的痕迹——垃圾箱里也没有，什么都没有。他的手机上也一样，还有他妻子的手机。顺便说一句，她的手机还在她的手提包里。据布鲁克斯先生说，房子里没有一张他妻子和孩子们的照片。”

9

贝基很高兴今天晚上汤姆把她叫走了。她并非不喜欢社交，只是这个时候要想自然地待在任何人身边对她来说都力不从心，至少汤姆和她是旧相识，她是这么想的。直到今时今日，她还是觉得人们在看着她，像看学龄儿童一样对她指指点点、在背后偷笑。

自从来到曼彻斯特，她从未发现过这种现象，但在她离开伦敦警察厅前，她过了好几周这样的生活。任何时候，只要她一走进一个房间，她就觉得大家齐刷刷地停止了谈话或改变了话题，因为他们在说她的闲话。

*傲慢的家伙，她忍不住想。为什么大家都对我这么感兴趣？*但她知道原因。

车到达布鲁克斯家门外的时候，贝基看不到这栋房子的太多情况。这天几乎是一年中最长的一天，但太阳约在一个小时前已经落山了，不过光线还足以让她看清是一栋相当大的房子，位于一条迷人的林荫大道上。刚当警察那会儿，得知住在这种房子里的人也会遭遇不测令她很是吃惊。作为伦敦一个穷苦地方出身的女孩，她一直带着只有穷苦人才会有问题的误解生活着。她真是错得离谱。经过一段时间后她才意识到，两者之间唯一的差别仅在于有钱人出于错置的羞耻感更倾向于隐藏自己的问题。

但孩子们都失踪了，便再也顾不得羞耻了。贝基知道所有警察都恨有可能伤害到孩子的案子，她也不例外。她从来都不信教，但在心里，她不停地在祈祷和承诺之间画着十字架。不管你们在哪里，孩子们——我们都会找到你们的。她只希望这是真的。

汤姆打断了她的思绪。“好吧，贝基。我们已经进行了足够多的面对面交谈以摸清真相。现在我们这么办，待会儿我会给你做个介绍，然后就退居其次进行观察，由你来提问。我想情况和现在看起来的不太可能有什么不同，很有可能就是这个男人的妻子带孩子去朋友家住了，但考虑到他们之前的情况，我想确认我们没有遗漏什么。”

贝基点点头，打开了车门，然后轻轻关上，不想在这条宁静的道路上招来太多目光。停靠在车道上的警车除了路对面的邻居，谁都看不到，贝基在这个时候也不想应付那些好心的探访者。不管怎么说，“好心”还算是委婉的，那些过来敲门询问有没有什么能“帮上忙的”，十有八九都是来一探究竟的。

他们朝前门走去时，不巧一道明亮的应急灯光束打了过来，所幸没有照到他们。贝基扭头看向汤姆，耸了耸肩，很高兴没有被那道光闪到眼，但又好奇它能起到什么作用。

汤姆按下门铃，只听单调刺耳的门铃声在房子里回荡。一个贝基不认识的警员打开了门，年轻人的脸上闪过一丝如释重负的神情，无疑，见到能卸除自己稚嫩肩头重担的高级警官，他感到很高兴。他看上去就像一匹瘦骨嶙峋的小公马——细胳膊细腿的，好像不知道该把它们放哪里才好。

他们被带进客厅，一个男人从沙发上站起来，看着他们，什么都没说。他好像在凝视汤姆的脸，双眼微微眯起。

“布鲁克斯先生？我是侦缉总督察汤姆·道格拉斯，这位是我的同事，侦缉督察贝基·鲁滨逊。你也许不记得了，我们之前见过面，先生，就是在你妻子的父母双双去世的时候。我当时是督察。”

罗伯特·布鲁克斯的双眼睁大了些，贝基注意到他眼神里有一丝震惊。他伸出手，汤姆抓住握了握。他转向贝基，对她略一点头，没再特意和她握手，显然她还没有重要到能得到这种普通礼遇的程度。

布鲁克斯站在汤姆旁边显得个子矮小、无足轻重。他比汤姆稍矮，肩膀则窄得多。有着双眼皮的眼睛藏在两道粗眉下，在贝基和汤姆之间来回扫视的时候，眼白映照着点缀房间四周的桌灯散发出来的柔和光线，把它们变成了两道黄色光束，他的脸晦暗不明。她感到好像正被一只等着扑向猎物的猫头鹰审视着。

“谢谢你们来。”布鲁克斯说，一副茫然不知所措的样子，好像需要有人告诉他接下来该怎么做。

“我们能坐下吗，先生？”汤姆指了指沙发，罗伯特闻言一屁股坐回到坐垫上，好像害怕双腿再也不能承受身体的重量似的。贝基在他对面坐下，汤姆则在旁边不远处一把笔直的椅子上坐了下来。

“我知道你肯定已经把大部分情况告诉了米歇尔警员。”汤姆说，朝那名已经自觉退到布鲁克斯后面的年轻警员点了点头，“但如果你不嫌麻烦，我和鲁滨逊侦缉督察想跟你再梳理一遍，这样我们才好理解你的担忧。”

罗伯特·布鲁克斯默默地点了点头，而汤姆则朝贝基瞟了一眼。

“你能完全肯定你妻子不是带孩子们去哪儿待几天去了吗，因为她以为你明天才会回家不是吗？”她问道，不动声色地接过了询问的任务。

“她不会不事先告诉我就这么做的，我每天都和她通话，至少一次，通常是两次，她都在家。我今天早上还跟她通过话。”

“你究竟去了哪里，还有，你去了多久，先生？”

“我去纽卡斯尔开了两个星期的会。第一周奥莉维亚带孩子们去度假了，但自上周六开始她就一直在家。我本应是明天回来的，但我想提前一天回家给她一个惊喜。我甚至还在镇上停了停，去买花和葡萄酒。我满以为她会在家。”

贝基能看到汤姆在一侧认真观察着罗伯特·布鲁克斯，不由好奇他是不是看出了点什么。反正她肯定是没有。布鲁克斯根本就没有和她对视过，他的眼神似乎不停地在房间里来回扫视。

“那么她不知道你今天会回家是吗？你肯定想到过在你离家期间她也许会去哪个朋友家。我猜你已经和所有认识的人都核实过了吧？”贝基没有漏掉罗伯特·布鲁克斯脸上闪现的烦躁。

“我们不会那么做。我们从不走亲访友或住在别人家里，我们没有那种朋友。她现在应该跟我通话了，已经过了我们约好的时间。我们约好的时间是每天晚上九点，大部分早上是七点，在她帮孩子们起床之前。就为了道个早安。”

“你怎么知道她之前是在家里，先生？你打的是家里的电话还是她的手机？”

“都不是。我们使用的是苹果电脑内置的视频通话软件 FaceTime，有点儿类似于 Skype 聊天软件。我们俩都有手提电脑，面对面交谈比只能听到彼此的声音要好太多了。她总是在我们卧室跟我视频——这样我就能看到她靠在枕头上，想象她在我们床上的样子，那会让我想到家。两年来，只要我不在家，她从未错过我的任何一个电话。”

贝基看到布鲁克斯的眼光朝汤姆扫去。他肯定意识到有人在观察自己的表情，这使得他很不自在。贝基对整件事的感觉一直不太好，这个家伙可能是因为担心而有点儿心不在焉，要不就是……

“那个就是你的手提电脑吗，先生？”她指着放在罗伯特身旁沙发上的一个薄皮包问。

“是的。是我以防她给我打过来拿到这里来的，我试过联系了她好几次，但她现在是不会给我打了。”

汤姆·道格拉斯打断了提问。“是什么让你那么确信她不会再跟你通话了，布鲁克斯先生？”

罗伯特·布鲁克斯头向后靠，略一闭眼。“因为她的手提电脑在这里。我在楼上的衣柜底下找到的。”

“你对它做了什么，先生？”贝基问。

“我给它充上了电。电池没电了，我只是机械地那么做了。我经常得提醒她做那种简单的事情。”他的目光刚好停留在贝基的头顶上，但她能感觉到他的目光远远超越了那里，在看着一个没有其他人能看到的画面。她真想知道那到底是什么。

“好吧，让我们继续。就我们理解的，你的妻子和孩子失踪了，但他们的东西一样都没有丢失。包括孩子们最喜欢的玩具，偷存的钱，多余的手机，很少用的信用卡——什么都没有丢？”

“上帝啊！”罗伯特爆发了，“我得要重复多少次？这会儿你们应该出去找她了，而不是一而再再而三地问我这些问题。根本就没有丢失任何东西。她没有私房钱——她根本就不赚钱，而且我知道每一分钱花在什么地方。孩子们的东西都在这里，还有她唯一的一部手机，在她该死的手提包里！什么都没丢，什么都没有！”

当然了，除了一个女人和三个孩子。但贝基没有说出口。

“如果我们惹你心烦了，很抱歉，布鲁克斯先生，但我需要核实每一个细节。那么，依你之见，你妻子是在你今早跟她通话后到今天下午四点之间的某个时间点消失的，对吗？”

“是的。”罗比特把牙齿咬得很紧，声音几乎都被憋住了。

“她最近有没有跟你说过遇到了什么奇怪的事情？她有没有觉得受到某人的威胁？或者孩子们有没有提到过什么不寻常的事情——他们有没有被跟踪或和什么他们不认识的人说过话？”

罗伯特的目光从贝基身上挪到汤姆身上，然后又回到贝基身上。

“她什么都没有说过，但可能有事瞒着我，因为她不想让我担心。”

“你这是什么意思，先生？”贝基说。

“没有什么具体的事情，但她这几天似乎不太对劲。她有点儿战战兢兢，紧张兮兮的。我听到她对贾丝明小声说了好几次话。我在家里是不允许小声说话的，我觉得那会造成分歧，之前我不得不就这件事和她谈了谈。”

真不是个东西，贝基想。听上去像是在训斥自己的妻子。他怎么能那么做？他是不是惩罚她了？他呵斥她了吗？

“所以你认为她有秘密？”

“不，那当然不是什么秘密，不要扭曲事实。我想她也许在担心什么事情，也许贾丝明也是。在我要出差的情况下，她是不会想让我知道的，因为她知道这次会议有多重要，她知道如果我放心不下她我是不会去的。但我知道你接下来会问什么，我不如一次性告诉你得了，我也不知道她在担心什么。”

令贝基恼火的是，她的手机不早不迟就在这个时候震动了，她站起身，说了声抱歉。

10

汤姆还无法决定要怎么看待这次的情况。奥莉维亚以为丈夫明天才会回来，考虑到他们之前的情况，似乎她只是带孩子去了哪里而没有告诉罗伯特的可能性更大。也许某个朋友把她们接走了，尽管她什么都没带，但汤姆不相信找不到合理的解释。这对夫妻似乎麻烦不断，以他的经验看，这绝非巧合。

如果奥莉维亚被人劫持了，依照米歇尔警员最初的反馈，她肯定是主动让劫持者进家的，因为没有人闯入的痕迹，也没有打斗的迹象。

“好吧，布鲁克斯先生，如果你不知道困扰你妻子的是什么人或什么事，那让我们再往前回忆一点儿。请回忆一下你最近一次和她对话后都发生了什么。跟我谈就行，米歇尔警员会做记录的。”

罗伯特·布鲁克斯向后靠在沙发靠垫上，盯着对面墙壁上那些毫无生气的画作中的一幅，好像在寻找灵感。汤姆看到他微微摇了摇头，然后坐直，身子略探向前，好把前臂支在大腿上。“今早，我像过去几天一样和我妻子通过话，没有给她丝毫暗示我会提前回家给她惊喜。我大约是在一点钟离开纽卡斯尔的，笔直开车回的家。如果你真的事无巨细都想知道，我可以告诉你，我停下来加了次油，然后在大街上给花店打了个电话，还给其他几家商店打电话买了一些小礼品——一瓶红酒，送给孩子们的几本连环画。”

罗伯特用右手的手指梳理了一遍头发，梳过的头发状如挺立的山峰。“四点刚过我就回到了这里——如果你不相信可以问问马路对面那个好管闲事的老女人，因为她是看着我到家的。她像往常一样站在窗户那里往外瞧，她叫普雷斯顿太太，从不会错过任何好戏。”罗伯特提起邻居时，汤姆注意到他噘起了嘴唇。她无疑是他们需要约谈的对象。

“接着讲。你走进家门时发现了什么？”

罗伯特一脸不解地看着他。“什么意思？”

“好吧，我想当时你妻子不在家。你是怎么做的？你给什么人打电话了吗？检查过什么东西了吗？请跟我梳理一遍。”

罗伯特脸有些发红，脸上的斑点在红色中隐现。“看在上帝的分上——这一切我都已经告诉你们的同事了。”他轻蔑地用大拇指朝肩后指了指，“我为什么还要重复？你们为什么还不出去找她？”

“我们会出去找的，先生，只要我们稍知从何处下手就会去。这正是我需要你再为我梳理一遍情况的原因，希望你不会介意。”

罗伯特闭上眼睛，把嘴唇紧抿了几秒钟才接着开口。“我走进来，大声呼喊但显然无人应答。”他说，语气稍稍比需要的重了些。他顿了顿，但见汤姆没有对他的恼怒做出反应，只好继续说道，“奥莉维亚的手提包在餐桌上。我把里面的东西都倒出来，一切都在。她的钱包、信用卡、手机——甚至是她那串该死的房子钥匙都在。我查看了车库，她的车也在。她非常喜欢那辆车，我不能想象她去任何地方会不开它。然后，在我终于想到把我的手提箱从车里拿出来提到楼上时，我发现了她的手提电脑。我知道的就只有这些。她今天早上还在，现在却不见了。”

*你一次都没有提到过孩子们。*汤姆心想。

“她周五下午通常会做什么？有没有什么固定模式？她会步行去商店或邀请朋友过来喝咖啡吗？孩子们呢？”

“孩子们周五下午都上学去了。他们会在三点半放学，奥莉维亚要么会开车，要么会走过去接他们。她不会请人来家里。”

罗伯特·布鲁克斯刚说完，大厅的门开了。贝基好像听到了罗伯特最后几句话，朝汤姆看了看，汤姆冲她略一点头。

“布鲁克斯先生，一旦发现孩子失踪，我们最先采取的措施之一就是联系学校。我们认为这件事不能等到周一，所以就找校长谈了谈。你的孩子今天没有上学，对不对，布鲁克斯先生？”

汤姆仔细地观察着罗伯特。罗伯特不确定这个问题的目的是什么，脸色很难看。脸上有块肌肉抽搐着，他抬起一只手去揉搓，但没能消除。

“据校长斯托克斯太太说，你和妻子几周前决定让孩子们退出正规教育，你决定从那时开始让他们在家里接受教育。他们最后一次上学的日子是在期中假期前的那个周五——准确说就是两周前。从那之后就再没有人看见或听说过他们。”

在贝基揭露了这件事之后，罗伯特的目光从他们一个人身上转移到另一个人身上，然后一言不发地起身离开了房间。汤姆看着他离开，决定给他一点儿时间。汤姆需要和贝基谈谈。“你怎么看？”汤姆问。

贝基摇摇头。“有点怪异。据斯托克斯太太说，奥莉维亚·布鲁克斯在把孩子们带出学校的时候几乎要掉眼泪，斯托克斯太太费尽口舌劝奥莉维亚改变心意，但奥莉维亚说丈夫的态度非常坚决，所有的文件都签字了。”

“关于孩子们她有没有说过什么，比如他们的行为或有没有受虐待的迹象，总之任何可供我们追查的事情？”

“没有，她说他们都是好孩子。贾丝明有点安静，但两个男孩和他们同龄的男孩没什么两样——身上有使不完的劲，总不能老实坐着，动作笨拙——我想她真正用的词是，吵闹。”

“那孩子们的父母呢？她对他们作何评价？”

“恐怕那就完全是另一回事了。显然奥莉维亚·布鲁克斯最近有点儿力不从心。她有几次都忘了去学校接孩子，每次出现那种情况学校都会试着给她打电话，但从来没有人接电话，于是他们只好给罗伯特打电话，而他总是丢下工作急匆匆地赶过来接孩子们。斯托克斯太太说他为自己的妻子找各种托词，但没有一个听上去是真的。”

“奥莉维亚的借口是什么？”

“她没有什么借口，只说自己搞错了，以为丈夫会接孩子。但她丈夫从事的是一份全职工作，从不接孩子，所以这事似乎有点奇怪。”

汤姆不太喜欢这一点给人的感觉。罗伯特·布鲁克斯为什么想让孩子们辍学？难道是因为这样他们就不会走丢？奥莉维亚是不是精神状态不太稳定？

“行了，贝基，现在可以把他叫回来了。”

“好的，但在这之前，我还要告诉你一些事，斯托克斯太太说，在孩子们辍学的那一周，她曾送了一个箱子过来，里面装着孩子们的笔记本，好让奥莉维亚掌握孩子们的学习进度。结果她发现家里根本就没有人，这让她很不安。她说‘家庭教育就是表示在家接受教育，而不是整天四处闲逛’，或者类似的话。”贝基尖着嗓子说，汤姆觉得她是在不自觉地模仿校长说话时的语气。“不管怎么说，她把那箱笔记本留在了马路对面的邻居那里。”

“有趣，但奥莉维亚可能是买东西去了，或带孩子们去了某家博物馆进行我们都知道的参观教育。”

“没错，但代为保管箱子的那位女士告诉斯托克斯太太她好几天都没看到这家有人。我还问了斯托克斯太太孩子们照片的事。我想她也许能把学校摄影师的具体联系方式告诉我，这样一来，我们没准儿能弄到几张孩子们的照片，因为他们家显然没有。”

“想法很好。”汤姆说。他很高兴看到贝基的眼睛里恢复了一些往日的神采。

“好吧，想法也许不错，但最后无果而终。显然，奥莉维亚·布鲁克斯在过去两年都不让孩子们在学校照相。她没有给出这么做的理由，她只是不想他们拍照，所以我们没有弄到照片。”

贝基叫米歇尔警员去找罗伯特·布鲁克斯，这位年轻的警员回来报告说罗伯特正躺在床上。“他说他想躺一会儿，长官，但他嘴里喃喃念叨着对孩子们离开学校、在家接受教育这事根本一无所知。”

“你相信这个人吗？”贝基问。

“我也说不上来。他从不和人对视，对不对？我摸不透他。抱歉，长官。”

“我恐怕和你一样。”

汤姆听到楼上响起一声摔门声，猜是罗伯特下楼了，于是他们坐下来等候。罗伯特一进房间就朝沙发走来，脸色苍白，但两边颧骨上有一丝红晕，像是怒气造成的。“抱歉，我只是需要冷静一下。我不知道该对学校传来的消息作何反应。我……”

“没关系，布鲁克斯先生。我们会再谈到那件事的，我保证。但现在我们需要想想怎么才能找到你的妻子和孩子。你确定一张照片都没有吗？”

贝基仔细地观察着罗伯特·布鲁克斯。他摇着头，好像彻底困惑了，她不能确定那是真实反应还是在演戏。

“我从不喜欢在房间里贴照片，更喜欢摆放几幅有品位的艺术作品。”罗伯特指了指墙上的那几幅装饰画，但贝基难以将自己看到的和“品位”二字联系起来。倒不是说她有多懂艺术，这点她不得不承认。

“我曾给奥莉维亚拍过照，但她不喜欢。她讨厌自己的照片，我搞不懂她。实际上我的妻子曾经很美。”

贝基不作声，大着胆子朝汤姆看了一眼。他也发现罗伯特使用的有趣时态了吗？他们俩都等着罗伯特继续。

“我原以为我们在手机和电脑上存了照片，抽屉里也有一盒照片，但我现在一张都找不到了。抱歉，我不知道发生了什么情况，奥莉维亚肯定整理过。”

尽管汤姆很想在照片上做文章，但他看得出来在这个问题上从罗伯特嘴里得不到什么更有价值的信息，于是决定改变策略。

“你说你妻子曾去度假，布鲁克斯先生，在你离开家去纽卡斯尔开会的第一周。”

“没错。我们每年都会去几次，总是去安格尔西岛的同一个地方。好吧，不完全是那样。我们总是去的那个旅馆，在去年十月奥莉维亚试图预订房间时发现它关门了，于是她另找了一个地方。我当然在网上查看了那家新旅馆，从我看到的判断，那里还不错。我和女房东谈了谈，听上去她是个靠得住的人。考虑到奥莉维亚父母遭遇的不幸，每当要在别人家留宿时我们都加倍谨慎，所以我想弄清楚安全设施、警报之类的事情。我自己没有时间去，但我们计划七月再去一次，学校一放假就去。”

“你能把详细情况和日期告诉我吗？我们好派人打电话给那位女房东，以核实你妻子曾在那里待过。”

罗伯特明显不悦地噘起了嘴。“她当然在那里待过，我还跟她视频过，她还在房间里转动电脑，让我看房间的布置。她甚至还给我看了那扇该死的窗子外的沙滩。毫无疑问，她在那里。”

汤姆看上去对罗伯特的这通爆发无动于衷，贝基想起他曾告诉自己，迄今为止，要拔掉突发的小脾气带来的刺痛，最好的方式就是无视它们。

“我相信你是对的，布鲁克斯先生。但不管怎么样，请把女房东的具体联系方式给我。米歇尔警员会记下来，我们会联系她，以核实几件事情。”

罗伯特·布鲁克斯不情愿地据实说了，并合上了他的笔记本，而米歇尔警员则朝厨房走去。

汤姆探身向前。“布鲁克斯先生，斯托克斯太太提到你的妻子不时会出现一些问题，比如忘记接孩子们放学。你说你不知道她让孩子们退学了，很抱歉我不得不问你这个问题，鉴于我们今晚听到的一切，我需要知道你妻子是否有精神方面的问题。请跟我们说实话，这也许很重要。”

罗伯特把头埋进掌心，在贝基还没有注意到他垂下目光前，他的肩膀便以典型的羞耻姿态耷拉了下去。

11

汤姆不能无视头脑里大声鸣叫的警铃。汤姆确信罗伯特不会承认他和奥莉维亚的婚姻存在问题——到底有没有问题是关键——但汤姆不得不去试着理解奥莉维亚的心境，以估量她是主动离开的，还是惨遭了毒手。

罗伯特最终恢复了镇定，回答了奥莉维亚心理健康的问题，说他有些担心，但她只不过是有时候健忘而已。他说他们一直在设法制定一些策略来让她更容易记住该做的事情。那是不是表示她可能带孩子去了什么地方然后走丢了，或忘记了自己要去哪里？汤姆知道曼彻斯特和柴郡的警方在寻找，所有的医院都查过，如果真是这样，那么可能很快就能找到他们。

汤姆看得出来贝基温和地探问时罗伯特根本就没有听，因为他双眼呆滞，心思明显根本不在这里。

还有一件事让汤姆心烦。这栋房子非常整洁，考虑到这里住着三个孩子，这里几乎一尘不染似乎有点儿说不通。一切似乎都是按照“品位”这个词来定位的，然而它完美得有些病态。如果奥莉维亚直到今天早上都在家，那每一件家具上怎么都蒙着一层灰呢？

没有照片是个大问题。如果他们是个根本就不拍照的家庭还说得过去，但实际上他们拍过一些照片，而现在全都不见了，这很难解释。汤姆需要有人去查看那两台手提电脑，他只要等米歇尔警员和那位女房东谈完就能安排这件事了。

这个念头刚从汤姆心头闪过门就开了，米歇尔警员向他招手，示意他去厨房。警员似乎有点儿紧张，汤姆猜是因为他独自出勤的日子还不久。可怜的小伙子。碰到的不是那种一目了然的案子。

“长官，我已经和威尔士的那位女房东通过话。她证实布鲁克斯太太和她的三个孩子在那里住了一个星期，上周六离开了。她说他们似乎都好，并期盼他们夏天再去度假。”

“好的，谢谢。”汤姆答道，他的注意力被墙上的一块大软木布告板吸引了。那块板有几米长，上面除了几个图钉外什么都没有。

米歇尔警员又在说着什么，汤姆转向他。“抱歉，你刚才说什么？”

“我在说，那位女房东说布鲁克斯先生在他妻子待在那里的时候去看过她一次。她说，”他查看着笔记本，“‘我很遗憾布鲁克斯先生来拜访的时候我没有见到他。当然了，我们在电话上谈过，但我很遗憾他没有敲个门给我打声招呼。我早上起来的时候他已经走了。’”

汤姆看着这名警员。“你确定她是那么说的？”话一出口汤姆就后悔了，因为这位年轻的警员一副诚惶诚恐的模样，他把身板挺直了一点儿，两条过分瘦长的胳膊僵硬地垂在身体两侧。

“是的，长官，我确定。我把整件事都写下来了。”

“那么到底在搞什么鬼？”汤姆问，他不过是在自言自语，“这样吧，我们需要让安格尔西岛当地的警方去拜访一下那位女房东，但要尽快，就明天早上。让他们问问她，要慢慢激发她的回忆，能问出多少细节就问出多少细节，不管那些事情有多琐碎。我要回去和布鲁克斯先生谈谈，弄明白他为什么要对我们撒谎。我们明天一大早就开始调查街坊邻居，要赶在他们出去过周末之前。你知道程序吧？”

米歇尔警员慢慢点了点头。

“小伙子，干得好，如果你遇到什么困难，只管问我们，懂吗？我们也都是刚接触这个案子，你知道的。多提问比弄得一团糟好。”汤姆朝布告板走去，专注地凝视了一会儿，然后扭头说："过来看看这个，告诉我你看到了什么。"

米歇尔警员有那么一秒钟看起来不知所措，接着他指着那块板的左上角说道："其中一个图钉上有一片纸屑，看上去像有什么东西被撕掉了。"

"观察得好。"汤姆低下头，指着地面，"地板上也有一颗图钉，这里有些问题。那你接下来要怎么做？"

"检查垃圾桶？"米歇尔警员征求着汤姆的意见。

汤姆点点头。"戴上手套，看看你能找到什么。不管怎么说，我对垃圾桶很感兴趣。如果奥莉维亚·布鲁克斯和孩子们直到周五早上都在家，那我想知道你能找到什么。"汤姆朝警员信任地一点头，然后向后急转，推开了厨房通往客厅的门。

贝基还在提问，但她已经筋疲力尽了。汤姆接过话头，他还不打算问罗伯特去安格尔西岛的事情。他有一种感觉，只要罗伯特意识到他们已经掌握了不少情况，他就会彻底不开口。

"布鲁克斯先生，我们真的很想查看一下你妻子的电脑，可以吗？说不定能在上面发现些让我们想到你妻子可能在什么地方的线索。我们也想看看你的，好查看你的 FaceTime 记录。"

"这么做有什么意义？它只会显示我是什么时候跟她视频的，我没有录下通话内容。"

"我们能查到她是在哪里跟你视频通话的。"

罗伯特挫败地摇着头。"她在家里。难道你认为我在电脑屏幕上看到自己的卧室会认不出来吗？"

"其实，那将会帮助我们设定一个时间框架。据你那位和校长交谈过的邻居所说，一整周都没有看到过奥莉维亚的影子。你和她视频的时候在摄像头里看到的究竟是什么，只是她靠在头后的枕头，还是有别的什么？"

罗伯特举起双手，放在头上。在汤姆看来他像是在竭力忍住怒火，怕它爆发出来似的。

“我不知道需要重复多少次。她是在这里，是在我们的卧室和我视频通话的，她身后靠着我们的靠垫，是在家里，在这栋房子里。”罗伯特把每一个字都说得很慢，很清晰，每说一个字都戳一下手指，“不光是今天，而是这周该死的每一天。马路对面那个爱管闲事的老太婆没有看到她不能说明她不在家。那个女人也许每天都会花相当多时间待在窗边，但她不会一周七天、每天二十四个小时都守在那里。”

“好吧。你能不能告诉我奥莉维亚还有没有其他可用的电脑？比如家用计算机，或孩子们有没有什么可以连接到网络的设备？”

罗伯特摇摇头。“那是她用的唯一一台电脑，我们根本不赞成孩子们上网，不允许他们接近我们的电脑。”

汤姆原本想问孩子们上学和做家庭作业时怎么办，但他忍住了，这不关他的事。他的女儿露西，只比布鲁克斯夫妇最大的女儿大一点儿，一直在使用电脑。他希望他和前妻已经把所有正确安全的观念灌输给了女儿，禁止她使用电脑无疑会让她在学业上跟不上同班同学。

“那，房子里没有其他电脑了吧？”汤姆问道。

“我的书房里还有一台，但她是不会用那台的。那台电脑上设置了密码。”

“能给我看看吗？”汤姆问道。

罗伯特从沙发上撑起身体时叹了口气。他弯腰拿起茶几上的一串钥匙，带着他们离开了房间。他把钥匙塞进锁孔时，汤姆朝贝基扫了一眼，贝基眉头紧皱，一脸迷惑。

“你为什么要把这扇门给锁上，布鲁克斯先生？”贝基问道。

罗伯特“啧”了一声，好像答案明摆着似的。“因为我在这里工作。我不想让孩子们进来，也不想让他们动我的电脑。因为你们是警察，我才给你们打开这扇门，但离开房间的时候锁门是我一直以来的习惯。”

“你妻子有这个房间的钥匙吗？”汤姆问，怀疑自己还没有提出这个问题就已经知道了答案。

“没有，她没必要有。她都是在我在家而不是出去的时候打扫这里的。”

汤姆点点头，好像这种事再寻常不过。“只剩下最后一个问题了，布鲁克斯先生。你说你在过去两周都待在纽卡斯尔，是这样吧？”

“是的，完全正确，我已经告诉过你了。”

“那你能不能解释一下，为什么据安格尔西岛那家旅馆的女房东说，你在上周曾去看望过你的妻子？”

罗伯特·布鲁克斯猛转身回头。“你说什么？”

“我问在你妻子和孩子们上周在安格尔西岛度假期间，你有没有去看望过他们？”

“没有。我告诉过你，我在纽卡斯尔的那两周都没有离开过旅馆。我当时工作忙得不可开交，根本没法离开。你们问谁都可以。”

“我们会的，布鲁克斯先生。谢谢。”

贝基觉得他们似乎了解了很多情况，又觉得什么也没了解到。他们又问了罗伯特·布鲁克斯半个小时的问题，从会议的会场到那天早上他和奥莉维亚的谈话，但除了拿到一份能确切证明当时罗伯特一直都在纽卡斯尔的人员名单外，其他一无所获。

她朝汤姆望去，他正和罗伯特·布鲁克斯交换联系方式，她忍不住再次比较起这两个男人。汤姆平静和放松的神态更加突显了罗伯特举止的紧张。他的坐立不安和不停从一个人身上跳跃到另一个人身上、从不和对方进行眼神交流的闪烁目光令人不安，无法随便忽视。

米歇尔警员从门边探头，贝基不想打扰汤姆，便走过去看他有什么发现。

“道格拉斯侦缉总督察叫我检查垃圾桶。”他解释道，“厨房的废物桶是空的，从气味来判断，像是经过了清洗和消毒。于是我朝那个垃圾桶看了看，里面只有两样东西：一个约翰·路易斯百货商店的购物袋，还有这个。”

米歇尔警员在厨房餐桌上铺开一大张纸。“我想过去它是贴在墙上的，因为它边角被撕掉的地方和夹在图钉上的那个纸片吻合。”

贝基看着那张纸，掏出手机，想着拍几张照片会不错。

“看上去像是日程表。”米歇尔警员说。

说是“日程表”实在是轻描淡写。这张纸宽两米，高一米，是过去一个月每日每半个小时的分解表，上上个月的则完全是空白。

贝基弓身仔细查看，上面标示的内容精确到了惊人的地步：“下午3:20——去接孩子们放学。下午3:40——和孩子们一起从学校到家。”这是那纸上的最后一行。奥莉维亚每日行程的点点滴滴都写在上面，但没有孩子们的时间表。她注意到孩子们有块独立的小黑板，底部整洁地夹着提示条。这张纸上详细地写着奥莉维亚每次离开家和回来的时间，也列着她接到的每一通电话，无论来电的内容有多么微不足道：“上午10:13来电——号码错误。”那些都是什么呀？

被问及妻子的精神状态时，罗伯特曾说他们制定了办法来帮助奥莉维亚，这表示存在一个可以指导她的计划。这个日程表却像是依照回忆写下的——要么是她将要去做，要么是她实际上已经做了的事情，但都不是她计划要去做的事。有时候会出现这样的话“返回塞恩斯伯里——忘记买鸡蛋了。二十分钟内回来。”好像是给某人的留言。她今天也在黑板上写了——或者说是昨天写的，因为现在早就过了午夜——她把孩子们从学校接回来了。但孩子们根本没有去上学。

贝基更加仔细地查看这张表，上面大部分内容都是用铅笔、红色圆珠笔、蓝色圆珠笔写的，甚至还有孩子们的彩色蜡笔。但过去几天都是用同样颜色的钢笔写的，她不能完全肯定这几天的笔迹和之前的一样。她需要让别人来看看，倒不是说这有什么意义。那些内容可能是奥莉维亚好几天前写的，也有可能是罗伯特写的。

12

周六

在那些没完没了地提问、手机嘟嘟响个不停的人离开后，罗伯特又等了一刻钟。他抓起一瓶水、车钥匙和钱包，走出了前门。应急灯照了过来，但光束没有像本应的那样投到他们家的车道上，而是笔直射过马路，照进了普雷斯顿家的窗子里。肯定是不知怎么地给打歪了，他看到对面的卧室窗边有个人影在往后退。他知道光束可能惊动了他的邻居，而她则会饶有兴致地偷看。好吧，毫无疑问，她会有发言的机会，因为他相当肯定这一整条街的人明早一起床活动就会被询问。

他原本计划尽量悄无声息地离开，但既然那个好管闲事的老太婆正在偷看，他不如加快车速，让轮胎尖叫着飞快地从马路上开走，好吓唬吓唬那个愚蠢的婊子。这时，他注意到马路稍前方停着一辆车，不是经常在这条街上出现的那种，他没过多久就弄明白了那是什么车。*该死的警察！*他松开踩在油门上的脚，伴随着车子发出的昂贵引擎特有的轻柔嗡嗡声，他慢慢地、几乎是无声地开出了车道。如果有人跟踪他，他只得再作它想。

令他万分讶异的是，当他把车开到通往M56那条长长的、笔直的公路时，他发现后面没有人跟着。他肯定猜错了。在周六的凌晨一点，路上空荡荡的，如果有车跟着，他轻易就能发现。

还有几个小时的车程，尽管筋疲力尽，但他没有丝毫睡意。虽然很难做到，他还是逼自己保持在限速内，今夜他不想招来过分关注。他不知道警察的各个体系是怎么协作的，如果他的名字被记在某个“嫌疑人”的名单里，那他可不想被交警挥旗拦下。这天晚上的天气也不好，白天还是那么晴朗，到了晚上却莫名其妙地刮起了刺骨的寒风，树木在风中疯狂地摇摆着。

一个小时五十分后，多亏了在这深更半夜路上根本没有车辆，罗伯特到达了目的地。在还不到凌晨三点的时刻去按响人家的门铃完全不合适——至少，如果他想得到他需要的结果就会是这样。这件事要处理好，他打算遵守时间，克制脾气。他觉得经营家庭旅馆的人应该会在合适的时间起来，以准备客人们的早餐，所以他只能等待。半夜到这里来也许是一时冲动做出的决定，但他需要确认他是今天第一个来和这位女房东交谈的人。

在凌晨的这个时间点客房一片漆黑。有一条宽阔的车道通往这栋旅馆的前门，门外唯一一盏路灯给主入口处笼上了一层光晕。罗伯特只能辨认出繁星点点的夜空下，几个高大的烟囱顶管，通体刷成白色的窗框从楼房传统的灰色石灰岩墙壁上凸了出来。

他把自己的捷豹 XJR 柔软的皮座往下推，身子向后靠，闭上了眼睛，虽然睡不着。他眼前全都是奥莉维亚鲜活的模样，从遇见她的那一刻起，到上一次看到她。他每隔几分钟就看一下手表。时间过得真慢，他试着不再想妻子，但这是不可能的。五点的时候，四肢因缺乏活动而抽搐，情感从暴怒到恐惧全都经历了一遍，他不得不下车。

一推开车门，气味浓烈的海风便迎面扑来，他能听到浪花在轻轻拍打沙子。他转身看向沙滩，全身沐浴在六月的晨曦中。他又看了看，这里似乎有什么不对劲，但他说不出究竟是哪里不对。他精神略略放松，然后迈开步子离开了那个小海港。他朝海湾远端漫步，坐在一块可以眺望大海的平滑岩石上，思绪如涨涨落落的潮水。他本希望清晨冰冷的微风会吹散混乱的思绪，让他能理智地思考下一步该怎么做，但他错了。

五点半的时候他觉得自己应该回到清醒状态，随着橘色的旭日开始融化暗影，他慢慢地往回朝车子走去。终于，他看到几缕光束从几组紧闭的卧室窗帘后钻了出来，有人醒了。时间缓慢地流逝，他足足等了二十分钟才看到那几组窗帘拉开了。灯关掉了。他又等了五分钟才觉得可以走近那栋房子了。他推开车门，在身后轻轻地关上。

他朝房后走去，希望厨房在那里。一扇窗子打开了，他听到收音机低低的声音。节目主持人在宣布下一首歌，是麦可·布雷的，他差点儿笑了。奥莉维亚讨厌麦可·布雷，说他的音乐不痛不痒。这对于今天是多么合适啊。有煎熏咸肉的香气飘来——罗伯特意识到自己已经近二十四个小时没有进食了，昨天回家的路上他甚至没有停下来吃过午餐。想到食物他略感反胃，咽下了差点儿要噎着自己的口水。

他尖利地连敲了三下后门，然后听到一个带着一丝温暖的威尔士口音的女声轻声回应道“请进”，还有一阵平底锅的哐当声，她好像正将煎锅从炉盘上挪开。

罗伯特突然意识到自己的衬衣皱巴巴的，加上没刮的胡子在脸上留下的黑影，他可能看起来像个流浪汉。也许这反倒是一件好事。

开门的女人正是他想要见的人，约莫六十出头，神态举止尽显年纪，不过那轻松自在的表情好像在说她过得很好。灰白色的头发剪成简便、好打理的短发，嘴唇上涂着过于粉嫩的口红。她笑容甜美，但在那笑容下他能感到一丝谨慎。

“早上好。”她说道，保持着欢迎的姿势，“有什么可以为您效劳，先生？”

罗伯特回她一笑，伸出手。“埃文斯夫人，我是罗伯特·布鲁克斯。方便进去吗？我想和你谈谈我的妻子。”

13

“什么？”汤姆·道格拉斯一般不会冲电话那头的人吼叫，但他这组里鲜有像瑞安·蒂皮茨这么蠢的人，“瑞安，我们一直等到你说你已经准备好了才走。我们不知道奥莉维亚和她的三个孩子发生了什么情况，他们可能全都死了，或者罗伯特可能把他们藏在了什么地方。我们不知道，所以想让你盯着那栋房子，以防她回家或他出去。我说的话你是哪部分没有听懂？”

汤姆不耐烦地听着瑞安的解释，不相信对方说的哪怕一个字。马路那头出现了什么吵闹声，他感到有义务去查看一下？根本不可能，他十有八九是睡着了。他怎么能直到现在才发现那辆捷豹从车道上消失了？这都过去好几个小时了。

“行，我可以接受你认为他把那辆车放在了车库里，但你怎么就没有在一意识到它不见了的时候就去检查一下？现阶段我们没有权利正式监视罗伯特·布鲁克斯，但一发现他离开就立即通知我们是常识，不是吗？”

汤姆又听了约十秒钟的借口，接着注意到贝基在办公室门外朝他打手势,显然是有什么急事要告诉他。反正他现在也受够了蒂皮茨探员。“瑞安，要像一头鹰一样盯着那栋房子——明白？他一回来就告诉我们，如果他真的会回来的话。”汤姆小心地放下电话。在他的职业生涯早期他就懂得摔话筒对谁都没有好处，电话那头的人听到的不过是咔嗒一声，那声音和正常放下电话没有什么两样，所以在一通令人挫败的电话后首要的是恢复镇静。他深吸了一口气，示意贝基进来。

“我们刚接到安格尔西岛警方的消息。”她说，“他们大约八点的时候去了那家家庭旅馆。他们以为已经够早的了，但万万没想到，那位女房东已经有了一位拜访者。罗伯特·布鲁克斯今早刚过六点就到那儿了。”

该死。这是他们最不想看到的。一宗可能是、也可能不是案子的事件中的嫌疑人横冲直撞，把潜在的证据踩了个遍。等找到瑞安一定给他好看。

贝基还在门边徘徊，于是汤姆示意她坐下，很高兴看到她今天气色有所好转。也许是新案子带来的兴奋冲淡了她的心魔，不管那是怎样的心魔。

贝基恼怒地一耸肩。“该死的证人。有时候我真想把他们绞死。那里的警方说埃文斯夫人和他们交谈时显得十分不自在，道歉说她完全弄错了。罗伯特·布鲁克斯上周没有去看望他的妻子，实际上，她直到今天早上才见过他。”

“那她为什么要告诉我们他去过？”

“好吧，她现在说她也许是有点儿糊涂了。有一天晚上来了一位访客，她一直以为那是布鲁克斯先生，但那可能是另一位去过夜的客人。她说她的客人那么多，有时候难免混淆。”

汤姆思索了片刻。“当地警察相信她说的话吗？”

“这个我也不确定。他们说她显得很慌乱，迫不及待地想把话说完。他们试过逼她，想弄清楚她为什么要改口，但她只是变得更加紧张不安。她坚持说她之前从来没有见过罗伯特·布鲁克斯先生，而这一点他们倒是的确相信。”

“如果你问我的意见，我会说这番话太过敷衍了。布鲁克斯对她说了什么？有没有什么重要的？”

“实际上没有。他问能不能看看奥莉维亚入住的房间，但当埃文斯夫人带他去看时，他只是盯着那张床看了会儿，然后走到窗边，眺望沙滩。她说他嘴里喃喃说着什么沙子的颜色，但她不知道他在说什么，因为沙子不就是沙子的颜色吗。就这些。哦，还有，他不停地看手表。他也许意识到当地警察随时会过去，因为我们昨天晚上告诉过他。但我们不知道他现在在哪里，很有可能是在回家的路上，或至少我们希望如此。我已经派人去查看摄像头了，看看我们能不能在A55或M56公路上拍到他，如果不能很快发现他，就要扩大搜索范围了。”

“一有新消息就向我汇报，我想在罗伯特·布鲁克斯一回来时就和他谈谈。”汤姆排解着内心的郁闷，向后靠在椅子里，“你对所有这一切是怎么看的，贝基？把你的本能反应告诉我。”

贝基耸耸肩。“我觉得布鲁克斯有嫌疑。”

“因为什么？”

“我不确定。我老是回想起他曾独自带孩子们出去过一次，有没有可能他对孩子们做了什么，并杀了奥莉维亚？孩子们退学了，他却声称自己什么都不知道。还有我们在垃圾桶里找到的那张日程表，对此他也没有真正的解释，对不对？但他似乎在监视着奥莉维亚的一举一动。”

贝基说得没错。他们曾问过罗伯特为何做这种详细的日程表，他坚持说这么做是为了帮助奥莉维亚，但汤姆看不出能起到什么作用。从日程表上也可以看出奥莉维亚就是在罗伯特回家前离开的，但记录从学校接孩子的时间完全没有必要。

“吓坏我的是关于整件事的想法。”贝基说，好像吃了什么难吃的东西一样做了个鬼脸，“如果那仅是以防忘记什么事情的记事本，倒没什么，但上面列的事特别琐碎详细。说真的，我真吃惊那上面居然没有记下她什么时候去上的卫生间。还有那个上锁的书房，我们有必要更仔细地查看那台电脑，昨天晚上他根本就不想让我们看得太仔细。我的每一个直觉都在强烈地提醒我这对夫妻之间完全缺乏信任。”

“还有那条遗失的床单。”汤姆补充道。搜查房子的时候，米歇尔警员注意到主卧的床单不见了，他又去查看了楼梯平台上的脏衣桶，里面什么都没有。杂物间里放着洗衣机和转筒式干衣机，但它们里面也是空空如也。当然床单可能洗了，被放回到晾衣柜里，但床的其他地方都整理过，似乎有点不正常。

贝基摇摇头。“搞不懂是什么情况，当然了，我们把这点做了标记。”

“我猜没有从医院得到什么好消息，当地电视台也没有播放什么消息吧？”

“没有发现一个徒步带着三个孩子的女人，而且既然她没有开车，那车辆检查就没有什么必要。我们也查看了她最近的通话，什么都没有——她似乎没有用手机。”

汤姆双手交叉，放到脑后。“罗伯特·布鲁克斯说他每天都和妻子视频通话，她都在家。但我觉得那栋房子好几天都没有人住了。那里积满了灰尘，你可以将那归结为房子打扫得不干净，但有谁会给垃圾桶消毒却不除尘？更确切地说，垃圾桶里什么家庭垃圾都没有。清洁工周二来过——就在他们失踪的三天前。”

“我知道，而且我也查看过冰箱。”贝基说，“没有任何过期的食物，也没有牛奶这种不能长久存放的食品，里面一棵蔬菜的影子都没有。”

“换言之，我们找到的那张日程表上写的都是谎话，罗伯特·布鲁克斯对我们发誓说她直到周五都在家。家里什么东西都没有丢。”汤姆再次把身子往前探，“当然了，除了一个女人和三个孩子。你接下来打算怎么做？”

贝基从她紧握的一堆纸里抽出一张递给了汤姆。“我们正在设立一个专案组。我们将走访他们的邻居，看看是否有人在过去两周看到过奥莉维亚·布鲁克斯，还会派人再去和校长谈谈，以对整个‘家庭教育’的谎言有更清楚的了解。我们也要看看那几台电脑——一共三台，目前我们只有那两台手提。尽管没有照片有点棘手，但我们还是通知了媒体。我们将向奥莉维亚发布紧急请求，让她和我们联系，如果她还活得好好的，当然了，我们会保证替她保密等等。我们将试着从孩子们的派对、学校出游等方面看看有没有孩子们的近照。我们还要去查看布鲁克斯一家人待的那家旅馆的录像——尤其是停车场——看看他对去安格尔西岛探望自己妻子一事是否撒了谎，但那现在似乎不重要了。你认为呢？”

“不管怎么样，我还是想查查这件事。我不信任罗伯特·布鲁克斯这个人，贝基。他有些不对劲。他在掩饰什么，但我不知道究竟是什么。”

“如果我推断的没错，是他谋杀了她，可那些花呢，还有其他礼物怎么解释？那些表明他以为自己回家后会看到他们，你不这么认为吗？”

“未必。”汤姆正准备发表另一个险恶得多的看法，办公桌上的手机却不合时宜地震动起来。他不知道为什么这会被称为“静音”模式，因为在他看来这比轻轻的嘟嘟声更让人分神。他看到是上司打来的。

“菲利帕，有什么能为你效劳的？”他问道，内心却忍不住叹息，考虑到她对这个案子的兴趣，他觉得这会儿她必定已经知道昨晚瑞安引人入胜的表演了。

但他错了。

“几年前，罗伯特·布鲁克斯带孩子们去度假或不知道他到底干什么去了的时候，我自然是基于事实写的报告，但当时我觉得整件事有点奇怪，于是决定附上一张我写的对那家人印象的便条——这个好方法好像还是你教给我的，汤姆。”

这的确是菲利帕难得的对人的夸赞，但汤姆决定什么都不说，让她继续。

“我写下了几件和现在可能相关的事情。其一是，我不知怎么地认为罗伯特好像对自己相当满意，尽管表面上他对妻子的悲痛和困惑表现出同情；另一件就是，我们从学校那边得知贾丝明保留了她亲生父亲的姓，而且谈起亲生父亲来就像她见过他似的，总是用现在时。我们当时没有多想，我不知道现在是不是还是这样，但在我们认定他们四个被埋在后花园之前，我想你应该看看是否能查出丹纳什·贾罕德在哪里。”

14

“我和上司上床了。”

汤姆·道格拉斯正准备从洁净的小硬板纸杯里喝上一口浓缩咖啡，贝基突然冒出这一句。真相来得毫无预兆，像个完全不合逻辑的推论，汤姆只能认为贝基一直在慢慢鼓起勇气，向他透露忧形于色的原因。

他喝了一口咖啡，等待着。

“这就是我这么痛苦不堪的原因。我和该死的上司上了床。”贝基重复道，声音里有一丝战栗。汤姆扫了她一眼，而她却移开眼神，朝车窗外望去。

他们把车停在布鲁克斯家所在的马路的前方，等待罗伯特回来。摄像头采集到他正在M56公路上朝这个方向行进，所以他们相当肯定他在回家的路上，决定做好迎接他的准备。尽管贝基已经非常清楚地表明了自己的观点，在一边等待一边喝着在路上买的迫切需要的咖啡时，他们还是试着对奥莉维亚·布鲁克斯遭遇了什么做出了几种不同的推测。

汤姆在驾驶座上转动身子，好使整个身子略对着贝基，想让她知道他在聆听。他给了她一点儿时间，看到她的肩膀起伏了一下，好似深吸了一口气，然后扭回头面向前，透过风挡玻璃直直地盯着前方。汤姆看到她那张忧郁的脸上双唇紧抿。

“我就猜肯定是这种事。”他说，让声音保持平静。

贝基转身面对他。“什么？你听说过什么吗？有人告诉过你？”

“别担心——没有人跟我说过什么。你想跟我细细讲讲吗？比如是哪个上司？”

贝基又扭头面向窗外。“彼得·亨特。”

至少也得是一位侦缉总警司，没想到还真是他那位上司。自从彼得·亨特接替詹姆斯·辛克莱的职务后，汤姆就没有喜欢过他，哪怕那时候汤姆还在伦敦警察厅工作。彼得是个好警察，这点毋庸置疑，他对待案子像对待电子数据表上的条目一般痴迷，是那种五十过半还自认为年轻并紧跟潮流的男人。他总是假装跟风最流行的音乐，而不太明白实际上他无法跟上。他喜欢使用自认为时髦的字眼，依汤姆之见，这只让他听上去更显荒唐。他有辉煌的事业履历，但他不仅没有因自己无可置疑的能力在小组里赢得尊重，最近反而因下属对他装腔作势的嘲讽越来越不受拥戴。和一个资历尚浅的警官有染只会雪上加霜，那种事肯定纸包不住火。

汤姆没有对贝基说这番话。

“我曾以为我爱他。”她继续道，“他是那么殷勤、体贴。我们一个月只能见三四次面，但下班后他总是不停地给我打电话，他让我感觉无比美好。”

汤姆闭上眼睛，忍住一声呻吟。他知道彼得·亨特已婚，还见过他那讨人喜欢的妻子。尽管如此，他丝毫不为彼得搞婚外情感到诧异。倒是贝基更让他感到吃惊。

“我知道这么做很傻。我知道他结婚了，但还是被他迷住了。”

贝基沉默了好一会儿，汤姆想该他开口了。“你不是第一个被像他那种人迷惑的女人，你知道的。说来说去还是老一套，金钱、权力和名望，这些是出了名的强大春药，彼得手握大权是肯定的。我猜你和他现在结束了吧？”

贝基干笑了一声。“那是肯定的。他妻子来找过我。”

汤姆不知道该更同情谁，但肯定不是亨特。

“她告诉我她丈夫喜欢受人崇拜，这十分不幸，并说我不是第一个，也不会是最后一个。我说我爱彼得，她嘲笑我，说我把迷恋和爱情混为一谈，我该长大了。她还说我对爱情抱着理想化的观念，爱情不光是激情的夜晚和鲜花。总而言之，大意是这样。”

亨特夫人说得很中肯，风花雪月的日子总是那么简单。汤姆的思绪飘到了利奥身上——她不敢让他靠得太近，害怕在一起是分开的前奏。他不能逼她放下戒备，只能等待或者向前。他把思绪重新拉回到贝基身上，后者显然想把满腹心思一吐为快。

“我问她，如果这不是第一次，为什么还要忍气吞声。你知道她是怎么回答的吗？她告诉我她鄙视彼得的软弱。他在她眼里不是个男人，深深地伤害了她。但爱情和许多东西相关，她很早以前就明白没有什么是完美的。你对此怎么看？”

“她可能是对的，反正我是肯定从来没有体验过完美。你呢？甚至连我们毕其一生所爱的那些也极有可能不是完美无缺的。”

贝基沉默了片刻，汤姆接着讲道：“我相信你和彼得拥有过美好的时光。偷偷摸摸本身就令人陶醉。在你们共度的短暂时光里，你们会把全部身心倾注到彼此身上。而在家里，他可能是个希望被照顾得无微不至的人，说话的时候嘴里塞满了食物，或者看电视的时候扯脚上的死皮，或在床上放屁。”

这句话至少让贝基漾起了一丝笑意。

“有些人忍受得了这些，”他继续道，“而有些人不能。我就知道一个人，他之所以和妻子离婚就因为她不容许他把在足球比赛中获得的奖杯放在壁炉台上。彼得和他妻子也许通过长时间的磨合相处得很好，也许比起不够忠贞的男人，她更不愿意和一个不够体贴不懂关心的男人在一起，每天被气得半死。我们无从知道，我们没有参与他们的婚姻。”

贝基垂下了头。汤姆给她一些时间思考。

“后来怎么样？”

“本质上，是她叫我走出那个骗局的。要么我换个职位，要么她就和她叔叔说——她那位叔叔恰巧就是我们那儿的副署长——而且她一定会扼杀我的事业。我不确定她能否做到这一点，但那都无所谓了，因为彼得再也没有和我说过话，除了在不得已的时候。他对我的称呼也变成鲁滨逊警官。”

汤姆能看出来要贝基承认这点有多难。“我曾读过一句谚语。”他说，“我不确定是在哪里看到的，但它是这么说的：‘如果一个男人想偷你老婆，最好的报复就是把她让给他。’换位思考一下，这也许就是你和彼得的结局。想象一下，如果她把彼得扫地出门，他最后来到你身边，你认为你们的关系又能维持多久？”

贝基思量着那会是什么情形，汤姆观察着她的脸色，这个可怜的丫头看起来还是面如死灰。“谢谢你告诉我，贝基。这对你来说肯定很难，你肯定想念他。”

贝基睁大双眼看着他。“你以为我这副失魂落魄的样子是因为想他？”她发出刺耳的笑声，“你错了。令我苦不堪言的原因很多，但主要是因为我感到非常歉疚。我不再知道自己是谁了，那就是折磨我的原因。我总觉得自己是一个善良的、会关心人的人，但露丝·亨特把我看成了一个麻木不仁、任人摆布的婊子。那么，我们俩谁是对的？”贝基顿了顿，“然后就是我的愚蠢至极，这点显然不需要我再做解释。”

这次她的笑容更真诚，对汤姆来说这貌似是个转变话题的好时机。他不想让贝基觉得他就这么轻易地把她的坦白打发了，但他的确没有什么可说的了。她将不得不自己消化这件事。

他看着她喝下一大口咖啡，几乎能看到她正把心思从依然困扰着她的黑暗之处拉开。

“谈起危险的婚姻，”她说，“昨晚我们和布鲁克斯谈话的时候我留意到一点，貌似他总是选择在孩子们不在的时候跟妻子视频通话。要不就是在孩子们起床前，要不就是他们上床之后。还有，最重要的是，他不停念叨着要我们找到他的妻子，几乎没有提过他的孩子们。你注意到了没有？”

“怎么可能没有。”

“很奇怪，他好像丝毫不关心孩子们。当然，除非他知道孩子们在哪里，这又让我们回到了最初的看法上。”

贝基带着一丝调皮转向汤姆，他还没来得及做出回应，眼角的余光就瞥见了一丝动静。他扭头朝风挡玻璃外望去，罗伯特的捷豹刚好调头从他家大门开了进去。

“稍等，贝基，他回来了。除非我弄错了，在车道上追他的正是我们的人蒂皮茨。赶紧了。”汤姆说着把空了的纸咖啡杯捏成一团，扔进纸袋里，“我们不能等着让该死的瑞安再犯错。”

15

从安格尔西岛回来似乎比去时要快得多。当你想去某个地方的时候似乎永远也到不了，而当你不抱着这个目的时，时间则过得飞快，为什么总是这样？他不急着回家，因为他知道将不得不面对警方的强烈反对。他们没有要求他待在家里，但也不会对他去找埃文斯夫人问东问西感到高兴。

至少他现在有一定的把握，那位女房东不会对警方说任何她不应该说的话。他确信她已经明白了他的暗示，会原封不动地把之前跟他讲的话向警方复述一遍。

他拍了拍西服胸前的口袋，感觉到了里面鼓起的照片。多走运啊，让他碰巧发现了贴在埃文斯夫人布告栏上、挤在那么多照片中的这张。他绝不能把它丢在那里留给警察。

罗伯特把车开进车道，向后视镜瞥了一眼，只见有个男人一路小跑着追在车后,边跑边急促地对着手机说着什么。不是昨晚来过这里的警察，但他确信是名警察，否则还能是什么人？

罗伯特打开车门准备下车，耳边充斥着邻居花园里传来的喧闹声。

“先生，我很高兴你回来了。我们能进屋去吗？”那名警察喊道，“我需要和你谈谈，我更愿意到里面去谈，如果你不介意。外面有点儿吵。”

罗伯特沮丧地“啧”了一声。他的邻居居然会选择在这个周末去雇挖掘机拆毁前面的车道，为铺上某种昂贵的新鹅卵石做准备，真是奇怪。

他走进门廊，从口袋里掏出一串钥匙，慢悠悠地在里面找来找去。他需要整理思绪，为解释自己的行为做准备。最终他把钥匙塞进锁孔，打开了门。

转身邀请那名警察进屋的时候，他注意到一个贴着奥莉维亚名字的小箱子。

“这是什么？关于这个你知道些什么吗？”他问那名警察。

“知道，是对面的邻居为你妻子保管的。学校校长这周早些时候带着它来拜访过，她在箱子前面贴了一封信，上面还有一张便条。”

罗伯特弓身去搬箱子。他现在还需要学校里的东西干吗？他把它搬进屋里，放在大厅里，然后撕下那封信塞进口袋，转身面对那名警察。

“你要找我谈什么？”他问，双腿分开稳扎在地上，双臂交叉。警察对他的姿势怎么看悉听尊便，但他如果对自己做过的事道歉的话就真是该死了。

“我们能不能拜托你，布鲁克斯先生，以后在没有告诉我们要去哪里的情况下，请不要离开房子行吗？昨晚发现你不见了，我们十分担心。”

“我被捕了吗？”罗伯特竭力忍住怒火，就算没有这只大猩猩告诉他该怎么做，他也有够多事情要烦心的了。

“你趁我一不留神就溜走了，搞得我不知道你去了哪里，为此我还挨了一通臭骂。这种事下不为例，你明白了吗？”

罗伯特差点儿笑出声来，因为那个警察没有意识到就在他们站上门阶的几分钟里，昨天晚上来过的那两名警察已经沿着车道走上来了，粉碎沥青碎石路面的声音掩盖了他们的脚步声，他们亲耳听到了这番话。

探身向前、尽量放低声音说话的是那个女人。“谢谢你，蒂皮茨探员。这件事从现在开始由我们接手。”

罗伯特看到那个刑警的眼睛闭上了，好像不敢相信自己的话被他们听见了。他垂下脑袋，转身走了出去，没有抬眼看他两位上司中的任何一个。

“抱歉，先生。”那位女督察说道，笑意只保持在嘴角，“但蒂皮茨探员说得没错，布鲁克斯先生，我们更愿意知道你在哪里。我们可能收到什么消息，可能需要你的协助，可能有各种原因想找你谈话——但我们不仅不知道你身在何处，你还把手机给关掉了。”

“那请问你们为什么要看着我？说得更确切一点，是监视，对不对？”

那位高级警官开口了。“不是监视你，先生。我们监视的是这栋房子。我们想知道你的妻子是否回来了，以及是什么时候回来的。”

罗伯特摇摇头。“好吧，如你们所见，她没有。行了吗？”

汤姆·道格拉斯仔细地审视着他，罗伯特看得出来汤姆在估量他。“真的吗，先生？你怎么知道她没有回来？我们只能看到大厅——她可能在厨房、在客厅、在卧室。我没有听到你喊她。你呢，鲁滨逊侦缉督察？”

罗伯特感到一股血涌向脑门。*该死，怎么没有想到这点？*

汤姆非常仔细地观察着罗伯特，能看出来这个男人十分不自在。他可以打包票罗伯特知道他的妻子和孩子不会在家。他是怎么知道的？

罗伯特迅速开口，以掩饰自己犯下的错误，将重点从奥莉维亚不在家这个事实转移开。“好吧，无疑你们已经从安格尔西岛收到消息知道我没有撒谎。埃文斯夫人弄错了，我敢肯定她已经告诉了当地警方。你们现在该相信我了吧？或许你们对我说的从两周前离开家起我就没有见过我妻子有了几分相信？”

汤姆沉默着，知道贝基会接过话头。

“你肯定能理解，调查这样的案子，我们有必要核查每一件事，有必要怀疑所有人。埃文斯夫人证实她之前从来没有见过你，所以我很抱歉她弄错了，先生。”汤姆知道贝基是在通过道歉缓和罗伯特的情绪。

“好吧，不管你们相不相信，反正我知道自己没有去过那里，我不允许自己被卷进一丝一毫的混淆当中。”他微微一笑，笑意中包含着一丝胜利的意味。

“那你为什么要去安格尔西岛，布鲁克斯先生？”汤姆问，“我们正在寻找一个失踪的女人和三个孩子，若让人——不管那人是谁——见到了可能的证人，往好里说是帮不到忙，往坏里说是对调查不利。你到底想不想让我们找到你家人？”

罗伯特看上去很震惊。好，汤姆心想，他就应该这样。

“对不起，但我想知道那位女房东为什么要撒谎。我看不出这么做有什么危害。”

“如果你想知道什么，你可以问鲁滨逊侦缉督察，或问我。”汤姆给了罗伯特片刻时间理解他的话，“现在，在我们做出你妻子遭遇了什么不测的结论之前，我们需要做的一件事是看看你的经济情况。我们需要知道她是否有足够的钱玩失踪，把一切留在身后。”

罗伯特脸色稍稍放松，像是觉得那很滑稽似的。不知为何，汤姆并不觉得意外。考虑到书房那扇上了锁的门和墙上贴的日程表，他已经意识到罗伯特·布鲁克斯具有极强的控制欲。

“那我想你们最好进来。”他毫无风度地说，“瞧，你们知道我整夜没睡，所以我得喝点儿咖啡提提神。坐吧，检查一下房子，你们想做什么都行，我去去就回。”

罗伯特走进厨房，丢下站在大厅里的汤姆和贝基。贝基瞅着汤姆，汤姆皱了皱眉头。

“身为想让我们帮忙寻找家人的当事人，他不怎么配合，对不对？”贝基说。

“没错，但他这么做原因有很多。如果他觉得奥莉维亚只是弃他而去，他的感受从羞愧到绝望可能都有。而如果他认为他们是被挟持了，那他会感到害怕或因为自己没能更好地保护他们而愧疚。”

贝基点点头。“如果是他抛弃了他们，或哪怕只是他妻子，他的感受则可能是害怕、愧疚和绝望。”

汤姆还没来得及做出回应，厨房门就开了，罗伯特招呼他们进了客厅，但没有人坐下。

“好吧。你们想知道什么？”

“我们想知道你的妻子可以动用什么钱：信用卡上的、银行账户上的以及其他的等等。当然我们也可以查这方面的资料，但如果你能跟我们讲讲家里的财务开支情况会更好。”

“那简单。我的工资会打进我名下的一个账号，我用那个支付家里的所有开销——抵押贷款、公共开销等等——外加其他任何主要开销。账单由奥莉维亚收集，我们每个月都会度过一个刺激的账单支付日，我想这个你们能想象到。另有一个独立的家用账号，我往里面存钱支付食物和孩子们七七八八的费用。奥莉维亚有一张那个账号的签账单，我们查账单的时候会看看用了多少钱，剩下了多少。如果账户上有余钱，就把它延续到下个月，而如果钱不够用，我们就会把钱加满。”

“你最近检查过那个账号吗，布鲁克斯先生？”贝基问道。

罗伯特的上唇微微上翘，好像这个问题愚不可及。“我当然查看过，昨天才查的。没有什么不寻常的。在安格尔西岛提取了一次现金，可能是买冰淇淋之类的，然后就是这周在塞恩斯伯里超市的。和我预料的没有丝毫偏差，根本没有其他开支，除了加过一次油。”

“购物是哪一天？”

“周一。如果你想知道，她花了 78.03 英镑。”

“如果这个账号是用来买吃的，那么如果你妻子一时冲动想给自己买些东西时用什么买呢？比如说，买条新裙子什么的。”贝基问。

罗伯特哈哈大笑。“奥莉维亚是你能想到的最不冲动的人，督察。她在网上购物，查些资料选择几样东西，然后等我回家后用我的信用卡完成交易。我和孩子们的东西也一样，除了他们的鞋子。她想给孩子们买到合脚的鞋子。奥莉维亚喜欢网上购物，一切东西都能退货，这样一来，她就能试穿给我看，如果她不喜欢哪样东西，退回去就是了。你不懂她是个什么样的人。她讨厌责任，我喜欢照看她，而她也照顾我。”

这番话更让汤姆觉得罗伯特的控制欲太强，但他知道不应该妄下判断。如果奥莉维亚有问题，那这可能就是他们过日子的方式。

“听我说，如果你们得出的结论是我太抠门，那去看看她的衣柜。”罗伯特猛地把胳膊向上一举，用食指指着卧室方向。“里面装满了衣服，好衣服，其中不乏大牌。看看她的化妆包，全都是香奈儿和迪奥的，尽管她都不怎么化妆，她不需要。奥莉维亚想要什么我都会满足她。她拥有她想要的一切。”

只有那么一刻，汤姆在罗伯特眼里捕捉到一丝迷离，好像他已经离开了这个房间，正在探访另一个地方或身处另一个时空。罗伯特微微垂下了眼睑，但就在那之前，汤姆在他眼里瞥见了状似懊悔的东西。

16

汤姆一走进专案室就感觉到了那十来个俯身在办公桌上的人身上散发出的无声的能量，他们不是在轻声打电话，就是在和同僚分享信息。贝基这会儿应该已经向小组成员介绍了基本情况，但他的出现表示他会鼎力支持她。日常调查由贝基负责，但鉴于这一家的历史，菲利帕·斯坦利对汤姆盯得很紧，所以他也需要加快进度。

汤姆感觉像已经工作好几个小时了，但现在不过才上午十一点。他有种奇怪的感觉，这一天在变好之前会变得更糟糕。他朝贝基的办公桌走去，经过那些人时礼貌地点了点头，以示“早上好”，然后拉出一把椅子。

“有新情况吗？”他一边坐下一边问。

“已经通知了媒体，消息已经登上了大部分早间新闻，不过登报已经太迟了，今天是周六，恐怕没有多少人会关注电视上的早间新闻。这可能会唤起某人的记忆，但没有照片也希望渺茫。挨家挨户的调查正在进行，技术人员正在检查手提电脑。他们会给我们提供一份初步的新情况汇报，时间大约是……”贝基看了看手表，“五分钟内，运气好的话。虽然布鲁克斯先生给书房上了锁不让他的妻子进去，但我们还是需要征用一下他的台式电脑。”

汤姆能听出她声音里暗藏的愤怒，她定是为奥莉维亚在自己家里居然还受限不能进某个房间而不平。

“追查丹纳什·贾罕德有没有进展？”

“没有实质进展。他最初失踪的时候，案子卷宗里倒是有一条笔记上写着他哥哥的资料，叫……”贝基把电脑屏幕往下拉，“萨米尔·贾罕德。想找到他要容易得多，他是名医生，每年大部分时间都在迪拜居住和工作。但他偶尔也会去伊朗志愿工作几个星期，他现在就住在那里。”

“所以是一条死路？”

“我们给他留了一条信息，让他给我们回电，同时我们也和他妻子交谈过。就她所知，萨米尔在丹纳什消失前一年左右来英格兰看望过他，此后就再也没有见过这个弟弟。家里也没有人愿意提起他的名字，萨米尔是来劝他离开奥莉维亚返回伊朗的。他们大吵了一架，最后萨米尔无功而返。”

“然后呢？”汤姆催问。

“萨米尔告诉妻子曾接到过一次丹纳什的电话，她记得那大约是在他失踪两年后。他只是打电话来告诉家人他还活着，但也清楚地表明，都怪萨米尔干预他和奥莉维亚的关系，否则他不会不得已做出这辈子最糟糕的决定，他一辈子都不会原谅他哥哥。据萨米尔妻子说，萨米尔和丹纳什那次吵得很厉害，从那以后萨米尔就再也没有提到过他。”

汤姆拉长了脸。“你有没有想办法去弄几张我们能用的照片？”

贝基在办公桌上一叠文件里翻找着，汤姆知道这些资料比它们看上去的样子更有条理。“我们唯一弄到的照片是他和奥莉维亚在一起的时候拍的，至少有几个年头了。它们还是当时她提供的。”汤姆看得出来贝基的眼神流连在丹纳什·贾罕德的笑脸上，他笑容灿烂，双唇完全翘起，露出一口洁白的牙齿，黑色的卷发从光滑宽阔的额头梳向后面。和贝基那个五十多岁的前任情人不太一样，汤姆忍不住想——这个男人要好看多了。

贝基的电话响了，汤姆让她接电话，自己则盯着丹纳什·贾罕德的照片。他看上去是个体面的男人，笑容真诚，笑意直达深棕色眼底，但汤姆不会天真到相信外貌有多可靠。据他们掌握的情况，他可能就是个彻头彻尾的混蛋。

有那么一会儿，贝基的话语分散了汤姆的注意力。“你确定吗，吉尔？”她问道，然后是片刻停顿，“好的，你最好从甲板下面上来，当面向正坐在我对面的道格拉斯侦缉总督察解释一下。我想我们有必要对这个有更多了解。好的，那我们几分钟后见。”贝基挂掉了电话。汤姆不解地看了她一眼，等待着。“吉尔将会来给我们讲解 FaceTime 的运行原理，以及那两台手提电脑之间发生的情况。恐怕这对我来说有点儿专业，我能听懂，但还没懂到能复述出来。你等一会儿没关系吧，还是说等他到了我再给你打电话？”

汤姆同意等，然后掏出手机打了几通简短的电话——其中一通是打给利奥的。他一直计划着今晚和她聚聚，但不知道这里什么时候能结束。也许他应该主动提出做一顿晚点的晚餐，如果她能去买些食材，反正他们都是要吃饭的。但没人接电话，他没有时间给她留言。听到有人朝办公桌走来，他抬起了头。

“吉尔，拉把椅子坐。”贝基说。

汤姆冲吉尔·坦南特笑着点了点头。他和人们想象中的那种典型的技术极客不同，从外表上看可以说得上整洁帅气。他身材矮小，苗条得像个少女，今天穿着芥末黄色的牛仔裤和黑球衣，脚上搭配的是一双整洁的黑色绒面革跑鞋。汤姆有好几次注意到吉尔是个喜欢搭配鞋子的男人，这是一种奇怪但无害的嗜好。他刚硬的头发被粘胶粘住了，看上去脸上总挂着一副吃惊的表情，汤姆怀疑这跟他爱偷拔眉毛的毛病有关系。

“好……的。”吉尔说，夸张地拉长了声音，“我发现了几件有趣的事。你们对 FaceTime 懂得多少？”

汤姆看着贝基耸了耸肩。“我知道那是什么，我在家里的苹果电脑上使用过。但还是让我们假设对此一无所知吧，那可能是最好的。”

“FaceTime 是在任意两台关联的苹果设备像手机、平板电脑、台式机等等之间进行交流的工具。它是一种视频链接，就像 Skype。说到这里听得懂吧？”

汤姆觉得自己像被当成了一个六岁孩子，他忍住笑，点了点头。

“好的。问题是，如果 FaceTime 是在两台电脑之间而不是两台手机之间进行的，就像这起案子里的情况……依其申述的，”吉尔加重了“申述”这个词，顿了顿，冲他们两个都微微得意地笑了笑，“交流是在邮件地址之间进行的，那么我们就可以利用电脑的 IP 地址锁定使用者的地址。”

在吉尔解释各种技术之间的差别和如何追查人下落的复杂难懂的理论时，汤姆没有认真听，任由思绪漫游到奥莉维亚·布鲁克斯身上，回忆起大约九年前十一月的那个狂风呼啸的夜晚第一次见到她的情景。他本来根本不会见到她，但瑞安·蒂皮茨让他搭顺风车，行驶途中瑞安接到电话被派去查访奥莉维亚，他也就跟着去了。

说起奥莉维亚，他一直忘不了那一幕：她前后摇晃着身子，把啼哭的婴儿紧抱在胸前，一遍又一遍地重复“丹不会离开我们，我知道他不会离开我们，请找到他”。那情景看着令人心碎。汤姆的女儿露西只比奥莉维亚的婴儿大一点儿，他知道处在同样的境况下凯特会怎么反应。当然了，那是他和凯特正琴瑟和谐的时候。

汤姆意识到吉尔又顿了顿话语，目光在他们两人身上逡巡，看他们能否跟得上。

“现在，让我们说说布鲁克斯先生的情况，怎么样？”他面露喜色地看着他们两人，“他说他每天都联系妻子，没错吧？”

“没错。”贝基补充道，“直到周五早上。”

吉尔咂了一下舌头，摇了摇手指。“不是真的。我们检查过布鲁克斯先生的手提电脑，他的确用 FaceTime 联系过他妻子——每天晚上和大部分早上，但只到周三。周三晚上视频通话后，他的手提电脑上就再也没有通话记录了。”

吉尔终于引起了汤姆的兴趣。这么说罗伯特在和妻子最后的通话时间上撒了谎。可为什么他并不感到吃惊呢？

“我们也查看了布鲁克斯太太手提电脑上的记录，有趣的是，她的手提电脑上的记录显示她和丈夫在过去两周里根本就没有联系过。这意味着，如果我有必要详细说明，他跟她视频的时候，她显然不是用那台手提电脑跟他通话的，她肯定使用的是另一台电脑，或是一部平板电脑。”

汤姆弄不懂了。如果如罗伯特所说，奥莉维亚躺在卧室床上跟他视频，那么她需要可以移动的东西。但据罗伯特所言，除了她的手提电脑外——吉尔声称她根本就没用的那台——房子里没有其他适用的设备。

吉尔还没有说完。他把头从一边转到另一边，先看着这个，然后看看那个，一副扬扬自得的表情。“不过……在过去几个月里，布鲁克斯夫人的电脑拨出了几通打给一个 Hotmail 账号的电话，那个 IP 地址像是在——”他顿了顿，以示强调，“伊朗。”

贝基一边听一边匆匆地做着笔记，但听到这个消息，她停了下来，抬起头。汤姆瞧见了她的表情，所以无须多问。

“通常情况下，我们接下来就要联系网络服务商，填完所需的文件资料后，让他们告诉我们接电话人的准确地址。但依我之见，老实说，要从一个伊朗网络服务商那里得到消息的希望不大。”

“你有百分之百的把握这个 IP 地址在伊朗，对吗，吉尔？”他问，“最后一通电话是什么时候打的？”

吉尔梳理得完美的眉毛几乎要穿透天花板了。“我十分肯定，道格拉斯侦缉总督察，我不会犯那样的错误。最后一次和那个 Hotmail 账号联系就在两周前。”吉尔查看着自己的笔记本，“准确地说，是十五天前。”

汤姆从办公桌上拿起一支铅笔，夹在指间转动。有没有可能奥莉维亚只是要和她的伊朗情人私奔，仅此而已呢？但感觉不像那么回事。

为什么罗伯特要在和她视频的时间上撒谎？吉尔说最后一次联系是在周三——尽管不是通过奥莉维亚的手提电脑。罗伯特说直到周五她肯定都在他们的房子里——但听上去也不像是真话。那他为什么要撒谎？

“抱歉，吉尔，我需要一点时间想想。”汤姆说，“你的解释没有什么不好理解的，让人费解的只是这个该死的布鲁克斯家庭和他们真假难辨的状况。还有没有什么情况？”

“还有一点。就像我刚才提到的，我们知道直到周三，罗伯特·布鲁克斯都在同他妻子的邮箱地址视频通话。我们追查到了接收那些视频的设备所在地，结果显示接收端在法国。”

贝基一脸困惑。“她都没有护照，究竟是怎么去那里的？”

“她可能没有去。”

贝基身子往椅子里陷了陷，做了个鬼脸。“嗯？”她问。

“我们相当确定那个 IP 地址是假的。她肯定是在网上买的，这么做轻而易举。但如果想要查出真正的 IP 地址，恐怕就得再做一些文书工作了。”

“那她为什么不干脆绕地球转一圈来布迷魂阵，彻底迷惑我们？”汤姆问。他的哥哥干的就是这种特别的技术，并发了大财，这不是他碰到的第一起用这种方式掩盖地址的案子。

“用 FaceTime 不能做得天衣无缝。信号不够强，视频会不清晰。我们可以从供应商那里得到她真正的详细地址，而她的丈夫则办不到——我猜这正是她的目的所在。这么做要花时间，也许要两三天，就像我刚才说的，还要做一大堆讨厌的文书工作。”

吉尔沉默了片刻，目光热切地从一个人身上转移到另一个人身上。“我知道我说的可能是明摆着的事情，但我能不能请二位注意，仅凭罗伯特·布鲁克斯在 FaceTime 上联系他妻子的邮箱地址不能说明什么，根本就没有证据证明电话那端的是奥莉维亚。这只是罗伯特的一面之词。任何知道她邮箱地址和密码的人都能接罗伯特的视频邀请。说到这点，他自编自演都有可能，目的只是为了让我们相信她还活得好好的。所以，即便我们查到了地址，也根本保证不了我们能在那头找到奥莉维亚。”

太好了，真是太好了，汤姆想。所以我们只知道罗伯特说周五和奥莉维亚视频过是假话，并不知道过去两周他有没有和她通过话——有可能都是事先设计好的。那是我们认为她实际上还活着的唯一证据。也许贝基从一开始就是对的。

但如果罗伯特已经谋杀了她，那孩子们究竟在哪里？

17

罗伯特躺在床上，头靠在四个枕头上，一整晚都没睡。他需要睡眠，但思绪根本停不下来。他现在真希望没有报警，但这么做似乎是对的。如果他没有把奥莉维亚失踪一事报警，那他看上去一定像是有罪。但奇怪的是，报警似乎并没有消除已经包围着他的嫌疑。这是他需要处理的。

已经到了不得不向警方提供更多信息的时候——比他愿意的更多——但也许没有其他选择。不管怎么样，他们迟早都会查到，那么，如果他主动交代而不是让他们自己去查，可能会为他赢得几分。

奥莉维亚，你为什么非得这么做？

他一直都知道自己是次要的，没有人能取代丹纳什在她心目中的地位，但他已经那么尽力地去赢得她的爱了。她说她爱他，但他能感觉到那些话是多么空洞。她不明白他的感受，不明白他的心是如何充满渴望地狂跳着，想往她身体里注入一些感情，让她变回多年前那个令他一见倾心、爱笑、无忧无虑的女孩。在罗伯特看来，无论奥莉维亚在哪里，都好像有聚光灯打在她身上,使得她周围的人都变成背景墙。他只能看到她。但回到那个时候，她甚至不知道他的存在。

他一直都知道自己需要做什么。他得让她离不开自己，让他成为她生命中的一个重要部分，让她没有他就无法生活。他一再地向她证明了这点，但她依然躲在自己的壳里，他从来都不确定她用以保护自己的盔甲究竟是为了防止他进入，还是为了掩饰底下裂开的伤口。

他的目光在他们的卧室里逡巡，在梳妆台上略一顿，想象着奥莉维亚坐在那里梳头的样子。他们买下这栋房子的时候，他就确保楼上能为他们提供套间——一间足以装下一张舒适的沙发，一间更衣室，和一个豪华独立浴室的卧室。他想给奥莉维亚被宠溺的感觉。卧室主要是用乳白色和灰色装饰的，带着几缕用以突出的紫红色，看上去像是为一家非常昂贵的杂志拍摄的图片。但不知为何，始终没能营造出他一直追求的那种亲密的隐蔽氛围。想起对他们共同生活的最初愿景，他的眼睛不由得有些刺痛。

抛却他们的生活原本可能会怎样的所有感伤，他把注意力集中到自己的愤怒和在安格尔西岛发现的一切上。他探身朝向扔下的外套，从胸前口袋里掏出那张皱巴巴的照片，两手捏着。照片钉在埃文斯夫人布告板上的一堆快照里，她看到了他看到它时的模样。

“这是什么时候拍的，埃文斯夫人？”他问道，竭力让自己的声音保持平稳。

“就在上周。当时你妻子正从房门出来，刚好我们的一个常客在抓拍这栋房子。她每次都会送我几张。可惜奥莉维亚不是正面对着镜头，她实在是个大美人，对不对？你喜欢这张照片吗，布鲁克斯先生？”

罗伯特恨不得把照片从墙上扯下来撕得粉碎，但那么做没有好处，他可能会需要它。

“谢谢你，埃文斯夫人。我喜欢。你还有我妻子的其他照片吗？”

她没有，这是唯一的一张。

他瞪着照片，然而无论思路朝哪个方向行进，都只一次一次地进入死胡同。

背靠着床头，他能看到马路对面的情形。他一直注视着警察挨家挨户地敲门，询问所有的邻居，告诉他们奥莉维亚失踪的消息。他知道邻居们都会怎么想。

最后警察走到了正对面伊迪丝·普雷斯顿家的房子，罗伯特知道她有一大堆要说的，不管有没有什么重要的事情。他原以为她会邀请警察进去，请他坐下，长篇大论一番她对布鲁克斯一家的看法，所以当看到她从前门走出来，对警察开门见山时，他很是吃惊。

罗伯特坐起来了一些。她在说什么？她抓住警察的袖子，把他拉到了客厅窗子前——也许是在演示一直以来她是站在哪里透过窗帘往外看的。接着她指了指，首先是马路，接着是车道，然后用手指做起好笑的动作：直着、弯曲，直着、弯曲。那是什么意思？

警察掏出笔记本，显然是让她把所说的一切重复一遍，因为她又做了一遍那个手势。

普雷斯顿夫人又和警察聊了五分钟，没有再做手势，最后警察习惯性地抓着无线电设备沿着车道往前走去。

那个臭婊子到底说了什么？

罗伯特确信那是什么罪证，一段记忆在心底烦扰着他。昨晚他去车上拿手提箱的时候，普雷斯顿夫人走过来跟他打招呼，还说了些什么，只是他没有认真听。那真的就在昨天吗？她说了什么他没有认真听？

他不清楚。他脑子累极了，不仅是因为缺少睡眠，还因为思虑过度。

罗伯特挪动双腿，从床上下来。他需要做点什么。

他朝妻子的五斗柜走去，开始胡乱地拉开抽屉，到处翻找，并没有真正指望能找到什么。他的耐心只维持了两分钟，随着一声痛苦的哀号，克制了好几个小时的怒火砰地爆发，他把每一个抽屉都从柜子上扯了下来，一个一个地扔到地上。他又走到衣柜前，将衣服从衣架上扯下来，在地板上扔成一堆。他拼尽全力踢它们，那些柔软的织物没有反抗他。最后，他坐在床边的地板上，手臂抱住曲着的双腿，头枕在膝盖上，终于不再克制自己，开始深深啜泣，试图抛开心头所有的愧疚，但没有成功。

18

新闻报道带来的反馈信息比贝基预料的要多，但大部分都是浪费时间。许多人打电话来说看到一个女人带着三个孩子出现在他们的街道或小镇上，当问及任何细节时，要么孩子们的年龄不符，要么种族不符。但这个特殊的家庭要想长时间躲开人们的注意相当困难，也许最终事实会证明这仍是一条有价值的探寻渠道。

要是有人有这几个孩子的照片就好了。他们从孩子们的派对着手查照片，但一无所获，直到周一返校，这项工作也无甚进展。他们当前找到的最好的照片就是比利贴着墙壁在做倒立，一脸傻相地做着鬼脸。

尽管问题成堆，贝基还是很高兴能负责这项调查，这对她来说是在小组树立声誉的大好机会，她下定决心只许成功不许失败。把和彼得的那段丑事告诉汤姆不容易，却是正确的。她想让他从她嘴里听到这件事，而不是从以前的同事和在某个全国性会议或其他地方认识的高级警官那里听到谣言。那件事带来的痛苦已经开始消退，一种宽慰感开始取代她心中的孤寂和自我憎恶感。

他们的恋情当时感觉是那么美好，但当汤姆提到她和彼得厮守终生的可能性时，她觉得相当恶心。他将不可避免地从偶像的基座上跌落下来，然后她会怎么看他呢？当他不再是悄悄巡行在伦敦警察厅走廊上的那个有权有势、性感的人物，而变成把内裤丢在浴室地板上，每天晚上看电视时张着嘴呼呼大睡的男人时，他们有足够的感情基础让这段关系天长地久吗？

很高兴有更好的事情去考虑，她把思绪拉回当下。这件案子就是她的关注点。

她听到一声轻咳，抬起头来，只见一名年轻的警员正站在她办公桌旁。她不知道他在那里站了多久。“抱歉，尼克。我刚才走神了。我想试着去揣摩奥莉维亚·布鲁克斯在想什么。我能为你做什么？”

“是护照的事，长官。布鲁克斯先生说他们——他的妻子和孩子——没有护照，但我们还是决定查查看。他在撒谎，布鲁克斯夫人和贾丝明都有护照，都是在过去十八个月内申办的，但两个小的孩子没有。我认为你会想知道。”

贝基皱了皱眉。是罗伯特在撒谎，还是他根本不知道这些护照的存在？如果奥莉维亚出国了，那另外两个孩子呢？她全神贯注地咬着下唇。

注意到尼克还站在面前，她又抬起头。“还有其他的吗？”

尼克点点头，脸上洋溢着热情的微笑。她开始意识到她可能终于到了男警察在她眼里都像还穿着短裤的年纪。这个显然就是。

“我们从挨家挨户的探询中得到了一些反馈。大部分都很无聊或没有意义，但住在他们对面的那位女士有一大堆要说的。有两点可能和案子有关。首先，她发誓说罗伯特·布鲁克斯在周四早上很早的时候回过家，大约是两点钟。据她所说，肯定是什么东西把布鲁克斯家的应急灯给撞歪了，因为过去几周，她被本应照进他们家花园却照进了她卧室的强光给弄醒了好几次。第一次是只狐狸，但周三晚上——或更应该说是周四早上——那肯定是罗伯特·布鲁克斯的车。车子很显眼，因为他把它停在了车道上，自己走进了房子。她正准备睡的时候灯光又照过来了，但那次她没有理会。当灯光第三次出现的时候，她又起来看到底在搞什么鬼，刚好看到布鲁克斯先生把车开进了车库。昨天晚上他去安格尔西岛夜游时这种情况又发生了，那件事我们都知道了。”

贝基在便笺本上记下了这点。这非常怪异。罗伯特一直坚持说他在纽卡斯尔从来没有离开过旅馆。最开始他们感兴趣的是他在第一周的行动——就是据称他去安格尔西岛看望妻子的那周。但现在尼克谈的是第二周，这让情况出现了新的扭转。他们不得不再细细查看。在指控他任何罪名之前最好先检查一下他的车在周三晚上是否离开过停车场，查看闭路电视视频将是要优先做的事情。

“继续讲，尼克。还有什么？”

“普雷斯顿夫人像是个好管闲事的老太婆。第一周，布鲁克斯夫人在安格尔西岛期间，普雷斯顿夫人曾绕着布鲁克斯家的车库走了一圈。她给我们指出那里有条小路。她说当时她正把布鲁克斯家的垃圾桶放回去。那个垃圾桶从上上周五晚上起就放在了大门边，可能是布鲁克斯夫人离开的时候放在那里等人来清理的，普雷斯顿夫人觉得那个垃圾桶十分有碍马路的观瞻。不管怎么说，他们家车库边上有个小窗子，她朝里面瞅了瞅，布鲁克斯夫人使用的那辆小甲壳虫在那里。在那之前的几天，普雷斯顿夫人没有看到他们家里有人活动的迹象，于是她敲了敲门，但没有人应答。她说在那之后她每天都会去查看布鲁克斯家的车库，那辆车从来没有挪动过。而当她周四早上去看的时候，她以为会看到罗伯特·布鲁克斯的车也在那里，但车开走了。”

贝基把双手搭成尖塔形，支在下巴上。“你知不知道这周那个垃圾桶曾被放在门外等人清理？”

“没有。普雷斯顿夫人说她没有看到，但这没有多少意义，因为她周四早上不在家，布鲁克斯夫人很可能把它拿出去，后来自己又拿回家了。”

“好吧，干得好。告诉我你怎么看，尼克？”贝基有自己的看法，但她的行事风格是隶属汤姆·道格拉斯一派的：多问问别人的意见总不是坏事。

“好吧，长官，如果布鲁克斯夫人第一周在安格尔西岛，那她没有开车是怎么去那里的？”

19

手机在办公桌上恼人的震动声让汤姆从天马行空的思绪中惊醒。他在苦苦思索追查这起案件的方向。但一看到打电话的人是谁，恼怒便烟消云散了。

利奥。

“嗨，利奥。你看到我早先给你打过电话吗？”

“看到了，但那不是我给你打电话的原因。”她回答道，平静的声音和实事求是的语气清楚地表明这不是一个女人给情人打的电话，“至少，那不是唯一的原因。”

当然不是了，那会让她显得太容易接近。汤姆微笑着等她接着往下说。

“恐怕有个不好的消息要告诉你。”

汤姆身子探向前，把胳膊肘支在办公桌上。如果利奥说是坏消息，那就不可能是鸡毛蒜皮的小事。

“似乎昨天晚上有人闯进了你的小屋。”她继续道，语气缓和了下来，“抱歉，汤姆。我敢肯定你绝对不想听到这个消息。据埃莉和马克思说，报警器没有响。如果响过，他们肯定会听到，因为他们一向是开窗睡觉的。他们差不多半个小时前要出去一趟，开车经过你家时，发现窗户有一扇似乎是开着的，地上有些纸屑和其他碎片到处乱飞，于是他们就过去看了看。”

埃莉是利奥的姐姐，住在柴郡汤姆周末小屋的隔壁。汤姆在曼彻斯特的时候，她和丈夫马克思会好心帮他看家，而最近他似乎大部分时间都在曼彻斯特。

利奥还没有说完。“他们已经给当地警方打了电话，你曾经的同事史蒂夫刚刚赶到。他可能一听说那栋房子是谁的,就决定自己去调查那件事。埃莉和马克思还在那里，他们不确定在你工作的时候给你打私人电话合不合适，于是先问了我的意见。我跟他们说会把这个消息转达给你。”

利奥是对的，这正是汤姆需要的。倒不是说那栋房子里有什么特别值钱的东西。那里有几幅他哥哥买来作投资的画，但据他所知，没人知道他有那些画，他确定光凭眼睛大部分人看不出它们值钱。

“他们拿了什么，利奥？马克思有没有机会去看一眼？”

“好吧，重点就在这里。他说没有丢什么东西——至少，粗略地看是这样。他本以为他们会拿走一些更便于携带的东西，比如你心爱的 iPod 播放器，或书房里一些更有技术含量的小玩意儿。但，尽管一眼就能看出它们都在里面——地上撒满了纸屑——他们对那些显而易见的东西完全视若不见。”

“报警器没有响？”

“埃莉和马克思是这么说的，否则他们肯定会听到。我知道你离开的时候设定了报警器，当时我们在一起。马克思告诉我从那时起他就没有进去过，只做了他称之为‘外部巡逻’的工作以核实没有任何可疑迹象。”

“我不敢相信那个报警器居然会失灵——它是崭新的，我挑选的安装公司也不是一家缺德的公司。”

“马克思想知道你是不是把一些案子的卷宗带回家里了，也许他们要找的是那个，因为他们似乎只对你的文件资料感兴趣。”

这对汤姆来说没有意义。“我很少这么做，就算我把卷宗带回家了，也总是第二天就把它们带走。我有时候会做笔记，但那对其他任何人来说都没有用处。”他顿了顿，考虑该怎么做，“听我说，利奥，今天这里有点儿忙得不可开交。你能帮帮忙吗？帮我给马克思回个电话，问他能不能帮忙严密监视一下我那栋房子。我要就报警器和史蒂夫谈谈，看他的人知不知道报警器为什么没有响，但我要在这起案子稍微明朗一点儿之后才能亲自去那里。”

“没问题，包在我身上。再见。”利奥答道。

“稍等，利奥。”汤姆恨不得踢自己两脚。为什么他总是那么积极？“我之前打给你是想说今天晚上我可能会工作到很晚，但如果你不介意去买些食材的话，我会很高兴过去，给咱们俩做一顿深夜晚餐。你认为怎么样？”

“听上去这主意不错。”利奥说，语气和她刚才谈论非法入室时一模一样。如果能从中听到一丝喜悦，汤姆会很高兴，不过她的声音听上去也并不觉得这个提议无聊。“给我发个菜单过来，到时候见。”

“好的，等我有空的时候发短信给你。稍后见。”

汤姆挂断了电话，他一会儿想到奥莉维亚·布鲁克斯，一会儿想到他的小屋被非法入侵，一会儿心思又转到利奥诺拉·哈里斯身上，一想到这些，心里七上八下的。

尽管有更重要的事情要操心，但汤姆知道不和朋友史蒂夫·科比——一名柴郡警局的督察谈谈，让史蒂夫去查查小屋里的状况，他就没办法一心一意地工作。在他结束和利奥的对话后，他们简短地谈了谈，似乎闯入者事先做过周密的计划。他们是撬开书房窗户的一块玻璃进去的，这样就不会造成接触，并且一进屋就想办法弄坏了报警器。纸张到处都是的唯一原因是他们没有把那块玻璃放回去，而昨天晚上柴郡刮了一会儿大风。

谢天谢地，马克思接管了保护那个地方的任务，汤姆只能等有机会时请一天假过去。也许他能劝服利奥和他一起去，这至少让她有机会见见姐姐。

他不知道破门盗窃者在他的房子里找什么，要是丢了什么贵重东西他反倒不会这么不安。但他现在做不了什么，能把心思转移到其他人的问题上让他松了口气。

他推开专案室的门，扫视了一圈。每个人似乎都在忙碌，贝基正和一位年轻警员谈着什么，一脸严肃，看样子情况有转机。

“出什么事了，贝基？有新消息了吗？”

她蹙着眉，微一点头，朝自己的办公桌走去。汤姆紧跟其后。

“也许没什么，但埃文斯夫人刚从安格尔西岛打电话来了，留下了一条留言。是当地警方把我的号码告诉她的。她想和案子的负责人谈谈，最好是位女警察——这显然是她的话。”

“没准儿她想起了些什么。你为什么看上去一副忧心忡忡的样子？”汤姆问。

“尼克接的电话，他说她听上去好像在哭，是真的很难过。我不是担心，只是好奇到底是什么把她弄哭的。我想我最好查清楚。”

贝基在办公桌前坐下了，查看尼克的那条留言，拿起电话拨号。汤姆在对面坐下，但听上去这通电话并没有什么帮助。

“没必要紧张，埃文斯夫人。我肯定你根本没有做错什么。不，真的——没关系。只要告诉我发生了什么、你说过什么就行。”

贝基停下听着电话那头的回答，几分钟后睁大了双眼，抬起头看着汤姆，“你真帮了我们大忙，埃文斯夫人。谢谢你告诉我们，什么都别担心。你有照片的复件吗？”

照片？他们终于等到了好运，有了那几个孩子的照片？

“你能把送你照片的人的姓名告诉我吗？如果可以的话，还有具体联系方式，那将会大有帮助。是的，我有纸笔。”贝基看着汤姆，略带笑意地摇了摇头，“是的，我记下来了，埃文斯夫人。别担心。不，你不必重复。如果我有什么问题，会给你打电话。谢谢，别再多虑了。你做的是对的。”

贝基挂上了电话，汤姆充满期盼地看着她。

“给我两分钟，让我简单交代下事情，再跟你说。”贝基说着把座椅向后推，“我得再去见一次布鲁克斯先生，如果你也要去，我就在路上跟你说。”贝基快速向瑞安走去，后者是唯一没有在打电话的人，她把便条递给他，然后飞快地向他做了一番汤姆听不见的指示。

“准备好了？”她边问边拿起包和钥匙，动作迅速果断，身上有一股之前没有的决然。

“准备好了。”汤姆答道。不管埃文斯夫人告诉了贝基什么，总之，她的眼睛里闪烁着怒火。

20

贝基显然决定由她来开车，径直朝自己的车走去，没有给汤姆表达意见的机会。他总不能永远不坐她的车吧，至少这里的马路比他初尝她疯狂十足的开车方式的伦敦街道要有秩序得多。贝基一边开车一边把埃文斯夫人告诉她的一切重复了一遍，每气愤地说完一句便超过一辆车或狠命踩刹车，因为她意识到自己就要和迎面而来的车相撞了。“你怎么看？”她讲完后问道，丝毫没有因为之前好几次差点儿和其他车子撞上而有所动容。

握住拉手努力维持身体平衡的汤姆真希望自己弄清了重点。“除了布鲁克斯是个混蛋外，我认为这件事听上去十分可疑。你打算怎么问他？”

贝基咬着下唇。“我很乐意盘问他，但实际上，我觉得比起我，你在他心中更具威胁性，我看到了他看你的眼神，他摸不透你在想什么。我只是个蠢女人，对他来说不足挂齿。如果你愿意，我认为应该由你来问他。我来观察和聆听，看看能不能有所发现。”

尽管这正是汤姆盼望的，但他不想说假话来恭维她。而就在这时他发现已经到达了目的地，不由得略松了口气，行了，反正也没有时间来继续谈论这个了。车子滑向一侧，在布鲁克斯家门口停下。

“我认为现在我们还不能用手提电脑或护照的事来混淆视听。”贝基说，“我想在我们把埃文斯夫人告诉我的话复述给他听时，从他那里得到清晰的反应。”

他们下车往布鲁克斯家走去，汤姆点了点头表示赞同。突然，他们听到一阵金属在坚硬的东西上摩擦的声音。

“天哪！那声音简直要把我的耳朵刺穿了。到底是什么鬼声音？”贝基绷着脸说。

“听起来像是哪个邻居还没有掌握如何使用挖掘机。”汤姆微笑着答道。那家伙无疑认为自己能做这份最好留给专家的活儿，省下这笔钱。就在那台机器的声音戛然而止时，隔壁传来一声响亮的咒骂。那台挖掘机似乎熄火了。

他们一敲门，罗伯特就打开了门，像是在等人到来，看上去憔悴不堪。

“有什么消息吗？”他双眼呆滞无神。汤姆看不出其中含义。

“不好说，先生。我们还没有找到你的妻子和孩子，但情况有了一些进展。”

罗伯特把门完全打开，示意他们进去。他恢复了神色，下巴垂向胸前。汤姆现在看出来了，是那种习惯性的不悦之色。看到汤姆时，他只是抬了抬双眼，表情略显阴森。

罗伯特站在过道中间，没有请他们进去或坐下的意思，只在挖掘机又响起来的时候死死关上了门。

“那有什么进展？”他问。

“今天早上早些时候，你去安格尔西岛的家庭旅馆见过了埃文斯夫人。”汤姆陈述道。

罗伯特双手塞进裤子口袋，随意地靠在墙上。“这件事你们不是已经知道了吗？我们谈过。”

“我知道，布鲁克斯先生。但你能把对埃文斯夫人说的话跟我们复述一遍吗？”

汤姆看出罗伯特的身体有一丝僵硬。他肯定猜出他们掌握了比之前更多的情况。

“我想弄清楚她为什么说十天前我去看过奥莉维亚，而我自己心里清楚根本就没有。她也承认之前从来没有见过我。”

“但她不知道来人是谁，那人从来就没有向她做过自我介绍。”

“也许去的人没有向她做过介绍，总督察。但她是住在海边的女房东，完全应该知道谁去拜访过——而她知道那个人不是我。”

“说得没错。那她还跟你讲过什么？”

“你什么意思？”罗伯特想装出迷惑的表情，但没有成功。

“好啦，布鲁克斯先生，别再打马虎眼了。她告诉过你，那个声称是罗伯特·布鲁克斯的人在你妻子的房间里过夜了，对不对？那位客人不是去拜访其他人的，他是去看望你妻子。”

罗伯特绷紧嘴唇，随意的站姿变成双腿分开、双臂环抱的挑衅姿势。“你是指望我会重复那一点吗？你指望我会承认我老婆明显被另一个男人睡了？”

“如果这是真的，那么坦白说，是的。”汤姆答道，“你口口声声说希望我们找到你的妻子和孩子，难道你不认为这是一条相当重要的信息吗？”

罗伯特没有回答。

“你不仅没有把这点告诉我们，还让埃文斯夫人不要告诉我们。实际上，从她对我们说的话来看，你还威胁了她。”

罗伯特嘲笑道：“算不上威胁，总督察。我只叫她什么都别说。我想保护奥莉维亚的声誉。”

“你还威胁埃文斯夫人的生计。身体上的暴力并不是威胁的唯一方式，布鲁克斯先生，你说你会在每一家评论网站猛烈抨击她的旅馆，而她的大部分顾客都是从那些网站找到她的，你还要抹黑她的旅馆，说它‘臭名远扬’，我肯定这个词是她说的，但你的做法也太卑鄙了。”

罗伯特的眼神从汤姆身上转移到贝基身上，又回到汤姆身上，始终没有说话。

“你知道自己的妻子有外遇多久了？那让你有多恼火？”

“她没有搞外遇。她不……”罗伯特话说到一半停下了。

“你是打算说‘她不敢’吗，布鲁克斯先生？”汤姆问道。

罗伯特抬手挠头，汤姆知道他慌了。汤姆打开手里的卷宗，拿出一张照片，暂且把它面向下扣着。“你可能迫使埃文斯夫人告诉我们她弄错了，甚至设法让自己确信她真的是搞错了，那个客人是去另一间客房的。但有一件事你是对的，她的确偷看了一眼上楼梯的那个人。她告诉了我们一些她没敢告诉你的事——那个留宿在你妻子房间的男人不是白种人。她不太确定他是从哪里来的，她大胆猜测要么是中东的，要么就是混血儿。那对你来说有意义吗？是不是让你猜到了他是谁？”

罗伯特摇摇头。“当然没有，我觉得这都是她胡编乱造的。”

汤姆把贝基在路上给他的照片翻了过来。“你认得这个人吗，布鲁克斯先生？”他问。

罗伯特看着照片，嘴唇抿成了一条细线。“认识。”

“能否请你确认一下他是谁？”

罗伯特顿了顿，开口时似乎费了好大的劲。“丹纳什·贾罕德。”他用冰冷无比的眼神看着汤姆，“你为什么要给我看他的照片？”

“你对丹纳什·贾罕德了解多少？”汤姆问。

罗伯特摇摇头。“从来没有见过这个人。不过我看过他的照片。第一次见到奥莉维亚的时候，那套公寓里贴满了他的照片，搞得那个地方就像圣地一样。”

“你从你妻子手里买下了那套公寓，对不对？”汤姆问。

“是的，我们就是这么相遇的。”

“但你们三个上的都是曼彻斯特大学，你妻子无疑就是在那里遇到贾罕德的。你当时不认识他们吗？”

罗伯特嘲讽地翘起一侧嘴角。“你知道曼彻斯特大学有多少学生吗，总督察？我是个呆子，只痴迷于计算机。我是直到开始工作并意识到如果想此生有所收获就不得不和人交流时，才真正变成人类的。接着我遇到了奥莉维亚，她把我变成了现在这样有家室的男人。你为什么要问我贾罕德的事？他早就走了。”

“如果我告诉你，丹纳什·贾罕德可能就是那个在安格尔西岛拜访你妻子的男人，你会吃惊吗？”

罗伯特脸上的紧张一扫而光，汤姆在他的眼里看到类似好笑的神情。

“好笑吗，先生？”

罗伯特垂下目光。“根本不好笑。但他消失好几年了。从那之后就音讯全无，据我所知是这样。天大地大，他最不可能出现在安格尔西岛，不是吗？”

“他并没有完全消失。似乎他哥哥和他还有联系。”

罗伯特猛地抬起头，这显然是他没有预料到的。他眯起双眼，不过什么都没说。

“我们还有些事情想和你探讨。可以坐下说吗？”汤姆问。

罗伯特摇摇头。“没必要。我站着就可以，告诉我就行。”

“好吧，把你去安格尔西岛的经历跟我讲讲。你去过那里多少次，都住在哪里？”

罗伯特从噘起的双唇中长长透出一口气，似乎认为这个问题离题万里。“我们去过好几次。过去都待在莫伊尔弗雷的一家旅馆。有时候我们同去，有些时候我工作脱不开身，奥莉维亚会独自带孩子们一起去。那个地方对她来说很安全，那里的女房东和我们很熟。”

“那再告诉我一遍为什么要换旅馆。”

“我可以肯定我告诉过你们。去年十月，我们过完暑假后，奥莉维亚试图再次预订时收到一条自动答录机的留言，说那家家庭旅馆因房东生病关门了。她还把电话递给我让我亲耳听过。那是个我们不熟悉的声音，所以我们猜是女房东病了。奥莉维亚搜索了一番，找到一个新地方。我在网上也查看了一下，本准备今年夏天和他们一起去的。”

“这么说来奥莉维亚在没有你的陪同下去了那里三次——十月、复活节和上周——而你之前从来没有去过那里，直到这周六的大清早，是这样吗？”

“是的。这些我全都跟你们讲过。”

“‘橡树小屋’这家家庭旅馆是在莫伊尔弗雷吗？”汤姆问。

“我不记得有没有告诉过你这个，但是的，它在。”

“你没有告诉过我们，布鲁克斯先生。我们让当地警方核查了各种可能性，而他们证实了这点。”

“那你为什么还要问我？”

“如果我告诉你那家旅馆还在营业，那位女房东在你妻子取消今年预订的时候还很失望，你会不会吃惊？她根本就没病，还像过去一样健康。”

罗伯特眉头紧锁。“也许她改变了主意，想换家旅馆，这也有可能，对不对？”

“也有可能是因为你妻子必须要换家旅馆，这样她就能见自己的情人了。如果那位女房东之前见过你，那她的计划就不可能实现。”

“这个想法实在荒谬。”罗伯特嘲讽道。

“是吗？我们还从埃文斯夫人那里了解到她有一张你妻子的照片，被你拿走了。你非常清楚我们没有你妻子或孩子的照片，而且非常急迫地想要找到一些能发给媒体的东西。你为什么不把那张照片给我们？”

罗伯特看上去越发不自在了，似乎无言以对，低头看着地板。

“你现在能把那张照片拿来给我们吗？我们想拿去复印几张，会尽快还给你的。”

汤姆被罗伯特抬起头时的表情吓到了。他眯着眼睛，嘴巴抿得更紧了。他的声音很轻，但很严厉。

“我没有照片。我把它撕掉了。”

21

罗伯特以为这两个警察永远不会走了。他一直让他们站在大厅里，但这丝毫没影响他们。那个总督察在得知自己毁掉了那张照片时差点儿发脾气，而那个鲁滨逊督察则似乎在研究他，好像他是培养皿上的东西。

他从厨房餐桌上抓起钥匙，走进书房，途中踢开了台式机，在等待开机的时候朝书柜走去。他觉得自己的时间不多了。他把一叠书挪到一旁，撬开了书柜的装饰后墙，去拿从他们搬进这栋房子起就藏在那里的皮革公文包。他用掌根把胶合板捶回去，然后把书放回原位。他把那个公文包放进一个包里，然后拿起电话。

“我要叫辆出租车。你能在二十分钟内到扫帚路上的圣彼得教堂外接我吗？”他顿了顿，“我叫保罗·布朗。谢谢。”

他一边焦急地看着手表一边点击着屏幕左下角的一个符号，一个视屏窗口弹了出来。他只想再看一次。她在那里，在厨房里走动，做寻常的日常事务，清空洗碗碟机，沏一杯茶。她是那么美。他不确定自己能否狠心删除这个文件，以及他的电脑上每一个相似的文件，但他知道必须忍痛割爱。

突然噼啪一声，屏幕变成了黑色。

怎么回事……

他把手伸向台灯，按下了按钮。什么反应都没有，肯定是保险丝断了。

该死。

罗伯特匆匆朝厨房走去，用力扭开通往车库的门。他从奥莉维亚小车的引擎罩边挤过去打开保险丝盒，朝里看了看。所有的开关都是开的。

“天哪。”他喃喃道，“现如今还会停电不成？”

他要看看是整条大街都停电了，还是只有他们家的房子。这是他最不希望出现的，他能清晰地感到血压在飙升。

他猛地推开前门，沿着车道走到马路上，双臂叉腰，站着不动，又转身看看是否有人像他一般一脸迷惑地张望。至少隔壁家的挖掘机这周以来第一次安静了。

看到一手搭在屁股上、另一只手挠头的邻居正朝挖出的洞里瞥，罗伯特朝他喊道：“你们家停电了吗，还是说只有我家？”

“噢，倒霉蛋。你家也停电了是吧？抱歉啊，伙计。恐怕是我的错。不管怎么说，你好吗？奥莉维亚有消息了吗？我敢说这是你最不想看到的。我实在抱歉。”

感觉身体里的紧张如充气过度的气球一样爆炸了，罗伯特脚步沉重地走上了邻居家的小路。

“你为什么说是你的错？你他妈究竟干了什么，你这个白痴？”

邻居吃惊地看着他。“冷静，罗伯特。我刚才不小心挖断了电缆。唐娜正在给他们打电话，我肯定他们会优先处理的。抱歉给你带来不便，尤其是现在这个时候。”

奥莉维亚失踪的事在整条街上人尽皆知，这是不可避免的，因为今天早上警察已经挨家挨户地询问过。该死。他从来没有时间去和混蛋邻居打交道，现在他只想抓住邻居的脖子掐死对方。

“我正在上网，你知道现在——此时此刻有多重要吗？”他吼道。

邻居一脸的震惊被他尽收眼底，但震惊立刻就被好斗的神色所替代。“别冲我大喊大叫。这不过是意外，仅此而已。吼叫不能解决任何问题。”

“该死的傻瓜！”罗伯特一边喊一边转身朝房子走去。但他的邻居想把话说清楚，走了两步跟上他，停下来喊道：“抱歉。如果不是你那棵该死的利兰柏树长出的根把我的车道彻底弄坏了，我根本就不需要做这些。但我从来没有抱怨过一句。天哪，难怪奥莉维亚会有问题。”

罗伯特猛转身，恨不能打得这个家伙满地找牙，但唐娜正大张着嘴在门口看着，只要他一动手，她肯定会飞奔过去打电话报警。考虑到有个警察就坐在前方马路的车上观看这场闹剧，他们不消片刻就能到。他没有时间和邻居动手。他没再说一个字，猛转身跺着脚回到了房子里。

他一步两级楼梯冲上了卧室，途经客房的时候又拿了一个包，从房间里扔得到处都是的奥莉维亚的衣服上踩过。拉开敞开的抽屉，他仅拿了自己需要的物品。他离开镇子后不能再用信用卡了，行进途中得取出四张卡的最大限额，那能让他撑上一阵子。他得打车去办公室，偷一辆公用车,就算有人发现也要到周一了。他会栽赃在某个正在度假的人头上。

他拿起从埃文斯夫人的旅馆墙壁上取下的照片。他不再需要它了，但并不打算把它留在这里让警察发现。

他现在有了计划，突然感到平静了。只有那台电脑了，但他觉得那上面并没有什么真正具有威胁性的东西。警察不会明白的，那是他们的问题。

两分钟后,他打包好行李,动身出发。他出门走到台阶上,下到后花园，跨过栅栏，消失在田野里。

22

周日

对汤姆·道格拉斯而言，周日不过是一周里的一天而已。他从来没觉得周末有什么不同，罪犯肯定不会因为是周六周日就休息一下，于是他在早上七点半就到了专案室。他本来想去柴郡一趟看看他的小屋到底出了什么状况，但奥莉维亚·布鲁克斯和她的三个孩子还没有找到，这让他感到很不对劲。在昨天那似乎漫无止境的一天的最后一点时间里，他拐去了利奥那里,但那只让他感到更加疲惫和沮丧。利奥对他的小屋充满同情，并主动提出今天过去帮他做些整理。他想要的只是把她带上床,和她做爱，整晚都香甜地睡在她赤裸的身子旁。而有那么一会儿，他以为他们有了一些进展。

她买了他做马斯卡邦尼奶酪和白葡萄酒调味汁腌制鸡肉的简单食材。这道菜他几分钟就能搞定，做饭最能让他放松身心。他喜爱利奥的顶层公寓，喜爱它的空旷和用纯砖块砌成的一堵墙带来的温暖，还有赋予整个公寓完整感的结实横梁。曼彻斯特有许多旧屋改造的仓库，这间的翻新却真正做出了风格，而利奥正慢慢地在上面打造自己的个性。

他一边做饭一边和蜷坐在沙发上的利奥讲话，她手里拿着装有红酒的玻璃杯，颜色几乎和她的口红在杯口留下的暗印相差无几。从他第一次见到利奥起，就从没见她穿戴过颜色鲜艳的东西，衣服总是非黑即白，但不知怎么，搭配得总是令人惊艳。唯一的例外来自她的口红，或偶尔戴的短粗款红色项链，或涂在脚趾上却从不涂在手指上的深红色指甲油。今晚她穿着白色紧身裤，搭配一条黑白条纹的无袖上衣，上衣套在她身上很宽松，但不知为何，在她走动的时候又能贴在她身上。今晚，她乌黑的长发波浪起伏,是他喜欢的样子。他把鸡肉放在橄榄油里浸泡成褐色，跟她讲着这天的经过，而她则把全部注意力都倾注到他身上。

“那么你的直觉呢，汤姆？暂且抛开证据不讲。你透过表面看本质的能力一向很好。”利奥说。

“罗伯特·布鲁克斯身上真有些问题。好吧，老实说，不光是罗伯特，是整个事件。我见过奥莉维亚——那个失踪的女人——差不多是九年前。”汤姆一边把白葡萄酒和几片月桂叶放进平底锅，并开始切龙蒿叶，一边把他和奥莉维亚及其家人相识的过程讲给利奥听，“问题是，我从来没有真正相信她父母是死于意外，奥莉维亚也不相信。”

“那你当时对那个案件做了什么调查？”利奥问，问得并非没有道理。

“什么都没有。”他看到利奥皱了皱眉头，似乎在说这听起来不像是她认识的汤姆·道格拉斯，“听我说，我试过了。但据我们所知，除了奥莉维亚，没有人能从他们的死中得到任何好处。而她痛不欲生，说那不是一场事故，态度最坚决。她反复说父亲对安全警报这方面关注到了过分的地步。她说的是实话。他们家的防盗报警器是最先进的，装的烟雾报警器比我在其他任何人家里见过的都多。”

汤姆把鸡汤倒进锅里，并把锅里的食物翻动了一遍。“去犯罪现场的小伙子们一无所获。防盗报警器被关掉了，这点据奥莉维亚说并不稀奇，他们在家里的时候会这么做。但没有强行闯入的迹象。我们不得不就此罢休。”

“奥莉维亚那时候结婚了吗？”里奥问。

“没有。她刚见到罗伯特，不过当时他正在她的旧公寓里等她，并打电话问她为何迟迟未到。他在电话另一头找到了我。当我告诉他发生了什么后，他直接赶过来看能不能帮上什么忙。”

想着调味汁已经烧得差不多干了，汤姆搅拌了一下马斯卡邦尼奶酪，并把龙蒿叶加了进去，另加了一些黑胡椒。“因为某些原因，我从来没有确信过。我们的确怀疑过那个伊朗小伙子和这件事有关，但找不到任何证据证明这个推断，而且，也没有人知道他在哪里。”

汤姆知道利奥痴迷和他工作相关的一切，尤其是自从她下定决心重返大学之后。他遇见她的时候，她是个人生咨询师，并且做得风生水起。尽管，或许正因为此，她天性冷漠，具有随时抽身的能力，并能不带任何情感地看待事物。这一特质已经延伸到她个人的生活中，让她显得既冷漠又疏离，但这是题外话。利奥终于接受劝告，收下了她姐姐给的一些钱——只够支付她上大学的一门课程——心理学。她已经下定决心要成为一名司法心理学家，不过，要达成此目标，她还要学习很多年。也许正因为此，她总是很喜欢听汤姆说话，并试着去进一步了解罪犯的心理。但晚餐准备好了，他想放松一下。“行了。不要再谈工作了，我们开动吧。”

利奥已经急切地从沙发上跳了起来。她可能对烹饪没兴趣，对吃可是兴趣满满。她扫了一眼自己的盘子，然后抬头看了一眼汤姆，一丝挑逗的笑照亮了她的脸，她拿起刀叉的时候身子微微朝汤姆倾来。“你是最棒的，汤姆·道格拉斯。远不只是有一张漂亮的脸蛋。”这是他之前从来没有受到过的表扬，如果她给他赞美，那他就却之不恭。

晚餐中的对话是愉快的。利奥聊了聊花了一整天却没能找到一盏完全适合她客厅角落的灯具，看到汤姆对她这么浪费时间露出的吃惊表情，她对他购买一般物品的态度取笑了一番，着重取笑了他购买家具的态度。汤姆从不怕展露自己对内部装饰的一无所知。他花钱请人陪他在曼彻斯特找房子，他在柴郡也是这么做的。利奥认为他这么做一定是疯了。她公寓里的每一样东西可都是经过千挑万选的。

听她温柔的声音飘荡在耳侧，温和的戏谑还在继续，汤姆内心泛起阵阵欢笑，一天的忧虑开始消退。他们不可避免地谈到他家被闯入的事情，但利奥保证明天早上会开车过去看看，汤姆这才能把这件事抛诸脑后。

音乐一直在温柔地播放着，他甚至都没有注意到是谁在歌唱，但那声音温柔抚慰。其中一首引起了他的注意，他之前听过，虽是很久之前了，那个声音仍萦绕在他心头。

“唱这歌的是谁，利奥？”

“是茱蒂·祖克，歌名叫‘和我一直待到天亮’，我知道这首歌真的很老，但它一直是我妈妈的最爱。她过去会一边清洗东西一边哼这首歌。”

这首歌的歌名让汤姆大为吃惊。他不免认为今夜非比寻常，但不知为何，他知道它将如何结束，很有可能和他们共度的其他夜晚一样。他们之间的吸引闪烁着激烈的火花，每一个接触都在汤姆的身体里激起阵阵紧张的涟漪，他确信对利奥来说也是一样，但她总是在最后一刻抽身离开。

他不情愿地从沙发上站起来，准备离去。利奥伸出一只手，抓住他的胳膊。

“留下来，汤姆。”她说。

他低头看着她，伸出手，把她浓密柔滑的头发绕在手指上。

“明天也留下？”他问。

利奥只是耸耸肩，他感到那片刻的软弱被吸回到她的身体里，防护重新归位。他知道那意味着什么。他能花一个晚上爱她，更深地陷入她的陷阱，而明天将会像什么都没有发生过一样，好像他们又做回了朋友，只能在利奥一时兴起的时候偶尔留在这里过夜。这不是她第一次邀请他留下来，尽管很诱人，他都强压住自己拒绝了，到目前为止是这样。

他弯下腰，双唇从她眉上擦过，用手抬起她的下巴，在她的嘴上温柔地吻了吻。他听到，更像是感到，从她嘴里溢出一丝呻吟。他把手放在她胳膊肘下，把她抱了起来。她把自己苗条的身段贴在他身上。

“明天呢？”他又问，唇凑近她耳畔。

他感到利奥的后背微微一僵。“明天的事情明天做。这你是知道的。”

于是他没有其他选择，只能松开她。尽管他差一点儿把持不住。这很快会变得令人难以忍受。如果他屈服，天知道他很想，他们之间将会永远成为由利奥操纵的不平衡关系。他只能等到她真正做好准备的时候，要么他就走开，尽管很困难。

所以现在，在这个阳光灿烂的周日早上，他坐在专案室里，内心作痛，因挫败和明白——无论对错——他彻底被一个绝不会放纵超过一晚的女人给打败了。

“早上好，头儿。你看起来心思完全不在这里。昨晚过得不错，对吧？”汤姆猛地回到了现实。他早该知道贝基也会早到，他晃晃身子回到现实，很高兴看到贝基自然的热情天性又回来了一些，同时回来的还有她的厚脸皮。

“要我说实话，是个令人困惑的夜晚。我仔细思考过我们掌握的一切，还是不知道该怎么看待罗伯特·布鲁克斯或这整起事件。如果他发现自己的妻子和别的男人私通了，没准儿他是那种会重伤她的疯子。但如果是那样，孩子们在哪里呢？我们能不能查查看他还有没有其他产业？如果他们没有全死，那他肯定会把孩子们藏在什么地方。”

“好吧，你知道我是怎么想的。我不知道他采取的是什么手段，是什么时候，是什么原因，但我认定他杀了她。我只希望孩子们是安全的。”

贝基说话的时候房间里的人慢慢多了起来，大部分人走向自己的办公桌时都在打哈欠，他们都知道在找到孩子们之前他们得有段时间要加班加点了。电脑打开了，邮件查看了，专案室慢慢苏醒过来。

汤姆用眼角的余光扫到瑞安·蒂皮茨挥舞着拳头。“哇！”瑞安喊道，说着从打印机上抓起一张纸，拿在手里挥舞着，微笑着朝汤姆踱来，汤姆能看到那上面有张照片。

“道格拉斯侦缉总督察。一如往常，警察工作做得好就会有回报。”他脸上洋溢着得意的神情。

汤姆只是点点头，等待着，怀疑瑞安是不是自作主张做了什么。

“我昨天下午大部分时间都在试着和那个在安格尔西岛给奥莉维亚照相的女人取得联系。”瑞安微微点着头，并把脑袋从一边转向另一边，好像在表演似的。汤姆觉得他看起来像趴在车窗后的瘦版斗牛犬。“还有呢？”汤姆接着问。

“看上去我终于获得了巨大成功。”瑞安递过一张照片。

汤姆和贝基看了看照片，然后抬头看着瑞安。

“如你们所见，这张照片的效果不是很好。奥莉维亚正在转身，不想被拍到——这是那个拍照的女人说的——但她的脸的四分之三还是能看清楚，足以让人认出她。所以，我们可以把这张照片给媒体，不是吗？”

汤姆目不转睛地盯着瑞安那张自鸣得意的脸，伸手去拿那张照片。他低头看着，以确认心中所想。

“瑞安，你九年前和我一起见过奥莉维亚·布鲁克斯，两年前又和侦缉警司斯坦利见过她，我说得对吗？”

“是的。这一家人老是出事，对不对？”

“看这张照片，瑞安。这是奥莉维亚·布鲁克斯吗？”汤姆问。

“好吧，据拍这张照片的女人说，是的。她送给那个女房东的就是这张照片，也就是罗伯特·布鲁克斯拿走的那张。”瑞安开始露出一丝迷惑，声音里有隐隐的怒气，好像还没有搞懂状况。

“这是你两年前见过的那个女人吗，蒂皮茨探员？再看看。”汤姆处在爆炸的边缘。

“好吧，现在听你一说，她看上去的确有点不一样——但女人总是打扮得千变万化，对不对？”

汤姆厌恶地转过头。“拿好你的钥匙，贝基。我不知道这个人是谁，但就算过去了九年，我还是能毫不犹豫地告诉你，这个人绝不是奥莉维亚·布鲁克斯。”

23

专案室里充满了谈论各自推断的嗡嗡声，贝基叫汤姆留下，给小组成员简要说明情况，自己则去见罗伯特。贝基需要确认这张照片就是罗伯特从埃文斯夫人那里拿走的那张的复本，也需要问他是否知道这个女人是谁，她怎么假扮奥莉维亚。更确切地说，他究竟为什么没有告诉他们？至少她现在明白了，为什么妻子公然出轨没有让罗伯特多么心烦意乱。如果客房里的不是奥莉维亚，那来访的人是谁又有什么关系呢？

罗伯特·布鲁克斯隐瞒了太多情况，当警方知道他会为自己隐瞒的事实捏造借口时，就决定接下来要采取措施了。也许该正式传讯罗伯特了。他们没有足够的证据逮捕他，所以他随时都能离开——贝基丝毫不怀疑他会这么做，所以她要去逮住他。无论做了什么，他都打算逃脱处罚。

贝基比之前几个月的感觉都要好。和彼得·亨特之间愚蠢荒唐的关系让她遭受了严重的摧残，而现在她总算能够从别的角度看待问题了，她认识到比起自己被抛弃的事实，让她更受困扰的是她居然掉进了年长且有权势的男人和年轻无知的女孩之间由来已久的陷阱。她并没有那么小，应该知道得更清楚，不免为自己的轻信感到无地自容。

汤姆昨天帮了她。他对人的看法是那么客观，也许是因为普通凡人的罪孽和他们在工作中不得不处理的邪恶没什么两样。

在开车去罗伯特·布鲁克斯家的路上，贝基想起多年前第一次遇到汤姆时的情景。当时汤姆是雨果·弗莱彻一案的高级调查官，他在伦敦警察厅加入他们的小组时似乎闷闷不乐的，她只能猜测是因为他刚离婚。但他是那么热情，真正激励了小组成员。随着时间的推移，他的悲伤并没有消退，激情却消退了。她开始注意到他身上有一丝之前没有的玩世不恭，她从未完全明白——尽管，可能是没能解决一起备受瞩目的案子给他造成的打击。他之前的清醒似乎不见了，但对工作倒是一如既往地热情。

她为什么没有爱上他？贝基用鼻子轻蔑地轻声哼了哼，那要容易得多。在你能得到某个中年、已婚、唯一的兴趣就是满足自己、玩弄女性于股掌之间的男人时，你怎会爱上一个个子高大、相貌英俊、一看就知道很会关心人的单身男人呢？

她把车转向通往布鲁克斯家的那条狭窄的林荫道上。每一栋房子的独特风格，以及它们以略有不同的角度对着那条狭窄、弯曲的马路，坐落在所属的土地上的样子，使得这条林荫道成为郊区街道中较有情趣的一条。尽管十分喜欢这个地方，但一想到要面对罗伯特·布鲁克斯，贝基就微微发抖。她把车开上车道时稍稍放松了一下。

尽管一天前几个邻居告诉了她布鲁克斯夫妇俩的车通常都放在他们宽大的砖瓦结构附属车库里，但罗伯特的捷豹还在车道上。她很高兴今天没有听到那可怕的挖掘机声音，不过还是能看到那个大家伙仍在邻居家门外。也许他们觉得周日早上还是不要吵到大家为好。

贝基事先接到了消息，得知昨天晚上没见到奥莉维亚·布鲁克斯回来。她打开车门，四周静悄悄的，只能听到树上的鸟叫声以及远处割草机的声音。有个房间的窗帘是拉开的，她知道那是罗伯特和奥莉维亚的卧室，于是没有感到太多愧疚地拿起了金属门环，在金属门上重重地敲了三下。

贝基一边等待一边转身背对着门，目光投向马路对面的那栋房子。透过树木和灌木丛，从那里可以看到这边的车道。住在那里的普雷斯顿太太，如果贝基没记错，昨天给他们提供了不少有价值的信息。贝基知道是为什么了。那位好心的太太站在窗子后面，但她似乎没有意识到，从客厅后面的露台玻璃门透过来的灯光正清晰地把她的身影勾勒在前面的网眼窗帘上。贝基兀自笑了，把身子转向罗伯特家的前门，又砰砰地敲了几声。

还是没有人应答。

混蛋，她想。也许他在冲澡或干什么，也有可能不打算理她。

车库旁边那条通往后花园的狭窄小路，无疑就是普雷斯顿夫人走过去查看布鲁克斯家车子的小路，贝基决定去调查看看。经过车库的时候她朝里面瞥了一眼，想看看奥莉维亚的车还在不在，并毫不吃惊地看到它就待在上次看到它的地方。汤姆曾做过一项有趣的观察，他说，对于一个有三个孩子、三个孩子中至少有两个必须坐在儿童座椅上的女人来说，两门的甲壳虫是最疯狂的选择。这是否说明奥莉维亚是个不喜欢深思熟虑的鲁莽女人？

绕过车库后面时贝基看到一扇门，上次来访时她得知它通往一个杂物间，再往后是厨房。她拉了拉门把手，但锁上了。她接着往前，走到房子后方。清晨的阳光透过巨大的玻璃门涌入宽大的厨房。这正是贝基梦寐以求的厨房——既能在里面做饭，又能在里面吃饭，甚至还有一把舒服的椅子，可以蜷坐在上面读书。作为一个房间，它几乎就是一个完整的家，但又有种枯燥无味感，如果这里属于贝基，她肯定早就忍不住改造一番了。操作台面上没有乱七八糟的东西，墙壁上没有照片，冰箱上甚至没有用彩色磁铁贴的孩子们的涂鸦。闪光的乳白色餐具和黑色花岗岩操作台看起来十分高雅，但作为家的一部分来说，似乎过于光秃和缺乏生气，甚至正面玻璃墙面柜里的陶瓷餐具都是配套的乳白色和黑色。她会想要增加些色彩——大红色的立式搅拌器，产自地中海、印有疯狂图案的色拉盘，蓝绿相间的玻璃酒杯——只要是能给这个地方带来生机的任何东西都好。

她在厨房里什么都没有看到，没有看到罗伯特·布鲁克斯，也没有看到他在这里吃过早餐的痕迹。尽管贝基不得不承认，就算他在这里吃过，无疑也已经把盘碟清理了，把这里打扫干净了。因为这就是那种厨房。

贝基转身朝花园望去。花园大得惊人，距离房子最近的地方铺着草坪，中间是漂亮蜿蜒的花坛，一片紫杉树篱将花坛和花园的其他部分隔离开来，她只能看清一个儿童玩的攀爬架和远处的一个温迪屋[①]。就个人而言，她原本以为孩子们戏耍的区域会离房子更近一些，这样才方便奥莉维亚从厨房窗户看着他们。花园相当壮观，晚上坐在宽大石头铺就的露台上，啜饮玻璃杯中冰凉的葡萄酒，被周围香气四溢的花儿环绕着，那感觉肯定像天堂。

她转身朝房子走回去。现在该怎么办?

她决定试试露台门，她真的没有指望太多，只是碰碰运气。令她吃惊的是，门无声地滑开了。她走进厨房，关上身后的门。这里被一种不祥的宁静包围着。窗户隔断了墙外的所有生命力，贝基突然像患了幽闭恐惧症似的——这是她之前从未体验过的，空气仿佛在身边停滞了，她喘不过气来，忙猛转身，把玻璃门能打开多大就打开多大，大口地吸了起来。

“控制住自己，贝基。”她低声喃喃道。她转过身来，有点期望会看到罗伯特·布鲁克斯一动不动的身影凝固在通往大厅的门口，深陷的双眼注视着她。但那里什么人都没有。她呼出一口气，又朝房间里走了一步。“布鲁克斯先生。”她喊道。里面悄无声息。她大着胆子往前走，先走进客厅，然后进了过道，又喊了一声:“布鲁克斯先生。”还是什么声音都没有。她不得不上楼，她不能就站在原地。看在上帝的分上，她可是名侦缉督察，但这栋房子令她毛骨悚然。

她试着推了推书房门，吃惊地发现居然没有上锁，但里面没人，唯一的生命迹象是电脑的屏幕保护程序正把它五颜六色的光线投射到整个房间。

---

①可供一个或多个孩子玩耍的游戏室，有门窗，有的游戏室甚至有小型家具。

贝基默默地朝楼上走去。“布鲁克斯先生。”她再次喊道，推开每一间卧室的门，发现里面都没人，最后她走到前面那扇紧闭的门前，轻声敲了敲，接着更坚定地敲了敲，再次喊道：“我是侦缉督察鲁滨逊，布鲁克斯先生，你在里面吗？”最后，她转动门把手，把门推开了。环视着这个乱七八糟的房间，她倒抽了一口气。这里究竟发生了什么？罗伯特到底在哪里？

24

胡乱地将超市购物袋塞到汽车后座上，苏菲·邓肯才惊觉车子在定速巡航。她不知道自己有没有买对东西，还有种很不好的预感，感觉到家后才会想起有些重要的东西忘了买，又得再来一趟，虽然她不介意去买些吃的。对她来说，这基本上是一种无须动脑的运动——她又不是厨房里的女神——她在那些店铺刚开门的时候就到了，成功避开了周日的一群群购物者。天哪！休息日那天到底发生了些什么？

她转动钥匙，发动引擎，当地的广播新闻随之响起，很多消息还是关于奥莉维亚·布鲁克斯和她的三个孩子的。苏菲感觉到心底某个地方传来一股熟悉的不安，不过很快就把它抛到一边去了。奥莉维亚会没事的，一定会没事的。

此时，距离奥莉维亚·布鲁克斯，或者苏菲·邓肯心中永远的丽芙·亨特在七年没有任何音讯后突然出现的那天已经整整十八个月了，而那天也在很长一段时间内成为苏菲记忆中最美好的一日。那个时候，她没几天过得好的，一直都在努力接受自己在可以预见的将来不能再服现役这个事实。她感觉身体像是陌生人的，那么虚弱，一点都不像她。它不再听从她的命令，似乎有了自己的想法，对此她感到心烦不已。

但丽芙来的那天是个大喜的日子，她暂时忘记了那些伤痛。

门铃响起的时候，母亲已经挣扎着要站起来，但苏菲却扑棱着冲她摆了摆手。“您坐好，妈妈。我需要多走动走动，不然我后半辈子就只能在办公桌前工作了。”苏菲装作没听到意料中她母亲的小声嘀咕“那也是份好工作”，缓慢而平稳地朝她母亲那栋二十世纪三十年代半独立式老房子的大门走去。

一打开门，她便发出了一声尖叫。“丽芙？丽芙——真的是你？噢，天哪！我的天哪！快让我看看。我都想死你了！”

丽芙仔细打量着苏菲，看到好友身上的那些大伤小伤，眼泪便在眼眶中不停地打转。苏菲见状，故意抬起那只没受伤的手，大声喊道：“你瞧！”同时踮起较为完好的那条腿稍稍转了转，差点儿没摔倒，尽量让气氛变得活跃一点。

“哦，苏——到底出什么事了？听新闻里说，一座大坝遭到袭击，炸弹爆炸的时候，你正往外救人。你会好起来吗？”

“当然。只不过是各个部位受了一点点伤，只要他们能把所有的零件都整顿好，恢复运转，我就会完全康复的。别这样，丽芙。笑一个。其实，我本来可能已经死了——就像我的一些伙伴一样。”有那么一刻，苏菲感觉脸上的笑容快挂不住了，不过幸好，在如何保持面部微笑方面她已经练习多年，有经验了。

“进来坐，等会儿我们开瓶酒。有什么借口吗，嗯？”她搂着丽芙的腰，把好友拽到了客厅，“妈，快瞧瞧是谁来了。”

“噢，是丽芙呀，看到你真是太高兴了。”苏菲的母亲玛格丽特说道，“你要知道，我们都好想你。我们俩都是。”

苏菲看到好友脸上闪过一抹歉意，便开口为她解围。“是啊，好吧——其实说起来我们都有错。要是我没有拍拍屁股跑去地球的另一头掺和别人的战争，事情或许就会不一样了。丽芙一直在做大人该做的事，结婚，生孩子。而我呢，却一直在玩战争游戏。”

的确，一切根本不应该是这个样子。苏菲离开曼彻斯特的时候——最初是为了桑德赫斯特的军官培训，而最后则是因为她第一次被派到海外驻防——想尽一切办法和丽芙保持联系，然而才离开这个国家没几个星期，她的朋友就不再给她写信了。她一直以为这都是因为她没有在丹不告而别的时候守在丽芙身边，但当时她正要登上飞往伊拉克的飞机，总不能告诉英国军队，最好的朋友觉得难过，所以很抱歉不能上飞机吧。

起初她们还通过几封信，到丽芙的父母去世后便没有任何动静了。苏菲明白，她一定是过于悲伤了，悲伤得连写封信都无比痛苦，所以当从母亲那儿得知丽芙嫁给了一个叫罗伯特的男人时，苏菲还寄去一张贺卡，上面写着长长的祝福，祝愿他们成为世界上最幸福的一对，而那张贺卡似乎也石沉大海了。

不过苏菲并不是一个爱记仇的人，相反，她很清楚，人的生命是如此短暂，不应该浪费在计较上，至少此刻丽芙出现在这里，虽然过去的七年时光似乎让她变得比苏菲预想的还要老。好友眼睛和嘴巴周围的皮肤绷得紧紧的，好像她平时都不怎么笑，而过去她身上散发的那种明丽的光彩似乎也消减了不少，变得黯淡无光了。

“我去拿些酒，我们坐下来好好聊一聊。”苏菲说着，一瘸一拐地朝门走去。

“我就不喝了，苏菲，谢谢。我要开车呢，而且，我还得回去接孩子们。”

“哦——现在都不止一个了啊。你有几个孩子啦？”

“三个。我待半个小时左右就得走了，要去接他们放学。”

“那个，喝一杯肯定是可以的吧？”她倚在门边上支撑着，问道。

“真不行。要是带着酒味出现在孩子们面前，可能我还没来得及解释‘我只喝了一杯’，他们就会让我去做义工了。”

“不至于那么惨吧。”苏菲嚷道。不过看着丽芙的脸，不知怎么她就明白那是真的了。“好吧——那就来杯茶怎么样？”

闻言，苏菲的母亲挣扎着要站起来。

“你坐下苏菲，我去泡茶。丽芙很久没来了，你们两个肯定有很多话要说。”苏菲希望好友没有注意到母亲的声音略有些尖厉。她显然在想：

为什么等了这么久却只待五分钟呢？不过这好歹也算是迈出了第一步。

“那么，丽芙，跟我讲讲这些年你是怎么过的，还有你的丈夫和孩子们——我要知道每一个该死的细节。”

走出房间的时候，她听到母亲还在嘀咕：“注意你的措辞，苏菲。”两个好友相视一笑，感觉很愉快。

“不，苏菲，先告诉我你发生什么事了。看到你的照片出现在新闻里时，我简直不敢相信。我们不经常看电视新闻，可那天我就开了五分钟你就出现了，当时情况一定很可怕吧？”

“你不看新闻？那你怎么了解这世界上发生了什么事啊？看报纸吗？”

“哦，都是因为罗伯特。他希望我开心，觉得坏消息会让我难过。某种程度上说，他像是在帮我过滤新闻——只报喜不报忧，这是他照顾我的方法，不过我还是会趁他不在身边的时候不时地快速扫两眼。别管那个了，你快告诉我吧。”

于是苏菲便把她在伊拉克、阿富汗的事和在情报局的职业生涯告诉了好友。她让自己的声音不带一丝感情，却并未试图掩盖她喜欢自己的工作这一事实。她知道自己说得很急，有点不清楚，但她想在母亲回到房间之前把故事讲完。她和丽芙谈起了发生爆炸的那天，还有那场大屠杀。虽然她被誉为英雄，但还是有那么多的人死去了，而她仅仅救回了几个而已。

听到母亲开门的声音，她便迅速换了个话题。“你还记得我们相遇的那天吗？当时你在自己的房间里，欢快地跳着舞，跃过倒放的手提箱，踢着衣服，然后把它们捡起来扔到空中。你那时候就是一个疯子。”

丽芙早已转身朝向苏菲的母亲，尽量装出一副愤愤不平的模样。“阿姨，您女儿那会儿门都没敲就闯到我房间里了，还站在那儿偷看我。”

“妈妈，您真该看看她当时的样儿。她就是一个真正的懒虫，还总怪她爸太爱干净了。我得把东西都折好，还得帮她把所有东西都放好。甚至在我们一起住的日子里，我也是每隔几周就得跟在她后面收拾。”

“是哦，要是我没记错，你还每次都给我留下一张有意思的纸条，上面写着‘懒牛’‘邋遢驴’，或者一些同样损的字眼。不过那时我们确实过得非常开心，是吧？”丽芙笑了起来，看上去几乎就是苏菲初次见到她时的模样。

“你是过得很开心啊。”苏菲说着，伸出一根手指谴责地指着她，“可我觉得自己就像是你的保姆。你胆大包天，什么都敢做。每一个没脑子的愚蠢活动你都积极参加，而且要是我不看着点你的话，你还要把我也拖进去。我想曼彻斯特的每个男人都爱着你，有时候呢我又觉得自己像你的保镖，将他们一个个击退。”

丽芙笑得见牙不见眼。“哪有。不管怎样，遇到丹后我就再也没有正眼瞧过其他人了。”一说到丹，丽芙的脸立刻就耷拉下来了。

“可怜的家伙。我知道当时肯定像鸡奸一样痛——对不起，妈妈。不过看看你现在，幸福地结了婚，还有了三个孩子。你有没有查清楚丹到底怎么了？”

“没有，我没有他的消息。”

苏菲点点头，然后低下头看着自己紧握的双手。她不知道现在就把知道的情况告诉丽芙合不合适，不过她从来不是一个会保守秘密的人。“我见到丹纳什的哥哥萨米尔了。”她轻声说道。

“什么？”

苏菲这才恍然明白自己不该再挑起这事的。她原本以为好友如今和丹已经结束了，可看到好友急切地向自己靠过来，大大的眼睛里满是期待，她便知道事实远非如此。

“他都说了什么？你在哪里看到他的？”

“迪拜。当时我在一个鬼地方得了一种严重的病——还是另外一个地方，我也记不清了。总之，我被空运到迪拜，送进了医院。当他们说我的主治医生姓贾罕德时，我就有点怀疑了。因为我记得你告诉过我，萨米尔是一名医生，虽然萨米尔真的是一个相当普通的名字。可看到他的时候，还是一眼就认出来了。我之前见过他——你不记得了吗——就是在他跑过来训斥弟弟和一个不贞的白人女人未婚同居令家族蒙羞时，说丹本该和他表妹还是谁结婚。”

看着丽芙的脸，苏菲知道她还记得很清楚。不过仅仅几周之后，丽芙就发现自己怀孕了，因此就算丹纳什之前有任何拿到博士学位后就离开曼彻斯特的念头，后来也只能打消了。

“萨米尔在迪拜的医院里工作，他在那里挣钱，然后每年花几周时间自愿到伊朗一些更加贫困的地区工作。我倒挺喜欢他的。”

在苏菲看来，丽芙有权知道萨米尔说的关于丹纳什的事情，所以就告诉她了。或许这最终会为她死死坚持的任何梦想画上句号吧。

苏菲说完的时候，丽芙明显是在拼命忍着将要夺眶而出的泪水，没过几分钟,就说她要走了。苏菲不知道以后还能不能看到曾经最好的朋友。她没有提到丽芙从来没有回过她信的事——这次谈话来得太迟，充满太多的眼泪了。

但那都是很久以前的事了。时间一个月一个月地很快就过去了，而其间则发生了太多的事情。

苏菲摇了摇头，将自己拉出了回忆，该开始考虑考虑将来了。很快她就会回去服役，她的腿已经动过无数次手术，最后一次似乎是成功的，而她要做的就是等，等着伤口愈合。更重要的是，在康复期间，她完成了一门用最受塔利班青睐的语言——普什图语上的课程。她之所以会出现在这里，都是为了她的母亲，她极度担心的母亲。母亲的关节炎越来越严重了，不过好歹她们装了电动滑轮轮椅，这样她还可以起来到楼下卧室去。

第一次从阿富汗回来的时候，苏菲已经有了一些积蓄，她想把钱存起来，确保母亲有能力支付所需要的费用，母亲却不同意。她很固执，不想让苏菲花一分钱。不过现在这样也没什么关系，因为在过去的十二个月里那些积蓄几乎都花光了，而她很难向母亲解释清楚这件事。

苏菲把车停到母亲那辆银色嘉年华后的短车道上，虽然已经两年没开了，母亲还是坚持留下那辆车，美其名曰是为了“我下次准备再开的时候”。大家都知道她绝对不会再开，但是没有一个人说破。

苏菲拿出第一个购物袋的时候，脑子里全是各种担忧，一片混乱。她将袋子在膝盖上放稳，把钥匙插入前门的锁里，然后便开始喊起母亲来。“是我，妈。”没有回应，可能她还在睡觉吧。

于是，苏菲回到车上，拿起剩下的袋子，把它们拎到厨房，开始把袋子里的东西拿出来。或许她应该先去看看母亲。她站在楼梯底下，电动滑轮轮椅在楼梯顶上，所以去客厅里看并没有什么意义。

“妈，”她放低声音，再次喊了起来，想着要是她在睡觉就不吵醒她，“您要来点茶和饼干吗？”

一阵短暂的沉默。“这倒是不错。谢谢，苏菲。”

苏菲闻言全身汗毛倒竖。楼上传来的那个声音绝对不是出自她母亲。

25

贝基刚汇报完罗伯特·布鲁克斯消失不见、车却依然停在家里，汤姆便让她把犯罪现场小组成员都召集到一起。根据贝基对卧室情形的描述，房子里是否遭到过什么重大破坏或甚至被人强行闯入，还不是很清楚，这是让他们的人进去的绝佳机会。即便后来证明罗伯特只是单纯地出去跑步了，是从后门离开的，汤姆也一点儿都不相信。罗伯特就是逃了，溜之大吉了。

“他妈的！”汤姆低声骂了一句，其实他早该预见到这种情况，但是到目前为止，除了对房子进行过一次标准搜查，他们并没有理由做别的事情。现在就从这个地方撤走还为时过早，而且不管他是否越来越怀疑罗伯特·布鲁克斯，他早已做好打算，决定在调来一支完整的法医队伍前，先正式审讯罗伯特一番。

而那个冒充奥莉维亚待在旅馆的女人呢？罗伯特会花钱雇人去那里，以隐瞒妻子失踪的真正日期吗？但这已经是这个所谓的“奥莉维亚·布鲁克斯”第三次待在那里了，至少埃文斯夫人是这么告诉他们的。他们得查出那个女人是谁，而且要尽快。一些关于她的想法萦绕在汤姆心头，可他无论怎样也想不起来是什么。还有那位过夜的客人，难道他只是罗伯特游戏中的另一颗棋子吗？

汤姆知道自己去布鲁克斯家的时候车开得很飘忽。没办法，整个早上他脑子里都是利奥的情况、柴郡的入室盗窃和如今变得残忍血腥的罗伯特·布鲁克斯，不过在注意到自己差点撞倒一个骑着自行车逆行的人时，他终于把思绪拉回到手头的事情上——谨慎而专注地开车。才开了五秒钟左右，电话便响了起来。他按下中控台上的按键，接了起来。

“汤姆·道格拉斯。”

“汤姆，我是利奥。我在小屋里，你有时间过来聊会儿吗？”

“你肯定一大早就出发了吧，利奥。多谢你愿意去，非常感谢。”

“嗯，我不到八点就出发了，睡得不大好。”汤姆决定不去提导致他们俩现在这种状况的原因。“汤姆，你觉得……”利奥顿了顿，汤姆等待着，只听她深深吸了一口气，“算了，还是改天再说吧。反正我先回屋里了。马克思和埃莉把东西都收拾得差不多了，也恢复了房子的防护设置，不过看起来那些闯入者确实对你的文件很感兴趣。书房里一个书柜的文件全被撕了，甚至都盖住了地板。我不知道是因为什么。其他地方似乎都没遭到破坏。”

对此汤姆倒是完全能理解。书房是房子里唯一铺有木地板的地方，后来还稍微拓宽了一些，其他地方铺的都是石板。

“他们去过阁楼，”利奥接着说道，“那里所有的箱子都被弄倒了。我和马克思上去看了一下，不过我不想乱翻你的文件或者别的任何东西，所以有点儿困难。”

“你随便翻，利奥。我在那儿没有藏任何秘密，你需要或者想做什么就做什么。你知道的，我并不要求你把所有东西都整理好。等这个案子一结束我就会尽快赶过去整理小屋。整理过程很可能会为我们了解那些窃贼在寻找什么提供一些线索。说真的，亲爱的，我一点儿也不介意你看任何东西。”说完汤姆咬着下唇，皱起了脸。刚刚他真的叫她“亲爱的”了吗？他只希望她会将此归结为他北方人的做派，不要过分深究。

一如往常地，利奥并没有过分激动。“好吧。我倒要看看能不能琢磨出他们特别感兴趣的是什么，然后再联系你。对了，你今天忙吗？”

“自然很忙。我们的老朋友罗伯特似乎已经逃之夭夭，因此这儿的一切工作都已经准备就绪了。”

“那我们等会儿还会见面吗？”利奥带着一丝试探问道。

汤姆不知该如何回答。利奥听起来不是很自信，这可不像她的风格，她讨厌表现出任何一丝软弱。

“这要看接下来会如何了。”他并非故意扮酷，而是真的不知道他们是否会在这里待上一整夜。

“好吧。你知道我会在哪儿，不过要是时间太晚而你又太累了，就不要打给我了。当我看到你的时候我们就会再见面的。希望你能解开心中的谜团。”说完，利奥便挂断了电话，留下汤姆独自琢磨着她是不是终于开始相信他了。但脆弱的并不只有利奥一个人。婚姻的破裂让汤姆遍体鳞伤，几年前他和某个本该永远不会有交集的人走得过近了。当然，利奥对这些毫不知情。

这时，他有些吃惊地发现自己走在通往布鲁克斯家的路上，对自己怎么抵达那儿的却几乎没有什么印象，看到贝基得以大显身手他又感到很高兴。路上到处都是车，他知道他们还会进行一次彻底的搜查。至少现在他们可能真的能搞清楚布鲁克斯一家到底发生了什么事。

26

尽管他已经不止一次进过这栋房子，房子里可能到处都留下了他的痕迹，汤姆还是决定在进屋前穿上必要的装备，来保护现场不被进一步破坏。行走间，他身上的一次性无菌服和鞋套沙沙作响，他在这阵声响中朝厨房走去，并确信自己会在那里找到贝基。她正和犯罪现场管理人说着什么，那人叫朱默克·奥索巴，大家通常叫他琼博，是一个脸上永远都挂着笑的大个子黑人。有人问起，他总是回答说他喜欢未知的神秘感，以及到处都有惊喜等着他的感觉。对他而言，一个新的犯罪现场就相当于一个六岁孩子伸手去探的那袋圣诞礼物。每发现一个新的证据，他的笑容就会放大一些，而且他的热情会感染他人。当然，如果有尸体，他会收起笑容。但这里对他来说是完美的现场，没有明显的证据，也没有尸体需要担心。

汤姆忍不住想到“尚未”这个还悬在空中的词，但他把这个念头从脑海中驱逐了出去。他注意到贝基正在喝水，而且看上去脸有点红。等会儿得找她私下聊聊，看看她是不是还好，不过他要先找琼博谈一谈。

“嗨，琼博——很高兴见到你。我知道，今天来的是一流的团队。”

琼博闻言放声大笑。“是啊，汤姆。只会给你最好的，我的朋友。对这次行动我可是充满了期待。”他再次笑了起来，声音有点儿尖细，从他这么大块头的黑人口中传出似乎很不协调。看到琼博难抑喜悦地直搓那双戴着手套的大手，汤姆忍不住笑了起来。“没有发现什么明显的证据。

现在我们要开始行动了，看看我们能为你找到什么。”琼博朝露台瞟去，然后又收回目光看着汤姆，扬起眉毛表示无声的询问。汤姆觉得没有什么可交代的，不过他倒真心希望不会到要挖开地板的程度。

琼博果断地大步走到厨房外，简单地布置了任务。汤姆则朝贝基走去，“你没事吧？”他问道。

贝基茫然地看着他，随后似乎摇了摇头。“是的，抱歉，我很好，就是特别爱胡思乱想罢了。我走进房子时，有一种奇怪的感觉，好像自己进了停尸房。那种安静简直要人命，我真的觉得自己随时会被一具尸体绊倒。当负责犯罪现场的那些小伙子到达这里时，我才狠狠松了口气，虽然琼博本人也来了有点出乎意料。我们当初是在哪里找到他的？”

“他是这里最好的，你就等着瞧吧。”汤姆说着走到窗前，凝视花园，“你觉得罗伯特是真的逃跑了，还是散步走得有点远？”

贝基摇了摇头。“他逃跑了，我能感觉得到。我们非常肯定他是从后面溜出去的，如果只是去散步就没必要翻栅栏。你看，松软的泥地上有一个鞋印，而且他还把一把小孩子的塑料椅从他们玩耍的地方拖到了栅栏那儿。”

“那他现在为什么要这样做呢？我们掌握了什么信息让他怕得要搬到别处去？是我们知道了奥莉维亚不在他所说的地方，还是我们手上有另一个女人的照片？难道我们已经非常接近真相了？我倒是巴不得那样——我们得找到这些孩子。”

“他害怕了，汤姆。他知道我们盯上他了。”贝基回应道，“只是我们不知道他对她——或者孩子们做了什么。”

汤姆摇了摇头。当初他们认为奥莉维亚和那位黑皮肤的拜访者在旅馆有染还说得过去，可另一个女人三天里假扮奥莉维亚的事实却暗示了一个非比寻常的骗局。不过是对哪一方来说呢？罗伯特在这周之前知道奥莉维亚从未到过安格尔西岛上的新旅馆吗？

贝基举起空水瓶。“我得把这个扔掉，再确认一下我们进展到哪里了。

楼上简直是一团糟，卧室看起来像是打过仗似的。不过我带琼博四处看的时候，他倒不这么觉得。”

就在贝基朝前走的时候，汤姆清楚地听到了吉尔·坦南特的声音，他正在罗伯特·布鲁克斯的电脑被运走前对其进行检查。

“早上好，道格拉斯侦缉总督察。”他一边说一边走进厨房。汤姆很高兴再次看到吉尔对时髦鞋子的热衷一如既往。尽管套了鞋套，只能依稀看到深红色运动鞋的鞋沿，但汤姆还是确信，一旦把这身连体工作服脱掉，这双鞋就会和他的衬衫或裤子完美匹配。

“早，吉尔。很抱歉大周末的还把你拖到这儿来。你来的时候和贝基聊了吗？”

“那是当然的。她告诉我布鲁克斯先生通常都锁着书房的门，所以我很期待找出藏在那里的秘密。”吉尔搓着手说道。

“布鲁克斯跟我们说过他的电脑有密码保护，会不会很难处理？”汤姆问道。

闻言，吉尔只是抬起下巴，神情有些自得，汤姆不用猜也知道他会听到什么回答。“最起码电是恢复了。我估计昨天下午是隔壁那个蠢货挖断了电缆,所以,就让我们期待他今天的挖掘行动能收敛收敛吧。”吉尔说。

“汤姆，你有空吗？”琼博的声音穿透屋内的嘈杂传来。众人立刻安静下来——肯定是有了什么重大发现。汤姆绕过吉尔，一步两个台阶地上了楼梯，贝基紧跟在后面。他们循声来到主卧。

“琼博，即使是按你的标准，也真是迅速啊。你发现了什么？”

琼博手里显然拿着什么东西，可转眼间汤姆就因房间里的一片混乱惊呆了。

“天哪，难道这里发生了海啸，而我错过了？”他问道。

“啊，那是第一件事。贝基——我叫你贝基没问题吧，鲁滨逊督察？”琼博并没有停下来征得对方的同意，而是继续道：“贝基怀疑这里之前有过打斗，可我倒觉得所有这些都是一个人弄出来的。我想他当时就站在这个位置，”琼博往左迈了一大步，“把抽屉都拉出来扔得整个房间都是，似乎并没有多少东西被放回去的迹象。床上有人坐过的印记，而且从衣架上扯下来的只有女人的衣服。所以我想说的是，这是我们的布鲁克斯先生在发火呢。”

从这个房间的情况来判断，“发火”是本年度最保守的说法了。

“你觉得他是不是在找什么东西？”汤姆问。

“我很怀疑，因为很肯定他是手忙脚乱的。不过……”琼博顿了一下，环视房间，又露出那标志性的笑容，“如果他一直在找什么，那就是做了无用功。正如你所看到的，一些抽屉被他拖出来翻得底朝天，但一些只是被扔到一旁，静静立着。来看看我们发现粘在其中一个抽屉底部的东西。”

琼博将两个塑料物证袋递给汤姆，每个袋子里都装着一本护照。汤姆抬头看着琼博，脸上写着疑问。

“一本英国护照上面写着奥莉维亚·布鲁克斯的名字，另一本则写着贾丝明·贾罕德的名字。还有一点我不知道是否有关系，那就是这两本护照上都盖有日期为去年十月的伊朗签证戳。”

贝基和汤姆都是开车来案发现场的，所以他们只得各自返回专案室，这让汤姆很失望，因为他本可以让贝基当参谋。他们已经知道奥莉维亚和贾丝明有护照了，尽管罗伯特曾明确表示过她们没有，但很明显奥莉维亚把护照藏起来了，不想让他发现。假设她们都在去年十月去了伊朗，那又是谁照看那两个男孩的呢？

当罗伯特说到奥莉维亚和孩子们都不需要护照的时候，汤姆并没有发现他有任何撒谎的迹象。奥莉维亚必定是将它们藏了起来，汤姆确信罗伯特对伊朗签证一事一无所知。而琼博只花了约莫五分钟就找到了它们，天晓得他还会在那栋房子里找出什么来。汤姆没等多久就知道了，手机嘟嘟地响了起来，屏幕上闪烁着“琼博”的名字。“嘿，琼博，别告诉我你在一个小时内就把这个案子给破了。”汤姆半开玩笑地说。

“哈，你一定会对我们在这里石头底下发现的那些黏糊糊的小碎片大吃一惊。等你找吉尔谈过后就知道了。他一直兴奋得上蹦下跳，还让我的伙计们爬了一上午的梯子。”

“梯子？”汤姆吃惊地问道，“梯子和他的电脑到底有什么关系？”

“这个问题就留给吉尔吧，我可不想抢了他的风头。不过说真的，汤姆，有那么一刻，我不太喜欢这种感觉，我还说不上来为什么，可就是觉得我们即将扒开一层层污秽的内里，把这栋房子里发生的事情查个水落石出。”说到这里，琼博顿了顿，汤姆听到他深吸了一口气，仿佛在打消脑子里纷乱的猜测，让头脑清晰些，“反正无论如何，我都要找出真相来，而不是在这里乱猜。对了，我们拿到信用卡和银行记录了没有？”

“还没。我们刚刚提出申请。怎么问起这个了？”

“没什么，只是我现在对他们从约翰·路易斯百货店买了些什么特别感兴趣。我们在垃圾桶里发现了一个约翰·路易斯百货的空购物袋，那里面大约就只有这个，我知道你早就注意到了。楼上还有几样东西的包装上也都贴着约翰·路易斯的标签，孩子们的房间里有一个带边儿的羽绒被和几件粉红色的睡衣，我猜那睡衣是他们家女儿的。”

“这些就是可疑物品吗？”汤姆忍不住疑惑地说道。

顿时，琼博响亮的笑声从电话里传来。“哈，你肯定以为我疯了吧，汤姆。不是，不过它们可能是和别的东西一起买回来的。当时我手下的一个姑娘正在检查厨房，发现刀架上的所有刀都在，位置也没放错。然而，作为一个目光如炬又有点强迫症的女孩——正是我喜欢的那种类型——她还是把它们都取了出来，送去做指纹检测了。她还注意到这些都是萨巴蒂尔斯牌子的刀——就是那些刀柄上通常钉着三颗圆形钢铆钉的，知道吧？哦，应该说几乎所有的都是萨巴蒂尔斯·迪亚芒的刀，只有一把除外。那把刀看上去和其他刀几乎一样，它实际上却是约翰·路易斯牌的。”

汤姆听完深感敬佩。那姑娘一定非常善于观察，而不是因为它值得注意。

“我听到你脑子那呼呼转动的声音了，汤姆。”琼博冲着电话大喊，嗓门儿盖过了似乎在给什么钻孔的声音，“不过最有意思的是，所有萨巴蒂尔斯的刀上都有奥莉维亚的指纹，没有其他人的，只有一把例外。那把刀上面只有罗伯特的指纹，而且只有一组指纹，可能它曾被非常彻底地清洗过，后来只有罗伯特碰过，也可能它本来就是一把新刀。”

接下来他还没开口，汤姆就知道他要说什么了。“那把刀上没有一丝血迹，其他刀上也没有，我们都检查过了。不过我觉得它被换了，而且是最近才换的。这就是为什么我想确认它是不是罗伯特买回来的原因，如果是，又是什么时候买的。一旦我们把其他事都做完了，我就会马上把鲁米诺试剂拿到这栋房子里来。我想我们也没有太多选择，对吧？”此时琼博已收起了笑容，汤姆能从他的声音里听出来。

“你觉得会找到血迹？”汤姆小声问。

“老实说，我也不知道。只是那把刀让我心里有不少疑惑。比如那套刀具中原来的那把哪儿去了。而且事实证明，两个多星期里没有一个人见过或听到过有关奥莉维亚·布鲁克斯的消息——或许除了她老公，但这个人的话我觉得我们一句都不能信。”

“这点我举双手赞成。”汤姆应道。

“有什么情况我会通知你。”就在汤姆把车开进停车场的时候，琼博挂断了电话。

汤姆暗暗思忖道，天啊，要是我让那个混蛋跑掉了，可别让他把那些人都杀光。

27

贝基怒气冲冲地走进气氛紧张的专案室。她简直不敢相信那天早上自己在那栋房子里有多可怜。大家都知道，必要的时候她能一次撂倒两个男人，一栋空房子却差点儿没把她吓破胆。究竟混乱的情感是怎么让一个人耗尽所有力量和决心的呢？好吧，让那些见鬼去吧，她要把过去的自己找回来。她才不要像十八世纪的柔弱贵妇人一般懦弱无能，看到随便一个什么让人吃惊的东西就能吓晕呢。真是见鬼了。

她大步流星地走到自己的办公桌前，嘴巴决然地紧抿成一条线，然后看到汤姆瞟了她一眼，还朝她微微点了点头。汤姆很高兴看到贝基正在找回自信。这里的每个人都见过几个星期前那个满脸愁云的女人，现在，他们将会看到真正的贝基·鲁滨逊。

“鉴于今天上午发生的事，我想把大家叫到一起，梳理一下我们的进展。你有意见吗，汤姆？”

汤姆还没来得及回答，贝基的手机就传来收到信息的声音，同时她听到汤姆的手机也震动了。

是琼博。

“你们两个都得看看这个，是在贾丝明卧室的笔记本上发现的。”短信上这么写道，还附了一张图片。贝基打开图片，目不转睛地盯着屏幕。她抬头望去，刚好和汤姆的眼神相遇。

“该死！”贝基轻声骂道。她把图片传到电脑上，然后弯腰把它调到合适的大小。调完后，那图片看上去还是同样令人不安。她迅速打印了几份，递了一份给汤姆。

“他对他们做了什么，汤姆？”她问道，明知道他也没比她清楚多少。不等汤姆回答，她就走到证据布告栏前，将其中一份固定在上面。

房间里顿时变得安静。每个人都把头转向贝基，他们都意识到发生了什么事。

从贾丝明笔记本上拍下来的照片并没有削减贝基的决心，不过此刻她觉得胸口好像压了一块重石，她怀疑自己让这些孩子失望了，而这种怀疑打碎了她刚刚建立起来的信心。

组员们一言不发地走向布告栏，贝基则将几份打印好的图片发给他们。汤姆把椅子往后一推，离办公桌更近了些，然后在桌沿上坐了下来。

贝基站了起来，开口说话前又看了看那张图片。他们已经得知，贾丝明是个会一丝不苟地完成学校作业的孩子，若以这张图片来判断，她的绘画水平可能略高于同龄人，因为画里的每一部分都经过精心描绘。

画中是一个小小的房间。他们可以看到两个墙角以及三面墙，墙面都被贾丝明涂成了深灰色。房间没有窗户，而且除了一个红盒子外什么家具都没有。也就是说，什么东西都没有，除了三个在角落里缩成一团的孩子。他们似乎正跪坐在地板上，中间是一个留着一头乌黑长发的女孩，她的两边各坐着一个小男孩，两人的头发都是黄色的，贝基觉得是金黄色。女孩一手搂着一个小孩，最小的那个孩子脸上还画着一些小小的黑色椭圆状的东西，有可能是眼泪。其中一堵墙上有一扇开着的门，不过离地面很远。在画的底部，贾丝明写着：躲避敌人。

组员们全神贯注地研究着这幅画的含义，屋里一片寂静。贝基让他们思考了一会儿。

“好吧，我们都没有料到这一点，都来说说各自的想法吧。”她对安静的众人说道。

“他们家有地窖吗？”瑞安首先开口。

“没有，房子里就连一个能这么做的足够大的橱柜都没有。我们会让琼博把奥莉维亚·布鲁克斯的车移走，以确保车库的地板下没有东西，但我对此持有怀疑。”

“那他拥有其他财产吗，比如锁起来的什么地方？”尼克补充道。

“还没有发现，或许我们需要再进一步深入调查。问题是，贾丝明是在他们失踪之前画的这幅画，不然它不会留在房子里。所以，这里应该是他们之前去过的某个地方，除非这些都是她的臆想。有人相信吗？”

一片沉默就是答案。

“我们假设他们躲避的敌人是罗伯特，不过这种假设会不会太过分？这有没有可能和他们的母亲有关？瑞安，罗伯特不告诉奥莉维亚一声就把孩子们带去过所谓的周末时你也在。她有没有让你感觉她是那种会伤害孩子，或是把他们关在某个地方的人？”

这一次，瑞安的脸上看不出一点自大。贝基还是头一次见他这么严肃。

“有可能是我弄错了，但我要说，罗伯特对孩子们所做的事绝对令她非常害怕。我真的看不出她伤害了孩子，不过还是可以问问斯坦利警司的看法。”

贝基看着汤姆，只见他默默地点了点头，同意她去找菲利帕谈谈，尽管贝基相当确定得到的答案会是肯定的。

“有没有可能是别人？还有没有谁想到什么人？”

众人再次陷入沉默，贝基对此并不感到惊讶。记得罗伯特曾暗示过，奥莉维亚和贾丝明或许有所顾虑，但她们最担心的莫过于别人讨厌自己。

“好吧。不用说我们都必须找到这个地方，这是我们的首要任务。不管奥莉维亚发生了什么事，孩子们都有可能躲到了这个藏身之处。他们很可能是安全的，正绝望地等待救援，又或者他们正被关着，无法逃脱。每一条线索，每一个暗示，我们都需要知道。还有邻居们，我们要重新对他们调查一番，不过不仅仅是问信息，还要找找棚屋、地下室、阁楼。

他们中有没有人收留了那些孩子呢？尼克，这个事情我就交由你来安排吧，可以吗？”

尼克点点头，回到了自己的位子上。

“好了，现在我们来谈谈这个女人。”贝基在布告栏上那张放大的照片上用力地敲了三下，照片上就是那个一直在旅馆假扮奥莉维亚·布鲁克斯的女人。“我们不知道她是谁，虽然我们知道罗伯特已经看过她的照片，但是他故意没有告诉我们有人冒充了他的妻子。他为什么要这样做？”

房间后面有人举起了一只手。“有没有可能这个女人是罗伯特安排住进旅馆的，而且他还伤害了奥莉维亚和孩子们呢？或许她是罗伯特雇来替他掩盖行迹的。看他女儿的画，看起来小女孩确实在害怕什么人。”

贝基缓缓地点了点头。“听着倒是有点道理。其他人还有什么看法吗？”

只见汤姆站了起来。“今天早上我们在房子里找到了奥莉维亚和贾丝明的护照。两本上面都有伊朗签证，时间是去年十月的期中假期，而那个时候奥莉维亚应该在安格尔西岛才是。这样看来她可能对布鲁克斯隐瞒了自己之前的行踪，有没有可能她只是弃他而去，而旅馆的那个女人可能帮的是奥莉维亚而不是罗伯特呢？”

“难道她实际上是和贾丝明一起在伊朗——又或者——丹纳什·贾罕德也在？如果是这样，那两个男孩在哪里？又或者她被关在了某个地方？还是罗伯特发现她要和贾罕德私奔，而那就是这一切的开端？所有人肯定都知道当务之急是先查出这个女人是谁。”贝基再次用手指戳了戳布告栏上的照片，“为什么她要冒充奥莉维亚，到底是谁叫她这么做的？我认为我们有必要考虑申请调看监控录像了。”

众人霎时都沉默了。贝基不由得想自己肯定遗漏了什么，但就是想不起来。他们得继续。

“我们还查到了什么？好的，埃里卡，你说。”贝基指着房间后面一个看上去有些疲惫的女人说道。贝基知道埃里卡有四个孩子，估计——

也不是第一次了——她今天早上看孩子看得很痛苦。

“普雷斯顿夫人告诉我们，罗伯特在周三晚上，确切地说是周四凌晨回过家，然后等她起床的时候又走了。这一说法也得到了另一位邻居的证实，他每天早晨六点上班，五点十五分的时候都会去遛狗。他说罗伯特的车嗖的一下开出了车道，还差点儿把他给撞倒。”

“我们是不是可以这样认为，他是回来查看妻儿们在哪里，或者说去过哪里。如果他确实这么做了，那他可能在其他晚上也回来过。对了，纽卡斯尔酒店的闭路电视那儿有什么好消息吗？”贝基问。

“大堂区域没有发现布鲁克斯的身影。但是那个经理说酒店还有其他出口，并非每个角落都能覆盖到。要是他不想被发现，还可以从厨房出去。”

“那停车场呢？”汤姆接着问道。

“我们当时就要了录像，但是刚刚才拿到手，它是从另一家公司而不是酒店调出来的。等这里的事一完我们就着手研究它。”

“从星期三晚上开始吧。”贝基吩咐，“不过我要他待在纽卡斯尔酒店里时被拍到的所有视频。我要知道他的车开出车库后的每一秒都在干什么。”

就在队员们处在消化他们所掌握的信息的短暂宁静中时，专案室的门被人猛地大力推开了，穿着红鞋子的吉尔几乎是冲进房间的，他神情严肃，有点上气不接下气。“你们将会非常想看到这个。”他说。

贝基很不想被打断，但吉尔的慌张表明这件事非同小可。他砰的一声放下手提电脑，手指在几个按键上戳了戳，电脑便通过无线网络连接上白色书写板。板上写着字，不过图像还是挺清晰的，所有人都能看清楚。

屏幕上出现了一段视频，贝基一看就知道拍的是布鲁克斯家的厨房。只见厨房门开了，罗伯特·布鲁克斯走了进来，拿着一大束白色的花和一个购物袋，袋子里好像装着瓶子，胳膊下则夹着貌似儿童漫画的东西。他把这堆东西一股脑地扔到桌上，虽然听不到声音，但很明显布鲁克斯一边大声喊着“奥莉维亚”，一边扭头朝四周看了看。然后他走出厨房，出现在卧室里，眼睛在房间里快速地扫了一遍，看上去有些困惑。最后吉尔点了下屏幕上的什么东西，于是画面又切回了厨房。只见罗伯特猛地推开了门——即使听不到声音，看视频的每个人都在门撞到橱柜上时畏缩了一下。接着罗伯特抓起了妻子的包，倒扣在桌子上，检查里面的东西。

吉尔关掉了视频。“周五下午——正好是罗伯特说他在家的时候。”

贝基看着四周那一张张困惑的脸，问道：“那么这个视频是从哪儿弄来的？”

“接着看下一段，然后我再告诉你。”吉尔只说了这么一句，然后就点开了屏幕上的另一个图标。

镜头里出现了一个女人。这段视频是从她上面的某个地方拍的，她走动的时候，头微微低着，所以无法看清脸，但贝基确信那人就是奥莉维亚·布鲁克斯。她看着汤姆求证，只见他朝她重重地点了点头，眼睛依旧盯着屏幕。视频依然没有声音，但看起来那个女人一边给自己泡咖啡一边扭头和身后的什么人说着话。接着有一个小孩进入了他们的视线，但这次只能看到一个金发脑袋的顶部。看身形大小，这孩子约莫四岁。接着他们二人走出镜头，一秒钟的空白后画面再次出现——这次是在客厅。奥莉维亚朝沙发走去，坐下，拿起一本杂志，端起她从厨房里带出来的那杯咖啡喝了一小口。

整个专案室鸦雀无声。毫无疑问，他们都被自己看到的东西震住了。吉尔关掉手提电脑，转向了他的观众们。

“我听到各位说这并不是个多么激动人心的视频。”他夸张地说，“但是，我的朋友们，这只不过是冰山一角。罗伯特的电脑硬盘里存满了布鲁克斯一家人做着各种事情的视频，完全塞满了。除了孩子们的卧室和各个浴室，房子里的每个房间都藏有摄像头。知道罗伯特·布鲁克斯确实还要点脸我很高兴。”

贝基瞥了汤姆一眼，发现他只是微微眯了眯眼睛，表情没有任何变化。她知道汤姆不喜欢罗伯特。这个男人偷拍自己妻子一举一动的想法是如此可怕，简直让贝基不寒而栗。奥莉维亚知道这件事吗？不，她不可能知道，没有人受得了这样的监视。或者这是种窥阴癖？罗伯特看到妻子的图片会感到兴奋吗？他们会得到答案吗？

吉尔还没有说完。“这些摄像头都被非常巧妙地藏在橱柜上面。不过我认为现在我们已经把它们都找出来了。它们都是动作感应的，并被设置成超过一定高度才会对物体的移动做出反应的模式。很明显他只对偷拍自己妻子感兴趣，所以每次她一走进房间，摄像头就开始拍摄记录。显然孩子们会和她一起出现在镜头里，但他们身体都太小了，很难激活摄像头。美中不足的是，摄像头从上往下拍，只拍到了他们的头顶，所以我们还是没有找到可用的照片。我只能假设,罗伯特每晚下班回家的时候，都通过电脑关闭了摄像头，因为除了最近的那一次外，他根本没有在镜头里出现过。”

吉尔转身对大家笑了笑，虽然那笑容从未真正到达他那双阴郁、疲惫的眼睛里。“视频上的时间标签显示奥莉维亚的最后一段视频是在星期五拍的，大概是在罗伯特·布鲁克斯回来的一个小时前。在那之前，她和孩子们看上去都很好，而且都在家。”

专案室里一片嗡嗡声。人人都有一套说法，不过在汤姆看来，似乎没有一个人说得完全正确。

“从此处可以很明显地看出，罗伯特说他希望自己到家的时候妻子在家是实话。”瑞安说。

“大家都同意这个说法吗？”贝基问道。

尼克有些踟蹰地举起了手。“我们假设罗伯特·布鲁克斯把这些摄像头都放到了恰当的位置，而且他回家的时候一般都会将它们关掉，那么他知道自己正在被拍，对吧？因此，他喊妻子名字的时候才会正对着摄像头，他买礼物也可能只是做给别人看的。我个人认为这不能证明什么。”

好小子，汤姆暗暗为他叫了声好。这正是汤姆所想的。但另一方面，奥莉维亚一个小时前还在家里，要查出罗伯特在这遗漏的唯一一个小时——就是奥莉维亚待在家里和罗伯特到家的那段时间里——是不是正在从纽卡斯尔酒店开车回家的路上还是很容易的。

突然，一个想法袭上了他的心头。“贝基，在那段视频里奥莉维亚给自己泡了杯咖啡，是吗？而且她往里面加了牛奶。可你不是说冰箱里没有牛奶，垃圾桶里也没有空瓶子吗？”

贝基看着他，默默地点了点头。

究竟是怎么回事？

28

这案子是琼博喜欢的类型，因为目前还没人知道罪行是否已经犯下，而他的任务就是找出答案。对于厨房刀具上的发现他很高兴——他那活泼聪明的新手下做得很好，对那两本护照他也很感兴趣。结合吉尔从电脑视频中获得的发现，外加他让人爬上爬下弄来的那些可怕的摄像头，这一切综合起来才是一个真正的谜。而解谜正是他最喜欢做的。

吉尔已经走了，琼博打算把注意力转移到书房。汤姆曾经跟他说过书房门一般都是锁着的，他明白这其中的缘故。毫无疑问，这是因为罗伯特·布鲁克斯不想让妻子发现她的一举一动都被录了下来。琼博也看了录像，发现里面有些不合情理的地方。他确信奥莉维亚在各个房间转悠的时候表现得很正常，也没有什么迹象表明她在特意做给摄像头看。依他的经验，要是人们明知有摄像头在偷拍，他们肯定会发出各种信号，就像在舞台上表演一般，会表现得不同。

虽然没有证据表明奥莉维亚知道摄像头的存在，但有两件事值得注意：一是她很少露出脸。当她向摄像头走去的时候，头似乎总是低垂着，可一走开就又抬起来了；二是她从来不在卧室里穿衣服或脱衣服，而总是跑到浴室去。有一次她显然忘了拿什么东西，便从浴室出来，回房间从抽屉里拿了内衣裤，但她从浴室出来的时候却穿着浴袍。试问有谁从浴室走到自己的卧室拿条内裤还要穿上浴袍的？

琼博敢肯定这事绝不会发生在他的家里。他老婆和他有点像——在各个方面都很粗线条，但心胸也很开阔，大笑起来那笑声和他自己的不相上下。当她在卧室里走来走去模仿半裸的蒂娜·特纳的时候，让她把衣服穿上更是成问题，虽然她发过誓会在他不在家的时候才练。想起妻子笑得前仰后合的样子琼博就忍不住想笑，不由得将妻子和这个叫奥莉维亚·布鲁克斯的女人做了番比较，虽然他都没仔细看过她的脸，也没有听过她的笑声。

他环视了书房一圈，然后把一个手下叫了进来。"亚当，我们把这里的书都搜一遍，你知道该怎么做吧。罗伯特给我的感觉就是一个鬼鬼祟祟的小混蛋，了解他看的书有没有什么奇怪的地方对我们有好处，或者看看他书里有没有夹着什么东西。接下来我看看我们该怎么做。去把菲尔叫进来帮忙，我打算首先在已经查看过的各个房间里使用发光氨，你觉得行吗？"

要将满满一柜子的书都看一遍，对任何人来说都不是什么值得兴高采烈的事，但这事必须做。他在亚当的肩膀上捶了一拳，"好小子，这事应该不会花你太长时间的。"

从哪里开始用发光氨呢？这倒是个问题。更不巧的是现在是六月份，要把房间变得足够暗不大方便。不过孩子们的房间里有遮光布，那里倒是着手的好地方，另外套间里也没有一扇窗户，所以也是个不错的选择。

"那大家都赶快行动起来吧！"他并没有特别冲着谁地大喝了一声。

约莫一个小时后，他听到楼下传来了一声叫喊。

"琼博，你快来看看这个。"是菲尔，帮亚当的那名技术人员。

"等我两分钟，菲尔，我就来。"他冲着敞开的门喊道。

发光氨没有显示一丝迹象。所有的卧室都检查完了，甚至包括主卧，幸好里面有几片非常厚重的窗帘挡住了午后的阳光。

他噔噔噔地走下楼梯，沉重的脚步让它们或许是有史以来第一次发出了嘎吱嘎吱的响声，然后在书房门口停下。"有什么发现，小伙子们？"他问道。对他来说，只要是四十岁以下的都是小伙子。

亚当指了指书架背后。"表面上看这只是一块普通的胶合板垫板，可是把书都搬走后，我们注意到其中一角似乎有点松，于是就用力拉了一下，结果发现后面藏着一个小空间，还用木头做了内衬，形成了一个隐藏区域，大约三十乘四十厘米大小，深约八厘米，可惜里面是空的。但不管怎样，是个藏东西的地方。似乎前面的书最近也被搬动过，因为在书被拖到一边的地方留有淡淡的灰尘痕迹。”亚当指了指那些痕迹，“依我看，没多久。”

“干得漂亮！我猜里面都是拍摄和记录下来的东西吧？”他问道，心中已然有了答案。“他究竟在那里面藏了什么呢？很可惜在他把那里清空的时候没有开摄像头，不然可能会有所帮助。书里面呢？有没有夹着什么有意思的东西？”

亚当摇了摇头。“对不起，琼博。我和菲尔只发现了一件事，那就是他似乎对米拉·韩德丽和伊恩·布雷迪[①]有特别的兴趣。他有很多关于这两人的书，却没有其他任何连环杀手的。一个人只对一类书感兴趣是很奇怪的，你觉得呢？”

“我猜你不是在曼彻斯特出生和长大的吧，年轻人。沼泽谋杀案可不是一个会在这里消失的故事——如果我用词不当还请不要介意。有个孩子一直都没有找到，方圆几公里的每一个人都知道这个令人毛骨悚然的故事。所以我才会说这很奇怪，但又不认为特别奇怪。”

他看了一下四周，发现其他要做的事情似乎都已经完成了，所有的文件都已经装好箱等着带走，吉尔也已经把电脑搬走了。“要不我们把这间屋子弄暗，再用发光氨看看，如何？”他提议道。

书房里装着威尼斯风格的百叶窗和窗帘。似乎就连白天罗伯特也不想让任何人透过楼下的窗户看到这个房间里面的情形。

就在小伙子们收拾房间的时候，琼博退到走廊里，正好看到两个人手上拿满了盒子，朝楼下走去。

“都找到了些什么，年轻人？”他问道。

---

①米拉·韩德丽与伊恩·布雷迪曾于1963年至1965年陆续残忍杀害了五名未成年人，是英国曼彻斯特沼泽谋杀案的凶手。

“阁楼上的东西。”其中一个人回答道，他绝对不是一个年轻人，但他们穿着工作服倒是不容易看出来真实年龄，“就是一些衣服和其他零零碎碎的东西，不过我们觉得这个盒子可能会有些意思。它里面装着许多旧文件——似乎是学术上的——还有各种各样的零碎东西。一条围巾，一个相框，一副手套，还有一张曼联比赛的旧节目单。盒子上写着一个‘丹’字，文件上的名字则是丹纳什·贾罕德，因为他疑似嫌犯，我想我们应该好好地分析分析。”

“做得不错。”琼博面露喜色，“现在我们要去书房看看有没有血迹，楼上什么都没发现，然后我们将转战到楼下的各个房间。待会儿见。”

琼博回到那间已被弄暗的书房，将口罩拉正，做好准备。一束细光透过半开的门射进屋中，投下一片阴影，透过那片阴影，他向四周扫了一圈。挺好的。他需要选好自己的位置，然后把门关上。他考虑了一下，抬脚将身后的门关上，然后将手中的喷雾对准了房间角落里的地毯。什么都没有。他试了试另外两个有可能的地方，还是什么也没有。

他转身面对着门，门上镶有六块饰板并涂上了白漆。他对着门喷了几下，停下来等了一会儿，然后又喷了一些。此时，他能感觉到心脏在胸腔里怦怦直跳。

“见鬼，终于找到了。”在黑暗的书房中，琼博扯下了口罩，盯着那扇门和墙，只见上面距离地面约两米高的地方正发着幽幽的蓝光。

汤姆环视了一圈专案室，几乎能感受到肾上腺素在组员们身体中涌动。他们终于发现了血迹，而且数量还不少。据琼博分析，这些血迹曾被人用漂白剂彻底清洗过，但在清洗前它早就充分地渗到门两侧的墙上去了，呈现出飞溅的图案，足以表明被袭击的是一个成年人，而不是一个孩子。因为它溅得太高了，而且从血滴的形状可以判断出血溅到墙上的时候是往下落，而不是往上飞的。琼博说他敢打赌这是动脉里流出来的血，而且在他看来，一个人流了这么多血后不可能还活着。

清理工作做得很好，漂白剂会毁掉擦洗区域的任何DNA。不过按照琼博的经验，这样飞溅出来的血一般会喷出一些不易用肉眼看到的小血滴。他有信心在某个地方找到它们的蛛丝马迹。还没有谁能把每一滴血都消除干净。

新的情报如此之多，却不知道它们指向何方。依然没有人知道罗伯特去了哪儿，或正在为逃跑准备什么。他的手机也没有给他们提供任何线索。在他们意识到他失踪了之前，他曾刷过信用卡，但那之后就没有什么动静了。一份针对所有港口的警报已经发布出去了，但是没什么收获。当下他们准备召开一次新闻发布会，因为他们必须找到罗伯特·布鲁克斯的下落。

发现血迹对小组的影响是毋庸置疑的，在某些情况下，令人遗憾地，它提高了他们的兴奋度。但汤姆却感到有些悲伤，因为他不得不接受房间里确实发生过某些可怕的事情这一事实。

贝基坐在一旁，用掌根支着额头，手指抓着她那乱糟糟的刘海。“汤姆，我知道这正是我一直以来所想的，但猜中了并不总是让人感觉那么好。”

“你对此非常肯定，对不对？”

贝基越过桌子朝他探过身去，急着想让他明白自己的意思。“我们知道几年前罗伯特就想把孩子们带走，还有他说他妻子知道这件事情，完全就是在胡说八道。我们知道，他一直在监视她，耐心等待时机成熟。而她则一直藏着护照。各种事情在不断发生，我认为他把孩子们藏了起来，现在去接他们了。他打算离开这里，开始新的生活。”

汤姆并不相信。难道他真的会为了得到孩子而杀害妻子吗？还是说他把孩子们也杀了，或是关在某个地方了呢？

他把下巴搁在拳头上，看着贝基，犹豫着该不该发表意见。贝基一直说奥莉维亚已经死了，而她很可能是对的。

“你知道，那血也有可能是罗伯特的。”他如是说，知道这话会让她产生什么反应。

“什么？你这一推测从何而来？”

汤姆得承认，其实那并不是真的推测，只不过星期六晚上罗伯特可能并不是失踪。他会不会已经被杀然后被抛尸了呢？这也是有可能的。他很不想这么说，但看情形房子的露台真的要被挖开了。

一切都讲不通。在罗伯特到家前的一个小时，奥莉维亚一直都在家里。在他报警前的几个小时里，他真的有时间先杀了她，然后把尸体处理好，再对孩子们做些上帝才晓得的事情吗？

贝基就那么看着他，好像他头上长了角似的，而他则等着下一轮攻击的到来。幸运的是她的电话响了，打断了这渐趋紧张的时刻。

“见鬼。”贝基低声骂了句。

看到贝基接起了电话，汤姆忍不住微微咧开了嘴。

“我是鲁滨逊督察。”她开口道，显然想让自己的声音听起来高兴些，“是的，吉尔。有什么事吗？”

接下来的对话汤姆就听不到了，而贝基则开始敲起了键盘。“好，我知道了。现在该怎么办？”她问道。就连汤姆都能听到电话那头传来了一声欢喜的轻呼，接着贝基便挂断了电话。

“吉尔对自己最近表现出的才华欣喜若狂。他给我发了一段视频看。我们看不懂的时候，他会过来告诉我们是什么意思。”

汤姆翻了个白眼。“看在上帝的分上，我们的小女主角为什么不直接告诉我们呢？这又不是电视智力问答节目——这是一场血腥谋杀案的调查。”

汤姆看到贝基的头猛地抬了起来。这是第一次有人真正说出了这些话，虽然大家心里都是这么想的。现在，他已经开始支持他们的想法了。嗯，也许该正式立案了，虽然连一具尸体都还没有找到。

他一言不发地绕到贝基的办公桌旁，弓身探在她的肩膀上方。“我们要看什么？”他问道。

“是从那栋房子里弄来的视频，罗伯特的神秘照片。”贝基答道，语气中满是鄙夷和厌恶，“不过我觉得它们和今天早上的没什么不同。”

“那他发给你的另一个文件是什么？”汤姆接着问道。

“我想都差不多吧，不过上面的时间显示是两个月前的。”贝基说完打开了另一个视频。

“快进一下，贝基。”汤姆突然要求道，有什么东西在他脑中一闪而过。“把另外一个也打开。能将它们并排播放吗？”他问道。

“在这台电脑上？”贝基嘲弄道，“你肯定是在开玩笑吧。除非你想隔两秒逐帧逐帧地看。为什么要并排放？”

“那你帮我拖到厨房那段就好了。”

就在这时，吉尔笑嘻嘻地用力推开双扇门，走了进来。“你们弄明白了吗？”他问道。

“就快了。”汤姆答道，“虽然你并没有给我们多少时间。”

“我迫不及待地想讲给你们听嘛。你是怎么想的，鲁滨逊督察？”他问道。

“我一直忙着摆弄我的电脑，想让它正常运行，还没来得及看屏幕呢。你这家伙就直接告诉我吧，吉尔。”

贝基的急切让吉尔看上去有点吃惊。他把她挤到一边，抓过了鼠标。

“四月十三日——差不多两个月前。画面从布鲁克斯家的厨房开始。请注意餐桌上那个装水仙花的罐子，这些可都是线索。接着，我们来看看上周的镜头，是奥莉维亚本该度假回来了之后。我挑了上周二作为例子，一家人一整天的完整视频，当然了，主要都是关于奥莉维亚的。现在，再看看厨房，一罐水仙花摆在餐桌上。目前你可能无法让这两段小视频同步播放，但我可以。好好看着，学一学。”

汤姆和贝基看着两段十秒长的视频在屏幕上并排播放。只见奥莉维亚低着头走进了厨房，身上穿着一件深灰色的套衫，然后从餐桌上摆放的那罐水仙花旁边拿起了一个杯子，又转身走了出去。

两段视频上的动作完全一致。

汤姆看向吉尔，他知道还有下文。

“自然地，我把我们感兴趣时段的所有视频都检查了一遍。如你所料，没有第一周的视频，就是奥莉维亚本该待在安格尔西岛的那周。至于剩下的那些——也就是从上周开始她应该待在家里的那些视频则都是伪造的，每一个都是假的。”

吉尔的眼睛里闪着得意，他向前倾了倾身子，用笔指着屏幕。“它们都被非常专业地剪辑在一起，并非早先某个时候一整天的副本，那样太容易被我们发现了。我们正在看的其中一边的视频进程——上周二的那段视频——其实并不是从四月十三日开始的。”

贝基看上去有些糊涂了。“对不起，吉尔。我不明白你的意思。”

吉尔拿钢笔轻轻地在显示器上敲了敲。“好吧，我来给你说明一下。我们先来看看她走进厨房前的那段视频剪辑。 四月十三日那天——原始拍摄——她正在打扫客厅。而上周二——也就是同样拍到奥莉维亚在那个摆了水仙花的厨房的那天——她正在打扫他们的卧室。卧室这段完全是从另一天复制过来的，我觉得是三月二十九日。这事手法熟练，做得相当出色。不管这是谁做的，他都是从她穿着同样衣服的那些天中剪辑来的。这些天里她所穿衣物的每个小细节都是完全一样的，比如她穿着这件灰色毛衣的时候，身上总是配着黑色牛仔裤和白色人字拖。当然了，他们不得不选择穿着相同衣服的片段，因为人们会想，为什么她从厨房去了趟客厅就把衣服全换了呢？”

吉尔直直地看着贝基，似乎在确认她是不是真的理解了他所说的。“这些视频营造出了一种错觉，那就是奥莉维亚·布鲁克斯从安格尔西岛度假回来后，上周一整个星期的确都和孩子们一起待在家里。而事实上，她根本不在那里。自她离开的那一天开始——理论上是去了安格尔西岛——便没有了真实的镜头。我们以为该相信直到周五下午她都活得好好的，可惜这并非事实。恐怕布鲁克斯先生一直都在耍我们。”

汤姆看着贝基的脸，恍然大悟。他最后一次说的话还飘荡在风中，他说罗伯特并没有多少时间来处置奥莉维亚和孩子们。可其实罗伯特有整整两周的时间。

29

苏菲·邓肯躺在地板上她摔倒的地方，愤怒地尖叫着，破口大骂："混蛋，该死的王八蛋！"然后，狠狠地低声咕哝道：他妈的他是怎么知道我住在哪里的？噢，真是愚蠢的问题。他当然知道有关丽芙的一切了，每一个见鬼的细节都知道。她是丽芙最好的朋友，他自然知道她住在什么地方。

如今苏菲身陷此处，被绑在椅子上，孤立无援。不过她并不担心自己，只是担心母亲。她得挪到一个能和母亲说得上话的地方，好让母亲放下心来。可她被关在这个房间里，离那扇紧闭的门大概还有三米。这些三十年代的房子质量都太好了，内墙用的都是实心砖。要是她们住在现代那种半独立式的住宅里就好了，她只要大喊几声，整条街都能听到，但现在她一筹莫展。

此刻母亲肯定吓坏了，苏菲只能祈求上帝保佑母亲没有想方设法地下楼。罗伯特发过誓不会伤害母亲——他最好没有那么做。要是他胆敢伤母亲一根汗毛，她一定不会放过他，他还不知道他招惹的是什么人吧。他说他已经把电动滑道轮椅降到了楼梯的底部，还拔掉了电话线，拿走了窗锁钥匙。这里的窗户都装着双层玻璃，她母亲一块都打不破。而且她母亲的卧室位于房子的背面，通常这个时候邻居们都已经出去度假了，所以让邻居听到动静也基本不用考虑了。

苏菲简直不敢相信自己会陷入这样的麻烦当中。当听到楼上传来罗伯特的声音时，她慌了。这也太他妈的可悲了。 她是一名士兵，却做了一件绝对是有生以来最蠢的事。她一步跨两级楼梯跑上楼，结果发现他在上面，正用一把瑞士军刀的锯齿刀片抵着母亲的喉咙。

真是她做的所有蠢事中最蠢的。如果她只是停下来，想想其他本可以选的许多种处理方法就好了，因为如果你不知道有威胁，那威胁本身也就没有任何作用，而且他也不会伤害她的母亲。他只是想把母亲用作人质。他妈的他就是个疯子。

罗伯特把苏菲可怜的老母亲的手绑在背后。这的确是个聪明的办法，因为肯定连罗伯特都发现了，在他把刀从她母亲的喉咙拿开的一瞬间，苏菲就能把他拿下——不管是用受伤的那条腿还是没有受伤的那条。接着他赶苏菲下楼，还声明要是她胆敢轻举妄动，他就立刻上楼，把对她母亲没做的事做完。他把苏菲推进里屋，拉上窗帘，然后把她的手脚牢牢地绑在餐椅上。

接着他就开始了审问。"你在安格尔西岛做什么？""你为什么要冒充奥莉维亚？""来找你的那个男人是谁？""关于我和奥莉维亚你都知道些什么？"

一开始苏菲什么也不说，但她可以看到他眼睛里那两团幽暗的怒火。他的薄唇紧紧地抿在一起，高高的颧骨上出现了两块红晕。苏菲对人太了解了，知道这是愤怒，而且都是冲着她来的。他的眼睛黑漆漆的，宛如两块湿润的燧石，闪着强烈的白色光芒。最终，她还是松了口，极尽怨毒地吐出了回答。她并不怕这个恶心的小个子男人，但她担心如果不照做，他会对她母亲做些什么。

"你为什么会在安格尔西岛？"罗伯特又问了一遍，手背用力地抽打着苏菲。

她愤怒地瞪着他。"我可不是那些会哭哭啼啼的小娘们，你这个卑鄙的家伙。我曾经被比你更厉害的男人殴打过，还入选了英国空军特种部队。

我保证你一个该死的线索都得不到。你真是一个无耻的卑鄙小人，居然拿刀威胁一个退休老人！”回应她的是又一巴掌，紧接着便是一连串威胁。

“我不会杀了你妈妈。”说着，他抿起嘴露出残忍的笑容，眼睛闪着凶光，“我得有创意一点。听过你妈妈尖叫吗，苏菲？”

苏菲把所有能想到的脏话都骂出来了。他要怎么对付她都可以，但欺负她母亲不行。

“我去了安格尔西岛，丽芙就可以去她想去的地方了，一个离你远远的地方。那里是属于她的秘密基地，一个再也不用顾虑你的地方，是一个能让她感到安全的地方，不会再受你的伤害。”她咬牙切齿地对他啐出了最后一句话。

“你撒谎！”他大叫，眼中的光芒褪去，取而代之的是呆滞的凝视。她知道自己戳到了他的痛处。

“你还没有孩子吧，苏菲？那么跟你在一起的是谁的孩子？你带走了我的孩子？”

苏菲闻言对他嘲笑起来，这让他愈加不快。于是，他抬脚猛地踢向了她的腿，恰巧踢在了伤口上，让她忍不住痛呼了一声。她几个星期前才做的手术，都还没完全愈合。她那不由自主的尖叫让他露出了笑容。

“我当然没有带走你的孩子。你以为丽芙明知道你是这么个疯子，还会让孩子们离开视线半步吗？”此刻他已经知道了她的弱点，而且似乎决定要更加残忍地利用这一点，于是他再次抬起脚，用力地踩了下去。苏菲感觉刚缝合的伤口又裂开了，不过还好，这次她有了更充分的准备。她紧咬牙关，等待疼痛的消退。

他是不会得逞的。她不会告诉他，和她一起待在安格尔西岛的两个男孩是姐姐的孩子，而那个女孩则是她表姐的。天知道他会对他们做什么。表姐和姐姐都是单身妈妈，每次带孩子出去度假都是一场噩梦，所以这次苏菲阿姨提出带他们去度假，对她们俩来说是个巨大的解脱。但罗伯特是不可能发现这一点的。

“那来找你的是谁？”

“这他妈的跟你没有半点关系。我又不是你老婆，我喜欢和谁上床就跟谁上床。至于她呢，机会来了她也能。”她不知道为什么要强迫自己加上这一句，可她就是想伤害这个男人，伤得越深越好。但很快报应就来了。

“除了我，我的老婆不会和任何人上床，你知道这一点。”他低声吼叫着，声音低得有些不妙。

“你以为呢？”她故作天真地问道，“要是我告诉你她从未忘记过丹纳什，她其实一直都爱着他，你做什么都无法改变，你会怎么说？”

那混蛋听完后笑了，笑得真的很开心。可怜的奥莉维亚，记得她曾经说过，罗伯特就是她的一切。

“那关于我和奥莉维亚你都知道些什么？她跟你说了什么？”

“她把一切都告诉我了，你这个神经病。我什么都知道，知道你是谁，也知道你是个什么玩意儿。你就是一个混球，一个该死的脑子有病的混蛋！”就在他把锯齿刀插进她腿上那个已经裂开的伤口时，苏菲喊出了最后一句话。

昏过去的那一刻，苏菲听见他在问一个她无法回答的问题，于是她高兴起来，因为他永远也不会知道她是不是答得上来。

30

汤姆钻到车里，插入钥匙，此刻他不得不承认自己很疲惫。已经剖析了一天，但还是没有一个人知道那些视频是怎么拼合在一起的。他们知道有人死在了那栋房子里，可那是谁呢？

因为吉尔揭示出最近的视频是假的，他们只好又重新查看了一遍闭路电视录像，证实罗伯特的车周三晚上十一点三十九分离开纽卡斯尔酒店车库，并在第二天早上八点三十二分回到了那里。而且，他在别的事情上也撒了谎。信用卡记录信息显示，他曾在周四的午餐时间到纽卡斯尔的约翰·路易斯百货店买过东西，虽然他们直到第二天才查出他买了什么。

最后，琼博打电话来说正如预料的那样，他们找到了一块没有被漂白剂清理掉的细小血迹。它很小，但是足够提取出 DNA 了。他从卧室取来了奥莉维亚的梳子，并要求他们以最快的速度做完这事。他知道这有多么重要。

汤姆设置成定速巡航，幸好一路上都平安无事。他的大脑飞速运转着。他们要做的事情太多了，但现在依然不知道发生了什么事，而且如今那家人（包括罗伯特）全都失踪了。

不过，真正令汤姆不解的是那段视频，奥莉维亚的衣服有一些作假的地方。这起案子他们俩都参与了吗？是以什么方式呢？

对 FaceTime 视频的追踪暂时先告一段落了，不过他们明天将会收到法院指令，以要求服务商提供奥莉维亚·布鲁克斯的正确 IP 地址，或者至少是使用奥莉维亚电子邮件的人的 IP 地址。

汤姆答应过利奥，要是他能在适当的时间结束工作，会顺便去看看她，看看她对他的小屋被人非法入侵有什么发现。她愿意帮他整理真好。凭以往的经验，他知道踏进一个被弄得乱七八糟的家里是件多么令人难受的事，他很高兴不用看到自己的家变成那个样子。这是另一件他本该自己处理却被忽略了的事。不过，他首先要确保房子是安全的，因为露西一放暑假就要来这里待上两个星期，要是让露西的母亲听到任何风声，她就有可能认定女儿在这里过夜不安全。如果她执意如此，那他也用不着和她周旋了。

这一次，他丝毫不想下厨，而且天色也渐渐晚了，也许他们直接去一家餐厅就行。他会看看利奥是怎么想的，就让她来做决定吧，因为现阶段他觉得自己无心思考吃什么。

三个孩子失踪了，他却似乎束手无策。他跟贝基提过找一位画家或者会画电子画像的人到学校去。他们是没有照片，但在老师们的共同努力下，说不定会产生一些不错的效果呢。

汤姆把车停在利奥公寓预留的两个车位之一上，然后从副驾驶座上一把抓起公文包，朝电梯走去。他按响了门铃，等待着。利奥带着一丝同情的微笑打开了门。有一点他不得不夸她，那就是她总能察觉到他的情绪。她伸出双手把汤姆拉入怀中抱了一下，然后亲了亲他的脸颊。

“进来坐。我已经为你准备好了一杯红酒。”她轻轻地在他耳边低语。

“吃的呢？”汤姆问道。他知道利奥不可能做了饭。他一直不确定他的高超厨艺有没有感染到她，使她想到什么时候也要为他们俩做一顿饭。但他必须填饱肚子，而且他很确信如果还没做好决定就坐下去，那他就再也别想起来了。

“这事我会处理的。”利奥回答。汤姆不说话，直直地看着她，她哈哈大笑起来，“我想你可能累了，所以我就和离这里不远的一家日本餐馆打了招呼，他们将为我们做一些天妇罗，还有牛排和照烧三文鱼。我只要在我们准备吃之前的二十分钟打给他们就可以了——这样安排你可满意？”

汤姆顿时感到如释重负。不是他做的决定，不关他的事，真是太棒了。“无论你怎么决定都没有问题。”他瘫坐在沙发上，含着一抹愉悦的笑，低声说道。

“今天很糟糕？”利奥问道。

“混乱的一天，发生了太多事。”汤姆一边回答，一边拿起那杯倒好的酒，噘起嘴唇长长地吁了一口气。“正如我在电话里跟你说的，那个嗜血的丈夫潜逃了。我们没有对他实施正式监视，因为到目前为止他似乎都还挺配合的，虽然有些不情愿，还撒了些谎。”

利奥听完什么也没说。不同于他见过的其他女人，她很少发表意见，除非他要她说。

“好了，不要再说我了。你呢，我的小屋收拾得怎么样了？”

利奥端起自己的那杯酒，轻轻抿了一口，看起来有些茫然。“老实说我也不知道是怎么回事，”她说着，微微蹙起了眉头，“他们好像翻过你的抽屉，但后来就没有再动过，我不知道你的抽屉是不是都收拾得很整洁。东西都乱七八糟的，我真正能说的只有这么多。不过他们完全没有理会屋子里的任何贵重物品。你有一幅漂亮的小抽象画——要是我没记错，是一位西班牙画家画的，是叫帕科还是别的什么来着？那个很好带走，但它依然在那里。”

汤姆耸了耸肩。“我猜是因为大多数人都不知道它的价值吧。我哥哥杰克是一位收藏家，他收藏的大部分名画都被出售或捐赠给了美术馆。我特别喜欢这一幅，就把它留下了，不过就连我自己都不知道它值多少钱。”

“嗯，不管是哪种情况，反正很奇怪，他们居然没有把它从墙上扒下来。”利奥说，“所以就目前看来，我敢说他们什么也没拿走。他们将几箱子文件倒了出来，扔得满地板都是，不过那些都是杰克的箱子，不是你的。汤姆，杰克发生什么事了？你跟我说他死了，但你似乎一直都不大想谈起他。”

汤姆沉默了片刻。杰克。他们两个人中狂放不羁的那一个。他讨厌上学，总是把自己反锁在卧室里组装电脑，在汤姆想学习的时候将音量调到最大，听白蛇乐队和黑色安息日乐队的歌。要是你想用文字来描述杰克的本质是不可能的，因为和他一起的生活一直都充满色彩，从来没有乏味无趣的时候。

“你也知道他在互联网安防领域赚了一大笔钱，还把他的公司卖了一笔可观的数目，是不是？”

利奥点了点头。

“然后他就离开这里，买了一艘超级快艇，结果把小命弄丢了，这个又蠢又不负责任的混蛋。”汤姆喃喃地说完最后一句，便感觉喉咙发紧，于是端起酒杯灌了一大口。

“意外是怎么发生的？”

“没人知道是怎么回事。他没有回来，我们便出动了一支搜救队去找他。他们发现船倒扣在水里，却怎么也找不到他的尸体。按海岸警卫队的说法，是被水给冲走了。制造商说他们没查出船有任何问题，因此它们最终认定这是一桩离奇事件。估计是他开得太快，在错误的角度被一个浪头打到之类的。”

利奥起身从桌上拿过酒瓶，帮汤姆添酒。他忍不住想，她看起来真美啊，上身是一件以白色为主的收腰外衣，衣服的一边有块大大的黑色矩形图案，下身是一件黑色紧身牛仔裤。他们真应该去外面走走，这样他就可以向全世界炫耀她了。

倒完酒，利奥在他的身边蜷缩着脚坐下，抓过他的手，握了一小会儿。

“要我说，”她说道，“我现在就点菜，大概十五分钟之后去拿。你先放松一下。”

放松听起来挺诱人的，但他知道那是不可能的。于是他打开公文包，拿出文件夹。刚打开文件，利奥便俯身过来，温柔地在他右耳下方亲了一下。汤姆微微将头向她那边挪了挪，闭上了眼睛。

“你拿我们这儿的战斗英雄的照片做什么？”她突然满是不解地问道。

“什么？”汤姆问，猛地一震，“你说什么？战斗英雄？”

“这是苏菲·邓肯啊，她是叫这个名字吧？你不记得了吗？有一个节目还是关于她的呢——呃，其实是关于阿富汗战争中的女英雄，而她是里面的重要角色。节目并不长，不过因为她是曼彻斯特人，所以我记得她。她在一次突发的爆炸事件还是其他什么事故中救了很多人，不是吗？”

汤姆举起了照片——就是在安格尔西岛的旅馆拍的那张，也是被埃文斯夫人指认为奥莉维亚·布鲁克斯那张。最后，汤姆终于想起以前在哪见过她了。当时他和利奥一起在某个不知名的卫星频道上看过这个节目，但那会儿他一直埋头忙着别的事情，只是偶尔瞟屏幕一眼。利奥是对的。

苏菲·邓肯。

看来他得找贝基谈谈了。就是现在。

31

伴着一声疲惫的呻吟，贝基一把推开键盘，伸伸胳膊放松，该回家了。今天令人焦头烂额，但不管怎么努力，她也找不出过去十四个小时内得到的众多情报之间的关联，也许她需要的是好好睡上一觉。

她把桌上的文件拢成一叠，从最底下的抽屉里抓起了包。就在这时，手机响了。“*该死的。*”她嘀咕着，“还有没有消停的时候？”

她一把抓起电话，转过屏幕来看看是谁打来的。如果不是什么重要人物，那他就可以滚一边去了。然而是汤姆。

听到他所说的话时，贝基感觉身上沉重的疲惫全都消失了。汤姆确定了旅馆里的那个女人的身份。这会是他们一直等待的那个突破口吗？*希望一定要是啊，*她向并不真正相信的上帝祈祷着。

苏菲·邓肯。

贝基倒是从来没有听说过这个人，但要查出她住在哪儿还是轻而易举的，因为她是一名空军特种部队军官。

尼克还在专案室里转悠着，想让自己多出些力，这点倒是和小组里的其他人不同。他对事业野心勃勃，而非消极无望，所以贝基一查到苏菲的地址就立刻把他叫了过来，迫不及待地想和他人分享自己获得最新进展的激动。

“这个女人或许就能解开我们所有的谜团了。道格拉斯侦缉总督察说他会在苏菲家和我们会合，不过我不觉得我们此刻需要他。我们先看看邓肯上尉会怎么解释她冒充奥莉维亚·布鲁克斯的行为，然后再决定要不要打电话给上司。你没什么意见吧？”

尼克看上去无比兴奋。可怜的家伙，在星期日的晚上都没有别的事情可做，这点和贝基倒是有点儿像。她抓起钥匙，走出不透风的专案室，突然意识到自从离开伦敦后她还一个晚上都没有出去过，除了早些时候庆祝他们成功破获那起强奸案的那晚。那真的只是几天前的事吗？不管怎样，这个问题也是她亟待解决的。她要向前迈进，融入社交生活。

“准备好了吗？”她朝正在收拾东西的尼克大喊了一句。

他们开车穿城而过的时候，贝基已经把她认为应该问苏菲·邓肯的问题都过了一遍。“首先，我们要知道她为什么要冒充奥莉维亚·布鲁克斯，但我们也得知道她是否知道奥莉维亚的下落，还有那个晚上到底是谁来过。有可能是个完全不相干的人——比如苏菲的男朋友之类的，但我就是想知道。到时候你来做笔记，尼克，不过不要问任何问题。要是你感觉我漏了什么，就轻声告诉我，我可能是故意那么做的，所以到了那儿别莽撞，好吗？”

尼克迅速地点点头，那速度比正常的快了近二十倍。“好的，长官。”他说。唉，这小伙子还真是迫不及待。

当他们最终抵达苏菲家的时候，很失望地看到屋里是黑的。天还没有完全黑，还有一丝光线，但贝基希望看到的是此时已经有灯亮了起来。或许他们住在房子的后面吧。车道上停着两辆车，这是个好现象。

贝基将车停在路上，挡住大门。她不敢打包票说苏菲一定会试图逃跑，但是他们已经丢了罗伯特，她不想再跟丢任何人了。

她掏出了自己的警察证，随时准备出示，然后沿着车道往前走。尼克则大步走在她的身后，四下张望着，好像这是他第一次踏上郊区的街道。

她抓起门环用力敲了三下，没有听到任何回应。她又试着按了按门铃，听到里面响起了铃声，但仍然没有任何动静。

贝基将信箱的翻盖往上推了推，便清楚地看到了门厅的情形。那儿没人，但她看到了楼梯底部的电动滑道轮椅。这意味着，不管用它的是谁——她不知道苏菲的伤势有没有糟糕到要坐轮椅的地步——都必然是在楼下。

“尼克，去后面看看能不能得到点回应，行吗？不过别吓着她们，小心点。”

尼克消失在黑暗中，贝基则等候着，继续砰砰地敲门。

突然，有人快速向她跑来，跑动的声音打破了夜的静谧。“我们得到里面去，头儿，马上！”尼克没等贝基开口就伸出他那十二码的大脚，用尽全身力气朝前门踢了过去。门随之朝里飞去，这一脚力大无比，把门都弄坏了，上面的耶鲁锁完全变了形。尼克朝屋里跑去，贝基紧随其后，他踢开通往客厅的门，跪倒在地上的年轻女人身边。

只见她的手和脚都被绑在了椅子上，而她之前显然想方设法移动，将椅子弄翻在地，头险些撞在壁炉的金属炉围上。血液凝固在她裤子的外侧，贝基还以为她死了，但是当尼克伸手试探她的脉搏时，她却忽地睁开了乌黑的眼睛。“真是够慢的。快将这些见鬼的绳子从我身上解开，行吗？我妈还好吗？”

贝基慌忙扫视四周，并未发现这屋有其他人。

“在楼上——她下不来，要是那个混蛋伤了她……”

贝基没有留下来听苏菲·邓肯念叨她打算怎么报复袭击她的人。她跑到楼梯底部，抬头朝上望去，发现那儿有一个缩成一团的身影，便飞快地跑上楼，到达最上面一级台阶的时候跪了下来，伸手摸了摸躺在地毯上的老太太的颈部。

当她的手触碰到那个女人的时候，后者缩了缩身子。“放开我，你这个恶魔。”她张开干燥开裂的嘴唇说。

贝基将手机从口袋里抽了出来，一边拨号一边和她说话。“没事了，亲爱的。我叫贝基，是一个警官。你现在没事了，我帮你叫一辆救护车。”说完贝基轻声地对着电话请求援助。

挂断电话，贝基轻轻地用弓起的指背抚着老太太的脸颊。贝基不想搬动她，以防她身上有伤，而且对方似乎也并不觉得冷。栏杆上挂着一件外套，贝基小心翼翼地将它披到了老太太的肩膀上。

“能告诉我你的名字吗，亲爱的？”贝基问道。

“苏菲在哪儿？那畜生对我家苏菲做了什么？”

就在这时，楼下传来了一声大喊。“妈？你还好吗，妈？”贝基听到一阵奔跑声，或者说是跌跌撞撞的脚步声，便转过身去。只见苏菲踉跄着朝楼梯走来，一瘸一拐地，摔倒了又爬起来，吃力地拖着身子。尼克跟在一旁，想要扶着她。

“好粗的绳子，它们勒断了我的血管。天哪，快疼死我了。妈妈，你没事吧？”

“她没事，苏菲。”贝基回答道，“我已经叫救护车了。尼克，你能帮她们两个拿点水过来吗？”

“苏菲，到这儿来，亲爱的。”贝基身旁响起一阵虚弱的声音。

贝基慢慢地走到一边去，这样苏菲便可以挪上楼，坐到母亲身边。这时，贝基才看到苏菲的裤子上沾了许多血，她为苏菲这会儿还能动吃惊不已。

“噢，苏菲，他伤害你了吗？”母亲喃喃地问道。

“我才没那么容易被那个神经病伤到，妈妈。你是知道的。”苏菲狠狠地说，“倒是你，你怎么样了？你为什么不待在床上？”

“我想去找你。我本来想坐着滑下楼去的，可是在试着坐到地板上时摔倒了。我好担心你，但是我起不来。对不起，宝贝。”

贝基看到苏菲挣扎着说：“不管是谁的错，妈妈，都绝对不会是你的错。”说完她轻轻地抚摸着母亲的脸。

“能告诉我这是谁干的吗，苏菲？”贝基接着问，“还有为什么？”

“好，我告诉你。就是那个疯狂的怪胎罗伯特·布鲁克斯。他会为此付出代价的。伤害我是一桩，伤害丽芙是一桩，但伤害我母亲就是另外一回事了，他休想跑掉。别那样看我，如果那是你的母亲和最好的朋友，你会怎么做？”

汤姆赶到医院的时候，贝基正坐在一把蓝色的硬塑料椅上，头向后仰着，靠在墙壁上。她看上去已经筋疲力尽，但现在离天亮还早。上前打扰她之前，他决定先到自动售货机那儿买几听可乐。这并不是他想喝的饮料，但他们需要来点咖啡因，而他敢肯定这里的咖啡都是便宜货，会被装在塑料杯里，太烫了不好拿。

他把贝基的那罐放到她旁边的椅子上，然后在另一边坐了下来，啪的一声打开了罐子。贝基坐直了身子，转过来对着他。

“你的在那里。”汤姆举着他的罐子指了指。

“多谢，希望它能让我清醒些。”她顿了顿，“其实，你知道你不必来的。我应付得来。”

汤姆缓缓地摇了摇头。“我到这儿来并不是因为我觉得你处理不来，我来是因为三个孩子失踪了。两个人的脑袋总强过一个人的，对吧？”

“对。”她轻声答道。

“那，我们对苏菲·邓肯的工作做得怎么样了？”

“目前来看情况不是很好。她不愿意离开母亲，一定要等母亲做完检查。而且医生想看看她的腿，罗伯特似乎把她伤得不轻。就我了解到的，她在炸弹爆炸中受的伤并没有完全缝合好，腿部必须接受更多的手术，而且伤口还血淋淋的。我们的朋友布鲁克斯充分地利用了这一点，虽然我打赌她不会说他把她伤得有多重。在我看来，她是一个非常坚强的人。”

“你从她那儿问出什么了吗？”

“没有。她只告诉我们这一切是罗伯特·布鲁克斯干的，把他骂得狗血淋头。我本打算去问问她究竟是怎么回事，但被医生赶了出来。这真的很恶劣，汤姆。他可不是在玩游戏，我告诉你，他就是个杀人犯大混蛋。”

汤姆靠在椅子上，双手搓着脸。真是一团糟。他们本该把罗伯特拘留起来，却没有这么做，而这都是他的错。但当时他们没有任何头绪，就算把罗伯特拘留了，他的律师也会立刻把他弄出去。尽管如此，汤姆依然忍不住想，他原本能够阻止这一切。

他看了看手表，觉得就这么坐着是在浪费时间。肯定还有其他的事情要做，不过他得先找苏菲·邓肯谈谈。现在就挺合适的。

“你觉得她还要多长时间呢？”

“用不了太久。就在你来之前，医生出来告诉我就要给她缝合伤口了。”

汤姆的余光感觉到，一间粗看根本没有什么动静的急诊室里，有什么在动。一名医生朝他们走来，随后停了下来，面对着贝基。“鲁滨逊督察，你现在可以去找邓肯上尉聊聊了。她想回家，但我们让她留下来与你谈谈，我们也安排了她母亲晚上在这里过夜。我们把邓肯夫人留下是因为她血压升得很高，我们担心她对回家心怀恐惧，这可能会对她造成生命危险。我获准向你解释。邓肯上尉就在尽头的那间病房里，她是一个意志坚强的女人，这一点毋庸置疑。”医生笑了笑，看上去充满敬畏，“换成是我，绝不想当那个对她这么做的男人。”

贝基和汤姆起身朝医生指给他们看的那间病房走去，然后把帘子撩到一边，走了进去。

“苏菲，这位是侦缉总督察道格拉斯，他从一开始就介入了奥莉维亚·布鲁克斯的案子中。”

苏菲在床上微微坐直身体，因为扯到身体的某个部位痛得脸部抽搐起来。

“你还好吗？”汤姆问道。

“好得不得了。你们想知道些什么？”

“告诉我们发生了什么，从罗伯特·布鲁克斯去你家开始讲起。”汤姆猜贝基已经知道其中一些事情，但从头开始听会更好一些。

“他来的时候我不在。那个王八蛋是从前门进来的，当时门上只有一把耶鲁电子锁，我敢打赌他一定是用信用卡或别的什么东西开门进去的。

他走上楼，拿着一把瑞士军刀威胁我妈妈，把她吓了个半死，但他的目标是我。”

苏菲很平静，但她把嘴唇抿成了一条小缝，从她下巴的样子汤姆可以看出她正咬紧牙关。她双拳紧抓着床上的蓝色华夫格毯子，汤姆几乎可以听到她内心的愤怒在嗞嗞作响。

“听着，”她说话时双唇几乎没有张开，“我感觉糟透了，我们能不能尽快了结？拜托了。”

“没问题。苏菲，”汤姆说道，“现在你只要回答几个问题，然后我们就离开。我们明天会再联系你，可以吗？”

苏菲点了点头，略微将身子往后靠到枕头上。

“最重要的是你要告诉我们奥莉维亚·布鲁克斯和孩子们在哪里。”

“哦，该死的。我就知道你会问我这个问题。我不知道。我真的完全不知道他们在哪里。我都担心死他们了。”

汤姆看着她担忧的眼神，知道她说的是实话。“罗伯特袭击了你后就消失了。我们知道他在最后一次跟奥莉维亚通话的时间上撒了谎，你觉得他会不会伤害她或是孩子们？”

苏菲低头看着自己的那条腿，双手抓住大腿根。“你们都看到他能做出什么来了，我都不知道你们为什么会问我这个问题。”她把头微微转向汤姆，“也许有一个人比我更清楚她在哪里。如果你们能找到丹，就可以问问看他是不是知道些什么。”她建议道，“我曾试图联系他，但他一直没有接听手机。”

“丹？”汤姆问道，其实很清楚她说的是谁。

“丹纳什·贾罕德，多年前离开丽芙的那个人。嗯，他回来了，还想让她重新回到自己身边。但丽芙非常害怕要是让罗伯特发现了，会做出什么事来。”

汤姆看了看贝基。尽管苏菲看起来很不舒服，他们还是不能将这件事拖到明天。他回想起罗伯特听到贾罕德的名字时脸上那自鸣得意甚至是愉悦的表情。他知道这件事，汤姆心想。如果他知道，那对奥莉维亚意味着什么呢？

手机嗡嗡的响声粗暴地打断了他的思绪。他看了一眼屏幕，接起了电话。“不好意思，苏菲，这个电话可能很重要。”他走出了病房，“喂，琼博。你是有新的消息要告诉我吗？”

琼博低沉的声音在电话那头隆隆响起。“确实有，而且是你意想不到的，我的朋友。还记得现场的血迹吗？嗯，因为是帮你做事，我就找人行了些方便。我知道紧急任务通常都要在四十八小时内搞定，也知道你很担心奥莉维亚·布鲁克斯和孩子们，所以我们就对那些血迹进行了分析，结果出乎意料。”

汤姆等着听下文。

“从血迹的高度看，我们可以肯定这是一个成年人的，当然我们会对这一点进行验证。我知道大家都认为这是奥莉维亚·布鲁克斯的血，但我们都错了，这是一个男人的血迹，身份尚未确定。”

汤姆感觉自己的脊柱像是被冰凉的手指从上向下划过似的，这种感觉他已经体验过很多次，但还是没法适应。

第三部　奥莉维亚

32

星期一

有人认为自由是每个人的权利，但我要为争取自己的自由而战，而且是一场漫长艰难的战斗。

这场战斗始于罗伯特带走了我的孩子们。那天，他把我带到一个黑暗得我都想象不到的地方。我以为我已经经历了人生中最糟糕的事情，走过了每一个黑暗的绝望地狱，但这一切都敌不过失去孩子们给我带来的恐惧，而这正是罗伯特想要的结果。那是一个警告，让我尝一尝不乖乖接受他的控制将会是什么滋味。从那一天开始，我就知道我们再也不能安稳地躺在床上睡觉了，罗伯特可能会带来的那些威胁像乌云一般笼罩着我。

我唯一的选择就是离开他，但怎么才能做到呢？我已经没有钱了，也没有得到钱的途径。我不能留下任何蛛丝马迹，一旦他发现了我的想法，后果将不堪设想。

丹离开后的这几年并非都那么糟糕，但和他在一起的那一段短暂的时间里，我觉得自己的灵魂仿佛充满活力，就像是体内有气泡在往上冒，我变得活力四射。跟罗伯特在一起的时候从来不会有气泡，我却也甘愿接受沉静。丹离开之后，我父母又发生了那些事，平静和镇定似乎成了我正需要的东西，但随着岁月的流逝，我开始意识到这些并不够。但这是在我完全明白过来之前——在我明白自己失去丹的原因之前。

我觉得体内仿佛潜伏着一种死寂感，它不断蚕食我内心的平静，取而代之的是一个黑暗的空间，将一个本应储存情感的地方变成了真空。这种死寂感不断增强，穿透我灵魂的每一个角落，伸出黑暗的触须，抑制了我所有的自然反应。

罗伯特带走孩子们的时候，发生了两件事。我意识到我必须驱走这种死寂，让自己得到重生。不是为了我自己，而是为了孩子们。我还要想办法用我那迟钝的大脑为自己陷入的可怕生活寻找一条出路。可我不知道该怎么办，想出的每一个办法都漏洞百出。

我不能一走了之，我知道如果我这么做罗伯特会做出什么事来。而且他那么聪明，成功地让我的心智健康变得令人怀疑，在我们那个不断缩小的微小世界里，所有人都觉得没有罗伯特的帮助，我无法独立生活。在外界的人看来，他是在照顾我，对我有求必应。

可我想要的是自由。

既然贴在厨房墙壁上的日程表是用来帮助我的，那我为什么必须要写下跟其他人接触时的每一个举动呢？罗伯特说过，如果他出其不意地回到家里却发现我不在时，他需要知道我人在哪里。

可为什么？

我觉得自己身处牢笼，受人控制，被人监视。我知道他在监视我，他无法忍受我走出他的视线，只要想到我有朋友——即便只是学校里另一个孩子的母亲——都会让罗伯特表现出内心里最阴暗的一面，他要摧毁我的行动就会提升一个等级。

但我担心的不是我自己，而是孩子们。罗伯特迷恋的重心只有一个，那就是我。对他而言，孩子们只是他的军械库里的另一个武器罢了。

从罗伯特带走孩子们的那一天起，我花了六个月试图找到逃走的办法，但我既没有钱也没有能力把我们几个人全部带到一个安全的地方，直到我再次找到苏菲。从那一刻起，我又开始有了期盼。

我一方面在罗伯特面前保持之前一贯的形象，同时内心又充满了活力，做到这一点很不容易，但我做到了，我只能祈祷他永远找不到我们。没有人知道我们在哪里，连苏菲都不知道。苏菲尤其不能知道，她是我唯一的联系人。她知道的信息很多，但我不能告诉她我们在哪里，因为我了解罗伯特这个人。

我开始担心起苏菲。昨晚她本来要打电话给我，我却没有得到任何消息，这不像她。她从一开始就棒极了，如果没有她，我根本无法度过过去的那十八个月。而且她给了我一件珍贵的礼物。那天是我嫁给罗伯特后第一次去看她，她把丹纳什又带回了我身边。

“丹是爱你的，丽芙。”她说道，“不论发生了什么，我从未怀疑过这一点。萨米尔对自己做过的事情感觉非常愧疚。但他觉得他做的事情对他的弟弟而言是最好的。这些事都过去很久了，不管怎样，你现在有丈夫和三个孩子可以牵挂，把关于他们的一切都说给我听听。”

但我没法说给她听。那天我做不到。在听到关于丹的话之后我没法说。最重要的是，这让我意识到自己是多么想念苏菲，多么喜欢有其他女性的陪伴，但我莫名其妙地与现实世界失去了联系，把自己孤立了起来。我答应苏菲会再来看她，她提出要拜访我们家，来看看孩子们，但我不能让这件事发生。罗伯特不会喜欢的。他从来没见过苏菲，但他会仅仅因为我爱她这个事实而讨厌她。

我等了几个星期，找到了一个机会，相当确定罗伯特不会在那个时间段检查我的行踪。他当时一直都在抱怨要做的一个展示演说，我知道那个演说什么时候进行。这大概给了我一个小时二十分钟的自由时间——这在我的人生中是非常稀有的——在那少得可怜的几十分钟里，我觉得自己又恢复了呼吸。

我选了一些照片给苏菲看，然后驾车飞快地往她家开去。我计算好了往返时间，我们能在一起待四十分钟，这对我而言真是天大的福分。

我没法提前告知她我要去——那样她的号码就会留在通话记录里，而罗伯特也会收到我的手机账单。所以我只能祈祷她在家，而她的确在。

贾兹两个月大之后，苏菲就再也没有见过她，我知道她看到照片的时候会很惊讶我的女儿长成了一个如此美丽的七岁姑娘。如今贾兹已经快九岁了，随着时间的流逝，她变得越来越漂亮。当然，苏菲从未见过我的两个儿子，他们俩都有一头闪亮的金发，足以让他们的姐姐那一头黑色的如丝秀发黯然失色——作为一家人，我们确实十分出众。这就是为什么现在比利的头发被染成暗褐色，而弗雷迪的头发被剪得很短，看起来像是光头的原因。

苏菲想知道关于我们的一切事情：我和罗伯特是在哪里相识的，我们住在什么地方。我记得当时自己扮演了一位幸福妻子的角色，跟她说起我们拥有的一切，以及我们之间是多么的亲密。但我觉得她并没有被我糊弄。她一定知道哪里不对劲，因为我不太对劲。我已经不是原来的我，这一点她看得出来。我已经不是丽芙了。

当她的眼神变得越来越敏锐时，我从包里摸出那些照片。

“上帝啊，她可真漂亮。”苏菲看到贾丝明的照片，尖叫起来，“她看起来很有异域风情，但基于她的遗传基因，这并不奇怪，对不对？我通常不这么说男人，但丹纳什长得确实很帅，不是吗？”我没有回话，只顾重新整理那些照片，先是比利的，然后是弗雷迪的。她花了必要的两分钟时间称赞了他们，但很显然，她更加感兴趣的是我在丹之后跟什么样的男人在一起。

“让我看一下他。别这样，别把你的武士藏在华丽的盔甲里。”这时她已经知道我和罗伯特是如何认识的。

我找出罗伯特和我少有的一张照片，是我们上次去度假的时候我让贾丝明用我的相机时她拍下的。苏菲看着那张照片大笑了起来，接着我感觉到她的表情虽没有什么变化，笑容却变得勉强起来。

“再跟我说说你是怎么认识罗伯特的。”她问我的时候并没有抬起眼睛来看我。

于是我又跟她说了一遍我和罗伯特认识的经过，尽管我已经解释了罗伯特是怎么成了买下我公寓的人，以及在我的世界轰然倒塌时他又是如何拯救了我，他是多么善良。我说的一切都是真的。现在我过得不开心并不影响我们当时的快乐。

“他是在哪里上的大学？”她问道。这是个很奇怪的问题，但我还是告诉她是曼彻斯特大学，跟我们一样。

“在那之前你从来没见过他吗？”她问道。我开始担心起来。苏菲是怎么了？她把照片递给我，俯身握起我的双手，看着我的眼睛，这是她看到那张照片后第一次看我的眼睛。“你还记得我曾经告诉过你大学里面的那些男生是多么爱你吗？”她没等我回答又说道，“当时我很担心其中一个男生。他会在任何场合出现，只是在旁边看着。记得吗？我告诉过你，但当时你只是置之一笑，我当时叫他‘恐怖男’。”

我对这一段话感到莫名其妙，只能呆呆地看着苏菲，我肯定她能看出我的困惑。

“在他买下你的公寓之前，你可能根本不会看他一眼。但我可以跟你保证，他之前是见过你的，起码见过上千次了。他完全知道你是谁。”

“我跟你发誓，我们之前从未见过面。不然我会记得的。”

“丽芙，这个人曾经到处跟踪你。当时你根本不相信我，但你到了哪里，他就会跟到哪里。我不知道该怎么跟你解释，罗伯特……他就是那个恐怖男。”

33

罗伯特·布鲁克斯躺在褪了色的桃红色灯芯绒床单上，环视这个肮脏的房间。他从未想过会走到这一步——为了躲避警察的追捕而躲在曼彻斯特一条小街上的一家肮脏旅馆里。但他别无选择，他不能再使用自己的信用卡，他要找一个可以付现金的地方。

他已经跑遍了所有银行，取出了每张卡里可取的最大限额。他的金卡容许他取出七百五十英镑，虽然他想从白金账户上取出更多来——奥莉维亚根本不知道这个账户的存在——但被限制在同样的额度内。他还从两张信用卡上取出了所有能用的钱，于是他大概有了两千五百英镑可以用来继续逃亡。他还去了趟办公室，用别人的名字领用了一辆公用车。他只希望至少在几天时间内不会被任何人发现。

幸运的话，他叫出租车的小把戏也可能会占用一定的警力资源。他们真的相信他会傻到从住处用电话叫出租车吗？他给一家出租车公司打完假电话后，就走去了一个完全相反的方向，去了最近的一家超市，用那里的公共电话打给了另一家出租车公司。

他要做的另一件事是丢掉自己的手机。他的思维变得十分混乱，以至于记不起来警方是否可以仅通过 SIM 卡追踪到自己，还是要通过手机来追踪。他曾经读过的文章里说，在美国，即便手机处于关机的状态，当局也可以通过打开手机上的麦克风来进行监听。他不能在这个问题上冒险犯错。往超市走的时候，他取出了 SIM 卡，丢进路边的下水道洞里。尽管非常心疼，他还是绕到商铺后面，把那部崭新的苹果手机踩得粉碎。他把那些碎片丢进了屠宰场后面的大垃圾箱里，毫无疑问，那些碎片会混进动物尸体和内脏当中，没有人会去那里翻找。

出租车把他送到办公室外，他以别人的名义领用了一辆车，没有人知道他的办公桌抽屉里还藏着一部苹果平板电脑，他拿走了那部平板电脑，马上就开始搜索苏菲·邓肯这个人。她和奥莉维亚上大学的时候形影不离，直到贾罕德出现，并跟她们走到一起。

在丹纳什之前，奥莉维亚还有过其他男朋友，但都不是认真的，罗伯特知道他只需要等待时机。他一直在观察，等待。从他第一次在酒吧里看到奥莉维亚因为一两个笑话而欢笑的那一刻起，他就下定决心要得到她，那种感觉仿佛房间里其他人都褪成了浅灰色，只有奥莉维亚在房间中央散发出夺目的光亮和无限的活力。一直以来他就是这么看她的——一直视她为中心——直到苏菲这个贱人让他无法靠近她。

他绞尽脑汁回忆着他所知道的关于苏菲的所有信息。他曾经专门调查过奥莉维亚的朋友，苏菲在他的调查名单中排在首位。大约九年前她就被摆平了,他没有费多大劲就把她赶出了奥莉维亚的生活。她必须离开，奥莉维亚必须依靠他，而不是那些随随便便就交到的朋友，他们不能像他一样好好照料她。她们是怎么重新联系上的呢？一定是他粗心大意了，但他还是想不明白是怎么一回事。

这么多年来有一件事他的确还记得，那就是苏菲母亲的住处，他无法相信自己的运气这么好，那位可爱的邓肯夫人——必须说是在一定的压力之下——告诉他她的女儿目前就住在这里，并且很快就会回来。

但苏菲那个贱人什么也没告诉他，什么也没有说。接着他就有点操之过急，做得过头了点。他急切地想把她扇醒过来，但她在晕过去之前只是不停地尖叫，他不知道邻居会不会已经报了警，只好离开。

从看到苏菲的照片出现在埃文斯夫人的布告栏上的那一刻起，他就知道奥莉维亚已经摆脱了他的操控，不论她去了哪里，都不会再回来了。但他还不愿意跟警方交代这件事。必须要找到她，她必须回到她该回的地方，回到他的身边。

他已经非常明白地告诉过她，如果她胆敢离开将会是什么后果，他也肯定她听懂了自己的每一句话，以及每一句话里的微妙之处。他曾经为了得到她煞费苦心，她将会为对他的所作所为付出代价。他满脑子想的都是要让她承受什么样的痛苦，来偿还她带给他的折磨。

34

前一天晚上琼博带来的消息把汤姆要跟苏菲面谈的所有计划全盘打乱。挂断电话走回病房的时候，他看出苏菲的脸上蒙上了一层新的灰暗的颜色，双眼因发烧而闪烁着光亮。有那么一瞬间，他怀疑虽然他走开了，是不是还是让苏菲听到了琼博那低沉洪亮的声音，但那样她得有异常灵敏的听力才行。他知道如果不给她一个休息的机会，他们不可能从她嘴里得到任何其他信息。

当然，他得把听到的消息告诉贝基。“这也许不能说明什么。”她说，“他可能杀死了另一个可怜的家伙。”但这个消息还是打击了她的自信心，汤姆感觉他们似乎又回到了原点。

他们希望苏菲可以告诉他们更多信息，给他们提供一点线索去了解奥莉维亚和孩子们到底发生了什么，但苏菲今天早上给他们开门的时候，看起来就像一宿未眠的样子，于是贝基主动去给她沏茶、烤面包，汤姆则开始对她问话。他观察着苏菲，看着她走向客厅的那两张沙发，小心翼翼地弯下身子，坐到其中一张上。很显然，那条腿让她痛不欲生。

“罗伯特·布鲁克斯为什么会闯进你家并伤害你，苏菲？他想要什么？”

“也许跟你们想要的一样。他想知道丽芙的下落，还有为什么在安格尔西岛的人是我而不是她。他想知道我身边的那些孩子是谁的——但他们与整件事并不相干。我决不会告诉他，鬼才知道他接下来会干出什么事来。也许他会跟踪孩子们，就像他们知道些什么似的。他们不是丽芙的孩子，他需要知道的就是这一点。丽芙很怕孩子们离开她的视线，为了防止他有什么阴谋计划，即便是我，她也不能把孩子们放心交托。”

“你说的‘阴谋计划’是什么意思？”汤姆觉得这个用词非常奇怪。

“你知道罗伯特·布鲁克斯的全部屁事吧？”苏菲摇了摇头，鼻孔张开，上唇向上翘起，“他是我见过的最蛮横霸道、控制欲最强、最混蛋的家伙。依我说，是前无古人后无来者。真是一个怪胎。”

过道的门被推开了，贝基托着托盘走了进来。

“我们再回过头说说你为什么要假扮成奥莉维亚，好吗？”汤姆很清楚苏菲想把罗伯特痛骂一顿，但他现在需要知道事情的真相。

“她必须要离开，去一个他完全不知道的地方。她都想好了逃跑路线，我非常乐意帮助她。本来应该不会有任何人知道在安格尔西岛的人是我，我想我把这件事彻底搞砸了。”

“她害怕什么，苏菲？她觉得罗伯特会对她做什么？”贝基一边把茶和面包放在苏菲身旁的小桌子上，一边问道。

“你觉得呢？听着，伙计们，她想要离开罗伯特，但是他精神有问题，他决不会让丽芙离开，绝对不会。所以我在帮助她。我会一直帮助她，还会向上帝祈祷，希望他永远也找不到她。”

“那奥莉维亚现在在哪里？”汤姆问道，“她找到的藏身处在哪里？”

苏菲摇了摇头。“我昨晚已经告诉过你了，我真的不知道。她决不会告诉我的，我想是为了防止罗伯特从我这里得知她身在何处吧。这并不是说我知道的话就会告诉他，我曾经遇见过比他更可怕的恶霸。”

苏菲放松下来，交叉起双臂。贝基发出一声恼怒的叹气声。“你一定知道些什么，苏菲。看在上帝的分上，我们只是想找到她，确定她和孩子们都安然无恙。”

“我已经告诉你们了，我不知道她在哪里。以前都是我在假期的时候掩护她，她到了周末才回来。这一次不一样。这一次，我知道她再也不会回来了。我们通常都会来一个交接会——那时候我就会把信用卡还回去，我必须使用那张信用卡，好让罗伯特看到上面有消费记录，比如家庭旅馆的消费记录之类——但这一次没有。她坚持要让我知道得越少越好。如果我不同意这么做，她就不让我帮她。”

汤姆看着贝基。他们毫无进展。苏菲要么就是确实不知道，要么就是一个演技绝佳的演员。从她的背景来看，这两种情况都有可能，他没法判断。

“你收到过她的消息吗？”汤姆问道。

“没有，我很担心。如果罗伯特探出她的计划，什么事都可能发生。”

汤姆也是这么想的。“跟我说说丹。他又是什么时候出现的？”

苏菲轻轻摇了摇头。“我记不清楚了。我想是去年的某一天吧。”

“他当初为什么要离开，你知道吗？”他问道。

苏菲在沙发上挪来挪去，试图让自己坐得更舒服些，但因为疼痛而把脸绷得紧紧的。“我只知道跟他哥哥萨米尔有关。我并不知道事情的全部，但这一点我还是知道的。萨米尔来拜访，试图劝说丹回伊朗去，丹拒绝了，事情似乎就这么定下来了。后来丽芙怀孕了，所以即使丹对家庭的愧疚感已经占了上风，他还是不能离开。但丹和丽芙之间发生了一些事情，丽芙跟丹说了一些跟萨米尔有关的事情，第二天丹就走了。”

“那他现在人在哪里？”贝基问道，“我们要找他谈一谈。我试过拨打你给我的手机号码，但好像关机了。”

“你的推测能力跟我一样好。他到安格尔西岛来找我，我告诉他丽芙正努力想出最好的解决办法，但她得为孩子们着想。丹说自己已经受够了，要跟罗伯特摊牌，让他放丽芙走。”

“丹打算怎么与罗伯特对峙？”汤姆不喜欢苏菲刚才所说的话给人的感觉。

苏菲闭了一会儿眼睛，把头埋到胸口。“那也是我的错。我知道罗伯特住在纽卡斯尔哪里。丽芙一直都会将他的行踪告知我，以防发生什么意外之类，特别是在她没有待在应该待的地方的情况下。我把那家酒店的电话给了丹，他打了电话给罗伯特。他说打算让罗伯特在家里和他见面……我记不清细节了，应该是上周的某个晚上。”

“他打通电话了吗？”

苏菲点了点头。

“罗伯特怎么说？”

苏菲恼羞成怒地叹了一口气，在汤姆看来那声叹息显得很夸张，没法确定那是因为他们问的问题，还是因为丹坚持要和罗伯特见面那件事。“我不知道。我觉得丹简直太愚蠢了，我不想再掺和下去了。他正准备跟我说，我已经昏昏欲睡，就直接用枕头盖住头，让他滚开。”

苏菲耸起肩膀，伸出双手，高高举起手掌。她漠不关心和明显缺乏兴趣的做法在汤姆看来不像是真的，但至少他们可以跟酒店核实，看看罗伯特是否接听过什么电话。

“你知道他是在什么时间打的电话吗，苏菲？”

“我只知道是很晚的时候。他用的是我的电话，因为他的电话没电了，你们愿意的话可以查一下最近的通话记录，我从来不删东西。手机就在我包里，去看一下。”

苏菲指着她放在地板上的包，汤姆拿起递给她，但她只是挥动了一下手臂，汤姆理解那意思是“直接把那该死的东西从包里拿出来”，于是他照做了。

他知道丹从上周二开始在安格尔西岛的家庭旅馆待了一周，于是在苏菲点头同意后开始翻找她的通话记录。纽卡斯尔的区号是〇一九一，他很快就找到一个号码，希望那就是他想找的。他把号码记了下来，把电话放回苏菲的包里。

在查通话记录的时候，他希望能看到“丽芙”这个名字跳出来，但运气不佳。

“多谢你的帮助。”汤姆说，“如果你想到别的什么，请给我或贝基打电话。”汤姆站起身，递上自己的名片，然后停住了，“最后一个问题。看起来你很清楚罗伯特·布鲁克斯的行动，你觉得他下一步会做什么？”

“他会尽力找到她，我觉得他不达目的誓不罢休。你是否直视过痴迷，总督察？除去常态的面具，它就像是一条潜伏在皮肤下的丑陋、扭曲的蛇，带着挫败感蠕动着，直到控制住它想得到的目标。”

35

罗伯特已经记不起上一次入睡是什么时候了，但最后他还是被疲惫打败，迷迷糊糊地睡了三十分钟。这一觉睡得很不安稳，他做了很多梦，全是过去的一些画面，他睁开眼睛的那一刻，所有画面都消失在尘埃中，但还是留下了一点东西——那些看起来有点奇怪的事情。

脑海中闪现出一个画面：周五晚上，他到外面的车上去拿手提箱，听到一个声音喊道："罗伯特。"他转过身看到一个女人的身影，在落日下背光站着，那一瞬间他还以为那个人是奥莉维亚。当然不是她。那个人是伊迪丝·普雷斯顿——可能是他最不想见到的人。她一定是站在窗口观察，等着他回来。他当时心烦意乱，根本没听进去她在说些什么，但突然他回想了起来。"我有点担心奥莉维亚，我已经好几天没见到她和孩子们了，后来周四一大早就看到了你的车，我想一定是出了什么问题。但我起床的时候你又不见了。一切都还好吗，罗伯特？"她问道。当时他一直在想着怎么摆脱她，没空去回答她，甚至没有去思考她到底在说些什么，但现在他记起来了。

他侧身躺着，双腿蜷曲在胸口。她可能已经把这件事告诉警察了，他很肯定这一点。又增加了一个对他不利的证据。

*你在哪里，奥莉维亚？你在搞什么名堂？*罗伯特伸直双腿，从牛仔裤后袋里抓出一个皱巴巴的信封。他想读一读斯托克斯太太写来的信，

看看能不能找出一点线索，好知道奥莉维亚在想什么。也许她在说要把孩子们带离学校的时候无意中说漏了点什么，但他没有抱太大的希望。

他往床头移动了一点，脑袋靠到满是油污的带衬垫的床头板上，然后把拇指伸到信封封口下面，扯开信封取出了四页信纸。

第一页是娜汀·斯托克斯的来信，内容是让他们重新考虑孩子们的学校教育问题。她指出孩子们的教育不仅仅在于学习知识，也包括他们的社会性发展，在她看来，这意味着他们需要跟别的孩子接触。

一堆废话，罗伯特心想。也许她是对的，但这对他一点帮助也没有。接下来她继续讲了每一个孩子的情况以及他们的发展。他真的无心看下去了。他们都知道弗雷迪还只是一个小孩子，正如奥莉维亚说的，他才四岁，在班里是年龄最小的孩子。比利可能是有点爱炫耀。他很肯定斯托克斯夫人说的是对的，他们俩都能从与其他孩子的接触中受益，但现在他根本不想考虑这个问题。

他正打算把那封信揉成一团丢掉的时候，看到了斯托克斯太太对贾丝明的评价：

> 最近，我们发现贾丝明变得不那么专心了。她一直是个肯下苦功夫做功课的孩子，但最近情况有点变糟了，一个例子就是她所做的有关二战的功课。复活节假期之后，她好像很高兴能在班级里站起来发言，告诉我们她所学到的关于避难者的信息。她说假期时家人出游所去的那个岛屿在二战期间人员全部被撤离了，连大人们都被强迫撤离。
>
> 老师温柔地指出孩子们不是从安格尔岛西撤离，而是被撤离到那里去，那个岛屿上满是从曼彻斯特和利物浦疏散过去的避难者，他们是来到了岛上，而不是离开那个岛屿。不幸的是，贾丝明变得非常沮丧。老师说她涨红了脸，叠起双臂，把头埋进去哭了起来。这个举动太不像以前的贾丝明了，我们都觉得很担心。我们最担心的不是她没能说出正确的历史事实，而是她过于在意自己的错误。

我们很仔细地观察她，想看看是不是有什么其他事让她不开心，但没有发现什么特别的事，只是她好像不太愿意谈及在家里发生的事情。我们用尽办法也没能让她再次对假期的事畅所欲言。

罗伯特并没有分析自己孩子行为的习惯，但即便是他也看出了这件事完全不像是贾丝明的作为。她是一个吹毛求疵的孩子。他把信封放到床上，双手放到头下。她可能在想什么呢？贾丝明不可能弄错这个问题。他把苹果平板电脑拿过来打开，想一想，罗伯特，想一想。

“快点，快点。”他说出声来。为什么启动要这么长时间。当然了，这家破旅馆没有无线网络，他要依靠3G网络，这就更慢了。最后他终于打开了搜索引擎。

“二战期间的大撤离岛屿”他输入了这几个字。搜索结果出现在屏幕上，第一个搜出的结果是克里特岛，罗伯特排除了这一个。他们本来要去的是安格尔西岛，那就不可能跑去克里特岛，他们没有护照，而且那两个男孩也会说起飞行的经历。下一个搜素关键词是“被占领的海峡群岛”——这离家近了一点。根西岛撤走了所有的孩子，但也不可能是这一个，贾丝明也说到了大人。他继续看下去：“奥尔德尼岛当局没有跟英国政府直接沟通，建议撤离岛上全部人员，几乎所有人都撤离了。”

奥尔德尼岛，海峡群岛中的一个小岛屿，是英法之间海域里的一个小点。但为什么听起来如此熟悉？

罗伯特把平板电脑放到床上，闭上眼睛努力回想几个星期之前一个傍晚的事情。当时贾丝明有点奇怪，那一天他们一起看电视的时候她表现得有点奇怪，他记不太清楚了。

是什么事情呢？他很确定是比利说了一些什么。他们当时在看一档野生动物的节目。罗伯特正在看报纸，当时比利突然说道：“看，贾兹，这是我们那个岛屿。”罗伯特抬头看了一眼电视屏幕，但很显然那不是“他们”的那个岛屿，沙滩上的沙子颜色太白了。

罗伯特猛地坐了起来，这就是不对劲的地方！他之前看安格尔西岛海滩上的沙子时，那些沙子颜色非常暗，一点也不像奥莉维亚用手提电脑上的摄像头给他展示的景象。他抬起膝盖，倾身向前，抱住双腿，把下巴靠了上去。那档节目讲的是什么呢，贾兹的反应又有什么不对劲呢？

他闭上眼睛，贾兹当时坐在他右边的沙发上，奥莉维亚坐在她的左边。当比利提到“我们的岛屿”时，他抬起眼睛看向电视屏幕，感觉贾丝明和她母亲互换了一个眼色，贾丝明眼睛睁得大大的，嘴唇微微张开，但奥莉维亚轻轻推了她一下。他的目光从贾兹身上移到妻子身上。他记得妻子当时对他耳语了几句：“他是不是很可爱？他觉得每个岛屿都是安格尔西岛。也许我们要尽快带他去别的地方走走，让他知道还有别的沙滩，别的海岛。”他们当时还深情地对笑了一下，后来他就忘了这件事。直到如今。

那档节目到底讲的是什么鬼东西呢？该死的，当时他怎么就没有注意一下呢？不过是几个星期之前的事情。

他重新抓起平板电脑，登录英国广播公司的网站。他确定当时看的是英国广播公司的节目，他们一般会在新闻播完之后打开电视。当时一定是工作日，因为最近的每一个周末他都在布置那个新露台，一直忙到天黑。他四处搜索那个节目，“找到了”，他说道，咧开嘴露出笑容。他找到那个节目了，现在要做的就是浏览当时的节目列表。罗伯特可以感觉到心脏在胸腔里扑通扑通地跳。他的手指徒劳地用力戳着屏幕，想要快点打开网页。

“就是这个——刺猬！”他怎么能忘了呢？弗雷迪还想要在花园里盖一个刺猬的窝呢，他依稀记得听到过他喋喋不休地跟奥莉维亚说这件事。

但这些并不是普通的刺猬，而是白色的刺猬。节目概要里提到，全英国能在野外找到这种刺猬的地方只有一个——奥尔德尼岛。

罗伯特把平板电脑推到一旁，双手枕在脑后躺了下去。他感觉丢掉了肩上的一个大包袱，心里一阵高兴。他知道她在哪里了。

今晚睡个好觉，亲爱的，因为到了明天，我就要去接你了。

36

当苏菲告诉我罗伯特的事情——他是谁，我们上大学的时候他是怎么一直跟着我们的——这些话仿佛点亮了我脑子里的一盏灯。一切都变得合情合理了，一些可怕的想法进入了脑海，我不能让这些想法变得更强烈，因为我知道自己隐藏不了情感。

我原本真以为第一次见到他是在他来看我的公寓的那一天，在我的生活一片混乱的时候，他对我那么好。但原来一直以来他都认识我，知道我是谁，知道我和丹纳什在一起的时候过的是什么样的生活。苏菲跟我说有一个男人跟踪我的时候我怎么就没有听进去呢？我以为是她在夸大其词，而我也从来没有注意过他的存在，我眼里只有丹。

苏菲的洞察力比我好多了。她会观察别人，对此有强烈的喜好，并打算好好利用这一点来帮助自己发展事业。我决不会在一个派对或俱乐部的人群中发现罗伯特，但苏菲可以注意到那些只盯着一个方向看的人。我当初真应该听她的。

直到现在我才相信她的话，直到现在我才懂得回顾当时，看到当时摆在面前的事实，要是我当时注意到就好了。我怎么能忘了那个从酒吧独自回家的夜晚？自从和丹搬进公寓同居之后，我就经常走那一段路，路过一个公园的时候，我看见里面的秋千正在轻轻摆动，那是一个寒冷无风的夜晚，我当时很肯定自己被人跟踪了。我可以感觉到有一双炽热的眼睛正盯着我的后颈，我开始跑，不顾一切地往家里跑去。

我很肯定跟踪我的人就在身后，随着时间一分一秒过去越来越靠近。当一个黑影从一棵树后面走出来抓住我的时候，我感觉心脏都要停止跳动了。

那个人是丹。他回到家发现公寓里空无一人，于是出来找我。看到我受了这么大的惊吓，他就想去沿途查看每一条车道，看看跟踪我的人是不是藏在哪里。但我太害怕了，只想回家去。他在我身后的阴暗街道上没有发现任何人，最后我们就以为这完全是我的臆想。但从那以后我再也没有在晚上独自走回家过。

那个人会不会是罗伯特？或者也可能只是一个躲在公园树丛里的性变态。反正我是无从得知了。

罗伯特在我开始出售公寓的第一天就来看，这是不是巧合？我现在不这么认为了。这完全就是他接近我的计划的一部分。

我已经在这个男人身边躺了几年了。他了解我身体的每一寸肌肤，但一直以来，他都隐瞒了自己的真实身份。

当苏菲把她记得的事情全都告诉我之后，记忆如潮水一般涌上来，我开始认清事实。我觉得心里一阵憋闷，向上帝祈祷希望自己不要病倒——我无法停止去想我那两个漂亮幼小的儿子。我怎么能希望自己从未见过罗伯特呢？那样的话他们就不会出生了。

我要离开他。我们在一起的全部生活都是一个谎言，我的脑海里只剩下他对我的那些威胁。如果还有一线逃跑的希望，那我就要认真地计划，没有钱和自由的情况下，这件事并不那么容易做到。

但我们做到了。我们到了这里，我们安全了。谢天谢地。

这一年半真让人心惊胆战。我无时无刻不感到害怕。我从没想过自己会演戏，但为了孩子们，我要学会。每一天都要面对罗伯特，跟他一起吃饭，喝同一瓶酒，一直都要表现得好像这个男人是我的救世主一样可真是糟透了，但那些夜晚……我不知道他抱着我、抚摸我还希望得到我的回应时，我是怎么坚持下来的。感谢上帝，做爱的时候我坚持说喜欢关掉灯——自从发现卧室里藏了一个摄像头之后我就坚持这一点。我跟罗伯特解释我觉得这样更有情调。想到他会回放我们的动作，也许还会对我的表情进行分析，我就感到很恶心。我确信一点，如果他能回放，他一定会研究我脸上的表情，并发现少了点什么。

实际上，我总是忍不住哭泣。眼泪会不停地从眼里掉下来，要是让罗伯特感觉到我脸上的泪水，我就要假装这是愉悦的泪水。触摸他裸露的身体让我觉得反感，觉得他的皮肤是一张蛇皮，我无法将这个想法从脑海里抹去。

但我要让罗伯特相信我，让他以为他对孩子们做的小试验已经给了我一个教训，因为我敢肯定，只要让他窥见一点点我的真实想法，他就会第二次把孩子们从我身边带走，而这一次我可能就再也见不到他们了。

37

罗伯特唯一能做的就是相信自己的直觉。他已经做了调查，根据看到的资料，奥莉维亚选择的岛屿是一个和平安宁、犯罪率低的世界，那无疑是个非常适合她的地方。

他必须承认，她的这次逃离绝不是一时冲动的决定，一定经过了一段时间的计划。苏菲从去年十月开始就假装成奥莉维亚住在那家家庭旅馆里，而奥莉维亚一定是通过什么途径找到了资金来源，没有钱她不可能做到这些。也许他根本没有自己想象的那么了解她。他从来不觉得她是一个狡猾的人，但显然他低估了她。

有一件事是可以肯定的。她对罗伯特的真面目一无所知，她只是看到了他想让她看到的那一小部分，也许现在该让她看看他的其余面目了。

她是他的妻子，是他生活的全部。没有她，他活着就没有意义。他也曾经明白地告诉过她，如果她胆敢动离开他的念头会是什么后果，但她还是这么做了。她违抗了他，对他不忠，欺骗了他。她必须受到惩罚。

他能感觉到血液上涌，他正在M6大道上驱车前往M40，双手紧紧抓着方向盘。一个开着宝马老爷车的白痴将车急转向开到了他前面，他狂按喇叭来发泄攻击情绪，摇下窗户对那个司机粗暴地做着手势。他想要一脚踩下去，一举超过那个自以为是的混蛋，但是他不能这么做。现在他最不希望发生的事就是因为超速而被警察拦下来。

他做出了一个艰难的决定，先开车去普尔，再搭乘渡轮前往根西岛。如果他可以直接乘坐飞机以最快的速度从曼彻斯特赶往奥莉维亚身边就好了，但坐飞机要贵得多，而且他很肯定警察已经让机场密切关注他的行踪了。在对苏菲做了那些事之后，他知道警察一定在搜寻他的下落。

当他重温把刀子插进苏菲大腿的愉悦感时，胃部的肌肉突然痉挛起来。他本来非常想因为她的所作所为而杀了那个贱人，但他的目标是奥莉维亚，如果他成了全面追缉的对象，那就会威胁到他的计划。现在警察也会搜寻他，但不至于像追捕谋杀犯那样紧迫。至少他这么希望。

搭乘渡轮对罗伯特来说似乎风险小一点。他相信自己的护照只会被用来核对船票上的名字而不会被拿去扫描。他已经查过了，海峡群岛是英国领土的一部分，他只需要一个有照片的证件，因此他可能在不引起任何警觉的情况下就赶到奥莉维亚身边。

每当想起奥莉维亚的所作所为，他就咬牙切齿，觉得这一切很不公平。当她的父母被发现身亡的时候，他是那个照顾她的人，从那以后，他每一天都在照顾她。她怎么能把这一切都甩回到他脸上？

当然，他从一开始就要确保苏菲必须离开奥莉维亚的生活，她是个危险人物。他知道奥莉维亚的父母过世时她曾经来过信，因为他看见了英国军队的邮票。他销毁了那封信，以及后来又寄来的所有信件。奥莉维亚因为没有收到朋友的音信而伤心欲绝，那几个月里，她每周都给苏菲写信。但在她沉浸于悲痛的那些日子里，一开始她几乎没有出过家门，都是让罗伯特帮她去寄信。他因回忆起她对自己的信任而面露微笑，重温起她因为没有收到朋友的回音而抽泣时他抱住她的那种愉悦感，她说她生命中唯一值得信任的人就是他。他想要的就是那样的状态。

奥莉维亚和苏菲是怎么恢复友谊的？他怎么就忽略了这一点？苏菲是个刁蛮的贱人，他上大学的时候就非常讨厌她。她以为自己是谁？她看到过他在观察奥莉维亚，但没有法律禁止人们看漂亮女孩，不是吗？她是怎么称呼他来着？*恐怖男*。就是这个称呼。她给他制造了大麻烦，只要她在旁边，他就只能躲得远远的，但一直在等待时机，等待奥莉维亚需要他，准备好迎接他的时机。

有那么一个晚上，在大学的剧场里发生了一件事，让罗伯特下定决心要让苏菲为她的干预付出代价。当她们在为一个无聊的慈善哑剧做准备的时候罗伯特想偷拍一张奥莉维亚的照片，被苏菲抓了个正着。她冲到他面前，抓起他的衬衫前襟，把他的脸拉近。“滚开，恐怖男。在我把相机塞到你那小屁眼里之前带着它离开这里。离我的朋友远点。”

奥莉维亚冲着苏菲大喊：“发生什么事了，苏？你要做好准备了，亲爱的，几分钟后你就要上场了！”

罗伯特当时差点儿要杀了她。他几乎可以想象到苏菲的脖子被自己掐在手中，看着她的脸上出现斑驳的红块，让她窒息而亡。但还不是时候。那样奥莉维亚就会去丹那里寻求安慰，这是他无法忍受的。所以他什么也没有做。苏菲又一次抓起他，愤怒地凑近他的脸，低声给他最后的警告，然后走回房间，把门口的软布帘拉了起来。他听见她说：“是那个变态，就是那个恐怖男。跟我来，丽芙。真的，你要看一看这个人是谁。”

奥莉维亚笑了起来。“好吧。下一次你再看到他，就指出来给我看。到时候我们一次性解决。”

“我真不敢相信你居然没有注意到他。听着，丽芙，你真的要小心一点，那个人有点不对劲。”苏菲回应道。

贱人。

从那以后，他就只好与奥莉维亚保持一定的距离。但他还是可以偷窥她，有一个晚上甚至跟踪她回家，但后来那个神奇少年丹纳什在不恰当的时候从一棵树后面走了出来，罗伯特为了防止被发现，只好悄悄溜进了一扇开着的大门后。

他为自己伤害了苏菲而开心。她活该，因为她对他做了那些事。现在他把苏菲从脑海里抹去。他要集中精力想奥莉维亚的问题，那唯一值得他关注的人。

在前往普尔的一路上，罗伯特都在想计划。渡轮一抵达根西岛，他就要想好怎么去奥尔德尼岛。尽管搭船让旅途增加了三个小时的时间，但这看起来是最安全的选择。然后他就会找到她了，奥莉维亚将会大吃一惊。想到这点，他露出了微笑。她很聪明，但她低估了他。

一定有人知道她藏在哪里。把孩子们从学校带走是个高明的把戏，但他会从人最多的地方——城镇中心着手，如果那里有的话。或者他还可以去酒吧里头问一问，一定会有人知道。

你躲不掉我，奥莉维亚。

找到她之后呢?

他在两年前就清楚地告诉过她，如果她离开他会是什么后果。现在他要向她证明，他说的每一句话都是认真的。

38

苏菲和我秘密制订了我的逃跑计划。我看穿了罗伯特谋划的要把我紧紧绑在他身边的每一个阴谋，也知道了他用来密切监视我一举一动的所有方法。我不能忽视他的全面计划中的任何一个部分，我不能冒险。有时候我必须让他觉得我看起来傻乎乎的，我知道他想做什么，但不得不听之任之，否则他就会变本加厉。

他的第一个把戏是从学校下手，这个招数非常成功，所以他一次又一次地用。他答应我要去接孩子们，最后却没有去，就把孩子们丢在学校里，让他们觉得妈妈把他们给忘了。他把家里的固定电话转接到他的手机上，所以学校打电话来告知孩子们在等着被接回去时，他就可以拦截那个电话，故意不接。学校会认为我已经出了门，把孩子们给忘了，或者认为我可能没办法接听电话，于是他们就不得不打电话给罗伯特，告诉他我没有去接孩子。

发生过一次之后，我就知道了他的所作所为，但我有什么选择？如果我不顾一切地去了学校，他就会知道我明白了他玩的把戏，转而想出更可怕的招数来。孩子们是安全的，我很肯定他最后会去接他们，扮演起一个关心孩子的父亲和努力应对精神有点不正常的妻子的丈夫角色。

我非常清楚他会怎么玩，他会急匆匆跑到学校去跟老师道歉，故意表现得十分担忧，结结巴巴地说话，故意让别人认为我把自己的孩子们都给忘了，或者我有什么问题：酗酒、吸毒或是有点精神不正常。

他告诉娜汀·斯托克斯——学校的校长——他以后每天都会给我打电话，确认我记得去接孩子们，他会尽力确保这种事不再发生。他试图让我觉得我是出了问题的那个人，如果不是苏菲，我可能已经觉得他是对的。他会让我产生一阵子虚假的安全感，故意跟我说我做得很好，让我变得混乱，开始怀疑自己的精神是否正常，然后他会故技重施。

我知道他跟其他几个孩子的母亲交代过，让她们留心一下，以防我来接孩子的时候迷了路，或者我没有把三个孩子都接走，而是只接走了两个。他让我陷入艰难的处境。要不是他做出了错误的选择，我可能都不会知道这件事。他选的女人中有一个天生恶毒——所有女人都能辨别出这种人，但少有男人能做到。他所交代过的其他几位母亲即便有点怀疑，也都会用同情心来对我，而那个恶毒的女人等不及要冷嘲热讽，并用微微隐藏在甜言蜜语之中的古怪话语来摧毁我，虽然她会对我微笑，眼中却难以掩饰地透露出对别人显而易见的衰败表现出的愉悦光芒。

但我还是要配合他，即便是在他提出要我使用厨房墙壁上那张可怕的日程表时，我还赞同地说这是一个好主意。哪怕一个傻瓜都看得出来那张日程表不是为了提醒我该做什么，而是用来控制我的，这样如果罗伯特不打招呼就回到家里——有时候他喜欢通过这种方式来给我“惊喜”——他就可以确切地知道我身在何处。当他在电话上按下 1471 查看最后打进电话来的人是谁的时候，他要确定我保留了每一个通话记录。否则，他就会产生怀疑。

还有那些摄像头。他把它们藏得很隐蔽，但还不够好。我一直都极度厌恶家务活，但还是做了，毕竟这是我分内的工作，而且我还做得很好。如果说我必须得生活在牢笼之中，那从方方面面来说这都是一个镀金的笼子。我的生活相对比较奢华，但没有自由，所以一旦我觉得自己要哭出来的时候，就会四肢跪地擦拭厨房的地板。如果静静坐着什么也不做，说真的，如果房间够干净，我就几乎没有什么事情可做了——我就会笼罩在一种沮丧和绝望的情绪之中，所以我就会立刻开始认真地擦拭那些家具。我对这座房子的每一个角落、每一条缝隙都非常熟悉，也就是说这四面墙之内对我而言没有任何秘密，甚至包括那间他锁起来的心爱的书房。但我再一次装傻扮痴，让他继续玩他的游戏，而我一直都在苏菲的帮助下策划逃跑。

离开那个房子比我想象的要简单。走廊和楼梯平台上都没有摄像头，还有——感谢上帝——孩子们的浴室里也没有。我们的套间里没有浴室，所以我养成了一个习惯，每隔几天就要洗一次很长时间的澡。我会走进卧室，假装要拿浴袍，把头发绾成一个包，从梳妆台选几样化妆品，就这样在摄像头里消失一个半小时。然后我会穿着浴袍重新出现，躺在床上看书，度过轻松惬意的完美一天。

但我不知道怎么成功地进行最后的逃脱，我自己名下一分钱也没有。我不能从家庭开销里拿钱，因为罗伯特知道每一分钱花在哪里。我要去赚点钱，而且要快速地赚到。

苏菲和我不太认真地想了很多点子，唯一坚决不做的就是卖淫。但多年以来我已经以不同的方式这么做了——跟一个给我提供住所却不爱的男人上床。说真的，这有什么分别吗？

苏菲提出借给我钱——我的逃跑基金——但我要怎样偿还她？而且，她借的钱肯定也不够用。我需要足够多的钱来支撑我们熬到安全的时候。我不知道这段时间会有多长。

最后我们想出了一个有一线希望成功的计划。这个计划很危险，还极有可能不成功，但我总得做出尝试。我从苏菲那里借了五千英镑，全部用来投资做网商。我以前学过经济学，真是谢天谢地。我真的能通过这种方式赚到钱吗？我买了能买到的最小的手提电脑，把它藏在客房的毛毯箱子里，藏在我们为客人准备的所有寝具的最下面。这些寝具都还没有拆包，不太可能会被拿出来用，我知道罗伯特不会找到它们。苏菲早已用她惊人的广泛交际网络帮我建立了一个假的身份信息和一个银行账户，因为所有的交易都是在网上进行，操作起来非常简单。

但一开始却不顺利。我的决策都是基于短期信息，没有真正做过前瞻考虑和计划，我意识到需要从整体上来考虑经济形势。通过运用学到的知识，加上自身的努力，我的决策开始成熟起来。一开始投进去的四千英镑顷刻间就化为乌有，但最终我还是找到了窍门。我开始平衡风险，情况渐渐有了起色，但钱差不多都用光了。害怕的心理又让我变得过于谨慎。我开始赚钱了，速度却太慢，于是苏菲又借了一万英镑给我。如果失败了，我可能永远也还不上这笔钱。我要赚到足够的钱用于逃跑，也要找到自信心，相信自己将来能继续赚钱，因为必须要让罗伯特永远都找不到我们。

如今我做到了。我自由了，感觉一直以来将我们的身体和思想紧紧束缚的夹具仿佛松开了。我晚上终于可以睡上安稳觉了，渐渐地不再每两三个小时就醒过来去查看孩子们是不是还在原来的地方，还是安全的，还在我的身边。现在已经过去两周了，我们很好地隐藏了行踪。孩子们都很好，他们很好地适应了海岛上的生活。现在我在家里教他们学习，但我希望不久以后他们就能和其他孩子一起去上学——等到他们习惯了新名字以后。

一开始当我让他们从书上、电视上选出他们最喜欢的角色的名字作为自己的名字时，他们觉得很好玩。这些本是我们度假时用的名字，但他们坚持用了下来。现在比利成了本，弗雷迪成了乔治——这可能是最艰难的选择，但他才四岁，我觉得我们无须过分担心。贾兹成了金妮，她很想选择赫敏，但我让她从《哈利·波特》里另选一个名字，因为赫敏这个名字太容易被人记住了。金妮是罗恩·韦斯莱的妹妹，在贾兹眼里一定也是一个很酷的人物。我现在是林恩。我本来想选一个更有异国情调的名字，但林恩这个名字很简单，就像丽芙一样，用起来很自在。

也出现过几次孩子们在家里使用假名的危险情况，但罗伯特从来都对他们不太上心，他可能把这种情况看作是孩子们正常的犯糊涂。还有一次奥尔德尼岛的刺猬出现在电视节目里，贾丝明脸上的恐惧表情明显露了马脚，真是可怜的孩子。但我觉得罗伯特应该没有注意到。

我从一开始就知道，不论我选择哪里作为我们的新家，我们都要在最后逃过去之前提前过去旅游一下。不论我们怎么改变外貌，如果一个女人独自带着三个孩子突然出现在那里，一定非常惹人注目，所以我们提前来旅行了两次，尽可能让别人看到我们。到最后警察不得不通报我们失踪的消息时，他们将找不到我们的照片，这里也没有人会觉得我们是新来的。

孩子们并没有问很多问题。比利——不，我应该叫他本——问我为什么要把我在新家里的卧室装修得跟曼彻斯特家里的卧室一模一样时，我不能告诉他实话，但也不想跟他们说谎，于是说这是为了让这栋房子更有家的感觉。现在这个阶段已经过去了，但上个礼拜的七个晚上，我都要躺在床上，假装是在曼彻斯特的家里，跟罗伯特视频通话。我等不及要把这房间撕得粉碎，把每一个紫红色的垫子都换掉，这是我噩梦中经常出现的颜色。明天我就去弄一个大箱子，把每一件标志性的家具全都塞进去，让它们离开我的视线。

我甚至得把一个房间装扮得看起来足够平淡无奇，变成一间典型的家庭旅馆，里面必不可少地放着一对带图案的靠垫——颜色既不能太男性化，也不能太女性化，是一种很漂亮的淡蓝色——按照某一个特定的角度靠着枕头放着，床的后三分之一处放着匹配的床旗，上面高高地堆放着折叠得整整齐齐的干净毛巾。我知道跟罗伯特视频的时候，他会要求看看房间四周，透过窗户看外面的景色，幸亏我能给他看看一长溜沙滩。这里没有东西会让他觉得我是在安格尔西岛之外的其他地方，甚至连一辆雪糕车都没有，只有一段长长的明亮的白色沙滩。他要确保每一件东西都是它应有的样子，我选择了一个很好的伪装地点。罗伯特从来没去过凯迈斯海湾[①]，他看不出差别。

①位于安格尔西岛北部。

孩子们不敢相信会这么幸运地每天都生活在离沙滩这么近的地方，而不是仅仅在假期才可以这样，这一点让他们把其他所有事情都抛之脑后。他们可以享受三到四个月这样的时光，直到冬日让一切都黯然失色，也许到时候我就可以把他们送去学校了，但目前我还不知道。只要有罗伯特在地球上存在，我就不敢确定我们是安全的，因为他明确地表示过，他没有准备好过没有我的生活。

但是目前，我觉得很安全。没有什么会指引他来到我们身边，渐渐地我开始放松下来。

39

“丽芙？哦，感谢上帝。我都不知道该怎么说了，听到你的声音真是让我放心了。”苏菲没有意识到自己一直都屏着呼吸。

“你还好吗，苏？”丽芙问道，“我很担心你。你一直都很准时，我都快要打电话给你了，但我不确定这样做是不是安全。你还好吗？你妈妈还好吗？我还以为她又摔了一跤还是怎么了。”

丽芙开始漫无边际地聊起来，苏菲知道要让她停下来，但不知道该怎么告诉她发生的事情。感谢上帝，苏菲在把买来的东西拆包的时候把那部特别的现买现付的手机——苏菲叫它“丽芙手机”——留在了车上。罗伯特还未把他肮脏的手伸向那部手机。

“听着，我不想让你恐慌，但他来过这里。罗伯特。那个混蛋来过这里，就他妈的在我家里。”苏菲简直想踢自己。她不想让自己听起来如此愤怒。本打算要心平气和，但一提到罗伯特的名字，怒火和憎恨就爆发了出来。她听到了一声喘息，意识到自己刚才真是太愚蠢了。丽芙有这么多事需要担忧，她根本没必要增加丽芙的苦恼。

“哦，苏菲，不！上帝啊。我真是太抱歉了。他说了什么？”

她要怎么告诉丽芙关键不在于他说了什么？“他不会放弃的，丽芙。我很抱歉，但你要相信我。他发了疯，非常愤怒，几乎要气愤到口吐白沫了。听着，如果可以，我不会拿这件事来烦你，他会竭尽全力去找你。你确定你现在安全吗？”

“不要管我，你怎么样？他伤到你了吗？你妈妈还好吗？请告诉我罗伯特有没有伤到她。真对不起。我不想让你承受这一切。”

苏菲听到电话那头传来抽泣声，她紧紧地闭上了眼睛，*该死的*。“我妈没事。不要担心，我们都很好。但是丽芙，你确定你是安全的吗？”

“我想是吧，我不知道他要怎么找到我这里来。在家里的时候只出了一个小纰漏，但罗伯特没有太在意。我们会好好的。但我担心的是你。罗伯特到底是怎么找到你的？他怎么会去找你？”

“听着，我要你冷静下来，因为我有很多事要告诉你。首先，孩子们在哪里？他们还好吗？”苏菲问道。

“他们很好。实际上，他们过得非常开心。”电话那头停顿了一下，苏菲几乎可以感觉到她的朋友正努力冷静下来，“他们在沙滩上玩耍。我正坐在沙丘边的凳子上看着他们。如果不是因为其他事，我会觉得自己生活在天堂。我只要看一会儿海浪，听着它们温柔快速地涌上海岸的声音，就会重新平静下来。它是神奇的催眠剂。”

苏菲放心了。显然丽芙到了一个安全的地方，这是最重要的。

“那你不要在我面前睡着了。我要告诉你发生的一切。首先，罗伯特知道住在家庭旅馆里的人是我。”苏菲停下来等着丽芙爆发出喊声。

“哦。”她就只说了这一句。苏菲等着看她是不是还有什么要说的，但她似乎花了好一会儿时间才重新整理好思绪，“这是怎么回事，你知道吗？”丽芙说话时非常平静，本不应该这样的。

“我觉得我已经想明白了。当时那里住了一对可怕的夫妇，那个女的从来没让她那部讨厌的照相机离开过她粗短的手，有几天时间我一直在躲避那个蠢婆娘。但我才从前门出来，就碰到了她。我马上转过身，但显然她已经拍下了我的样子。她还把照片拿回家庭旅馆给埃文斯夫人看了。上帝啊，我真是太愚蠢了，我当时就应该夺过照相机丢进海里去。真对不起，丽芙。”苏菲不禁觉得是自己辜负了丽芙。

“苏菲，亲爱的，请不要为任何事道歉。你一直都很棒，你为我做的比任何人都要多。先告诉我发生了什么。”

“你那恐怖的丈夫打了个电话来。”苏菲把剩下的事情告诉丽芙，只字未提被绑在椅子上和被刀子刺伤的事情。丽芙一言不发地听着。“最后，他问我你在哪里。”

“你说了什么？”丽芙平静地回应道。

她不能告诉丽芙当时她失去了知觉，就算她知道也不能回答他。“嗯，我根本不知道你在哪里，不是吗？所以我什么也没告诉他。你做了个正确的决定。我是不会告诉他的，但我真的一无所知是最好的。”苏菲停了下来，准备解释警察的事情。但在她开口之前，丽芙说话了。“但他是怎么知道你住在哪里的，苏菲？”苏菲叹了一口气。丽芙还是没能完全明白罗伯特原先对她痴迷到了什么程度，尽管从那以后发生了这么多事情。

“丽芙，听我说，罗伯特不仅仅是一个多年前暗恋过你的人这么简单。他当时就和现在一样痴狂。你和我一起来看过我妈妈很多次，罗伯特那样的人，很可能跟踪了你，监视你。他肯定会这么做。所以他肯定清楚我妈妈住在哪里。他可能不知道我会在这里，但他知道我妈妈会知道我在哪里——我想他刚好走了好运。”

“但他知道你在安格尔西岛的时候有人去拜访你了吗？”

“知道，那跟我们计划的一样。当然，住在那里的人是我而不是你，所以结果跟我们预期的不太一样。我也不得不跟警察交代。他们通过照片找到了我，但我想我处理得还算妥当。”

“没事的，苏。我们都知道他们会来寻找我和孩子们。他们说了什么？”

苏菲回想着她和警察的对话，确保自己没有说漏嘴提到医院的事。

“他们有没有问你访客的事？”

“有，当然问了。”

“你跟他们是怎么说的？我需要知道这一点。”

“我告诉他们那个人是丹。”

40

把奥尔德尼岛作为我的藏身之处纯属偶然。我要找一个海岛，因为我要让孩子们——至少是让比利和弗雷迪——相信我们还是在安格尔西岛上。这么做有点傻，真的，因为安格尔西岛太大了，我都不确定他们是不是知道那是一个海岛，但我亢奋的头脑就是这么想的。而且海岛有它的安全之处,特别是在一个没有汽车轮渡服务的海岛上。四周被海水包围，感觉就像是大海正在保护我们免受伤害。前一分钟海水还在温暖的阳光下静静地闪着微光，后一分钟它就可能狂怒起来，像是要挡开进攻者。

我知道没法在身在何处这个问题上糊弄贾兹，但我想出了一种解释，应该可以让她满意。自从罗伯特两年前把她和儿子们从我身边带走之后，我跟她说了很多关于她亲生父亲的事。我想让她知道自己的另一半生活——她的父亲曾经深爱的另一种文化。我了解到贾兹编造了关于丹纳什的各种各样的故事，就像他还是她生活的一部分，仿佛某一天她就要跟他生活在一起似的。这让我很担心。不论我打算采取什么行动，我都要让贾兹明白她父亲的情况。我要教她认识他,让她明白他是什么样的人，以及他为什么不能跟我们在一起。当然我不会把所有事都告诉她，她年纪还太小，不能接受残酷的现实。

我要用恰当的方式向她解释我们为什么待在奥尔德尼岛，好让她保守这个秘密。我告诉她我们将要去一个新的海岛度假——一个我和她的父亲以前过着幸福生活的时候去过的地方，但她不能跟任何人说。她知道如果罗伯特在，她就不能谈及她的父亲。她曾经试过一两次，罗伯特暴怒，大喊道他才是她的父亲，是花钱养她的那个人，是她唯一的父亲，她最好要相信这一点。

经过那些事后，贾兹再也没有在罗伯特面前提到过她的亲生父亲。我告诉她我们就要来这里——来到奥尔德尼岛上——这样我们就可以一起回忆跟她父亲有关的事情，我在这里拥有和他最美好的回忆。

我不得不羞愧地说这是一个谎言。我很不愿对挚爱的女儿说谎，但贾丝明已经识字了，她知道奥尔德尼不是安格尔西，但愿这两个词足够相像，可以骗过我的两个儿子。比利六岁了，但阅读能力并不好，学校还说明年要测试一下他是不是有阅读障碍。

是的，我说谎了，但这些谎言不仅对我，而且对我的孩子们来说都是必要的，特别是对我的孩子们来说很有必要。

我要解决的最大难题就是交通。我们不能坐飞机，那样男孩子们会非常兴奋，一定会告诉罗伯特。所以我们要一路开车到普尔，在那里下车去乘坐我已经包租下来的船。当然，罗伯特会检查我的里程表，他每周都会这么做，普尔也比安格尔西远得多，但我都成功地编了故事来解释多出来的里程数。我甚至把孩子们带到奥尔德尼岛上的一个废弃的堡垒，告诉他们那就是卡那封城堡。我觉得罗伯特没去过那里，所以如果我们回去的时候孩子们的描述有点离谱，就算他认真听了也不会注意到，但他一定知道从家庭旅馆往返卡那封城堡至少有一百二十多公里的路程。

孩子们意识到旅途变得久了一些，但罗伯特知道凯迈斯海湾比莫伊尔弗雷要远，当男孩子们说路途上花了老长老长的时间时，罗伯特就把它归结为是“我们快到了吗”综合征，而没有过多去在意。

坐船比较难以解释，但比乘坐飞机要容易解释得多。我查了安格尔西岛周围的游船信息，结果比我起先担忧的要好得多。和罗伯特视频聊天的时候我就把我们的旅程告诉了他，这样当我们回到家里，孩子们提到海上旅行时，那就成了旧闻，罗伯特就直接不去理会了。

这要冒极大的风险，但我们不能到了逃跑的那一天才出现在奥尔德尼岛上，我们要让大家觉得我们眼熟。为此，我们要混个脸熟。

多亏了苏菲，我拿到了用我的新名字林恩·梅多斯做出来的各种证件，其中包括一本护照。结果并没有那么困难，特别是在边境管制的检查中不必出示护照。

现在我相信我们真正的护照一定会被找到。我在想罗伯特会不会真的相信我去了伊朗？我希望如此，但他相信什么并没有那么重要，真正重要的是警察会不会相信。

我们十月份第一次来这里之后，我就难以克制兴奋。我不想离开，只想加快一切行动，建立新生活，但我不能这么做。有太多事情需要计划，太多事情需要安排，而且要万无一失。

我找到了一栋正在招租的相当孤立的房子。没有人会注意到我们进进出出，没太多人去关心这个问题，事实证明这里一直都有很多人来往。房子就在沙滩边上，最棒的是，它给孩子们提供了现成的逃生通道。虽然我相信我们用不上，但这给了我额外的安全感。

在十月和复活节的两次旅行中，我都确保我们尽可能暴露在大家的视野中。当然，在三个孩子有足够自信使用他们的新名字之前，我要避免任何只有孩子们参加的活动。但我们参与了一些团队活动，比如复活节的寻找大鲨鱼彩蛋游戏，尽管孩子们更感兴趣的是去找各种巧克力制品而不是真正的实物。我们还特意定期去逛主要的商业街，在拥挤的咖啡馆停下来喝杯饮料，选一张显眼的室外桌子，并对所有看向我们的人点头微笑致意。

现在，我们到了这里，可以放松了。我把我们拥有的一切都丢在了曼彻斯特，但有一点我可以确定，没有任何东西可以把我们跟奥尔德尼岛联系起来。

41

“奥尔德尼岛？”汤姆吃惊地问道，“你凭什么觉得她在那里，吉尔？”

“还有奥尔德尼岛到底在哪里？”贝基补问道。

“那是海峡群岛众多小岛中的一个。”汤姆回答道，“如果我没记错，它应该是离法国最近的一个岛。你是怎么找到那里的？”他又问了一遍。

吉尔咂咂嘴，让人看了非常恼火。“我们能不能先说明一点，我没有说她就在那里。在上周三前，有人使用奥莉维亚·布鲁克斯的电子邮箱回复罗伯特·布鲁克斯的视频通话请求，但这并不能说明那个人就是奥莉维亚本人，或者说她人还在那里。但是，你让我跟踪那个看起来像是她在使用的 IP 地址，你应该记得我告诉过你她很可能买了一个 IP 地址，而那是个假地址。”

汤姆咬牙切齿起来。他知道自己脾气不好，他需要的是回答，而不是演讲。“是的，我记得。”

“嗯，我联系上了那家公司，幸运的是，他们不是那种让你饱受煎熬才能了解到信息的难以沟通的公司。他们是为那些想要对普罗大众隐藏自身所在之处的人而不是罪犯提供服务的。”

汤姆想叫他继续说下去，但是忍住了。

“所以，他们确认了真正的 IP 地址，而那家网络服务供应商是位于根西岛的一家公司。我与他们取得联系，想要拿到使用者的实际地址，但是……”吉尔再一次为了制造效果而停顿了下来，“结果却发现她使用的是奥尔德尼岛机场的无线网络信号。”

汤姆觉得很失望，他们不能准确定位奥莉维亚的地址，但至少现在知道她身在何处，或者说她曾经去过什么地方。这个地址并不一定是唯一和不变的，又或者可能是另一个人曾经去过的地方，就像吉尔所说的那样。这看起来像是一大发现和一大突破，但可能不过是又一次徒劳无功的搜索。但愿他能甩掉自己的暴躁情绪，更加乐观地来看待他们的进展。

什么进展？汤姆可以感觉到找不到孩子下落的挫败感重重地压在自己身上，每一个看似完美的线索似乎都是死路一条。他们真正知道什么？

他们只确切地知道书房墙壁上的血迹不是奥莉维亚的，而是一个男人的，但除此之外他们一无所知。如果有人在那个房间遇害，他们不能就这样推测罗伯特·布鲁克斯是有罪的一方。但如果是他干的，他已经谋杀了一次……

没有发现尸体，但琼博认为在某个地方一定藏着一具尸体。现场有大量血迹，看到发光氨检测的照片时，汤姆非常震惊那血迹居然能溅得那么远。

他曾经和罗伯特·布鲁克斯一起站在那个房间里，却不知道在他身后，某个可怜家伙的鲜血溅满了整面墙。他觉得自己本应该知道的，本应该感觉到什么，但他又明白这是在空想。

按照琼博的论断，要么就是现场还有一具尸体，要么就是尸体已经被运到一个不为人知的地方，法医小组把布鲁克斯家里的两辆车都移走检测了，如果真有一具尸体被从现场带走，很可能是放在其中一辆车的后备厢甚至是后座上运走的，但这两种情况基本都不可能用那辆甲壳虫来完成。

贝基一脸困惑，显然她有些事情想不通。汤姆意识到自己已经有几分钟时间没有认真听吉尔讲话了，他正在思索如何搬运一具死尸。

“这不对啊。”贝基说道，“她在跟罗伯特用 FaceTime 视频通话的时候不可能在机场，那样他一定会知道她不在家里。他肯定能认出机场来吧。”

“我可以跟你保证，鲁滨逊督察，事实就是这样。我也不能确定他能否认出这个机场——那并不是一个繁忙的大都会。”吉尔说道，“我看过照片，但它看起来也不可能像是某人的卧室。”

汤姆觉得他要打断一下。“我们不能相信罗伯特·布鲁克斯说的任何话，而奥莉维亚上周并不在家里。我们唯一知道的事是根据他的通话记录显示，在周三之前一直有人接听他的视频通话，不论这个人是谁——不论是不是奥莉维亚——都是通过这个 IP 地址跟他联系的，奇怪的是这个地址让我们找到了奥尔德尼机场。但我倾向于同意贝基，如果那个人是奥莉维亚，她要在机场进行这些对话很困难。”

“相当困难。”吉尔回应道，“这正是我要做深入调查的原因。实际上这个无线网络信号可以在岛上的多个地方被接收到，因此人们可以一直使用它。她可能在任何一个地方。”

“太好了。”汤姆喃喃自语道。

“长官。”尼克站在贝基身后，手里挥舞着一张纸，“我听到你提到了奥尔德尼岛，我在维基百科上查了一下，岛上的居民不到两千人，如果她带着三个孩子一起到那里一定会非常抢眼，一定有人知道她身在何处。”

汤姆觉得内心不合理的暴躁情绪在小组成员的热情和乐观情绪面前消散了一些。“那好。我们要跟奥尔德尼岛的警方取得联系，让他们协助我们。把事情的背景跟他们说清楚，让他们知道要认真处理这件事。更重要的是，我们需要知道罗伯特·布鲁克斯去了哪里。考虑到他对苏菲·邓肯和她母亲的所作所为，在他被囚禁起来之前，我们必须找到奥莉维亚以确保她的安全。”

贝基走向瑞安的办公桌去下达简要的指示，汤姆转过身去用带着歉意的微笑看着吉尔。“谢谢，吉尔，做得好。这个案子让我们大家都非常烦心。”吉尔扬起眉毛，那表情显然是在说“有一些人比其他人都要烦心”，这让汤姆感到一阵愧疚。他不想这么严厉，但他们怎么能知道了这么多，却什么都没弄清楚呢？除此之外，还有他那栋小屋的一堆问题，更不要提在利奥面前的挫败感。

最要不得的是，他的电话这时候响了起来。是菲利帕·斯坦利。

“见鬼去吧。”他低声抱怨了一句，并没有特别针对谁。他不想接这个电话，因为现在他的疑问要比答案更多，但至少奥尔德尼岛方面的进展能让菲利帕平静下来。

按下电话上的接听键时，他想到了他们需要做的其他事情。他无论如何也想不出罗伯特要怎样才能把奥莉维亚跟奥尔德尼岛联系起来，除非还有什么他们不知道的事情，他觉得这种可能性非常大。他们不应该只调查从英国出发的国际航班，为了安全起见，他们可能还要确认他是否搭乘了飞往海峡群岛的任意一趟航班。

他深吸了一口气，对着电话说：“你好，菲利帕。”

42

我经常觉得我上一辈子一定是做了什么坏事，这些可怕的事情才会发生在我身上。二十二岁前，我的生活看起来一帆风顺，很受父母疼爱，成绩很好，有一大堆朋友，喜欢的所有男孩好像也都很喜欢我。甚至到了大学，生活都是甜蜜的。我必须努力学习，但我很喜欢这样，也喜欢那段欢乐的时光。我想参与到所有活动中去，尽可能多地获取各种经历。我无所畏惧，没有什么让我烦恼。

发现怀上贾丝明确实不是计划的一部分，但丹纳什和我非常相爱，我们在大学里的最后两年根本无法分开。当我们决定生活在一起时，我以为余生将会幸福到永远。我当时的想法是有多么天真?

萨米尔从伊朗来到这里跟丹纳什谈起他的家庭责任时，情况开始变得糟糕。萨米尔是被父母派来说服丹的，让他回家去跟表妹结婚，那是他的父母一直在计划的事情。我害怕极了，不能失去丹，他对我来说就是全部。但我看得出他动摇了，不是因为他不爱我，而是因为他非常尊敬父母。我记得当他说要么失去我要么失去家庭时脸上呈现出的痛苦，那是一个多么可怕的抉择。

我知道做出选择对他而言有多么艰难，但我没有帮他，反而火上浇油。我对他大吼大叫，跟他一一细数如果离开我他会失去的东西。他将会失去真爱，放弃在西部当工程师的生活——那是他一直以来最想要的——

回到伊朗去。那也是一个他深爱的地方，但当时他已经做好了放弃它的准备，为了我。

我无法相信自己会那么做。萨米尔给丹带来了压力，而我当时正给他施加更大的压力，因为我非常想得到他。

萨米尔利用了我的弱点。他奚落我的自私，让我觉得自己像个无知的小孩。他比我们大不了几岁，但已经是一名合格的医生。我就像个被宠坏的孩子，从来都没有得不到的东西，那一次也下定决心不能失败。如果那个年轻的我可以看到现在的我变成什么样子，她会怎么想？

我不能失去丹，但不知道该做些什么来留住他。我试图让他嫉妒，甚至还利用他的亲哥哥，好让他意识到是多么爱我。萨米尔也假装配合我，直到后来他才告诉我那并不是因为被我吸引，而只是想向他的弟弟证明我是一个多么浅薄的人。我当时的行为正在把丹逼走，我心里明白，但就是无法收手。

我试图为自己的行为找借口，说那是因为我陷入了爱河，爱比任何东西都重要。但现在我意识到一直以来一切都来得太轻而易举，我没有尝试过失败的滋味。

后来奇迹发生了。我发现自己怀孕了，那感觉像是一大胜利，但那并不是我原本的计划。即便是那个年轻幼稚的我，也知道试图说服丹留在身边是一回事，而故意用怀孕去逼他就完全是另一回事了。

但丹确实留在了我身边，我知道他会那么做。当我怀孕的事情被证实的时候，萨米尔已经回到伊朗向父母汇报情况了，我们一确认这个消息，丹就告诉了他，萨米尔只好接受了那种他无法控制的事情。我知道他会怎么想——是我计划了那一切，他会对我反感。但我不在乎。我赢了，至少我那么认为。

丹离开的那一天，我觉得自己的生命似乎结束了，要不是为了贾丝明，我都不知道为什么要活下去。丹陪着我生下了漂亮的女儿，看上去也一如既往地爱我，跟以前一样充满激情和关爱，但我还是经常看到他在思考该如何从家庭中自我流放出去。

我记得失去他的那一天的每一分钟发生的事情。那天是十一月六号，我把女儿带到外面，去感受“篝火之夜后的清晨”的特殊气氛，那是我儿时的记忆。每一年的那一天，黎明到来时似乎都伴随着萦绕在各家后花园里的无数篝火堆上的薄薄烟雾，熏烧了一夜的柴火飘起的烟让空气里弥漫着一层淡淡的雾气，木头燃烧过后的气味和烟花燃尽的淡淡味道让那一天充满了独特的香气。而在草坪上总是会发现惊喜——焰火的空壳，或者是别人丢在栅栏上的烧黑的仙女棒。

但那天我失望了。在那片城郊学生公寓区,那一天的拂晓跟平时一样，在草坪上发现的唯一新鲜事物就是一个空的啤酒罐，一定是有人前一天晚上在回家的路上丢弃的。我深吸一口气，跟平常的早晨一样，闻到的只有尾气和偶尔飘来的面包烤焦的气味。

当时我并不知道，那一天跟其他的日子绝不一样，那一天我的世界土崩瓦解了，因为那天晚上丹纳什没有回家，从我的生活里消失了。

现在我知道了真相。我知道了他离开的原因，伤痛却没有减轻。

在失去他后的那几个月，生活似乎糟糕到了极点。父母本来就不是很中意丹,他的失踪只让他们更加坚定自己的观点。他们的生活循规蹈矩。当我大声叫喊说他们从来都不理解丹对我的爱时，我看到妈妈吸着嘴唇望向爸爸，像是在说:“我们就知道会发生这样的事。”

他们并非不喜欢丹，只是不赞同他做我的“同居伴侣”，我的母亲是这么称呼他的。他们不认为跨国婚恋可以成功，并不是因为他是伊朗人，而是因为他是一个穆斯林。至少在他们的眼里，我是一个基督徒。

丹消失的时候，我曾认为宗教信仰给他带来了麻烦。也许他被误认为是恐怖分子，被揪到一间废弃的仓库里遭到了毒打。但他离开后的第二天我收到了他的一条信息，说他很抱歉。警方追踪到手机信号在希斯罗机场，他在那里买了一张飞往澳大利亚的机票，而且是单程机票。

看来他不想要我了，也不想要他的家庭了。

尽管父母都不愿意认可我和丹的爱情，但还是竭尽所能来帮助我。他们知道我情绪十分低落，也很担心外孙女。我原以为已经适应了小宝贝的到来，在开头的两个月，我们就像其他年轻家庭一样幸福。是的，我很累，丹也很累，但我们并不在乎，那是我梦想的起点。丹消失之后，我努力把焦点放在贾兹的需要上，尽管我例行给她喂奶换尿布，但有时候我又累又乏，几乎没办法在晚上爬起来为她做这些事。

我别无选择，只能卖掉公寓跟父母一起住，这么做一点也不符合我理想中的生活,但我还能怎么办呢？每一天母亲那“要振作起来”的法令，或者是父亲那“情况还不算太糟”的声明都会把我逼疯，我知道这一点。我深爱父母，但他们并没有经历过什么坎坷，一生都风平浪静。

我又一次做出了错误的选择。如果当时我坚强一点，命运的幸运之轮可能已经重新转动起来，停到一个新的地方。但当时我很脆弱，做了一个简单的选择。

公寓挂出去的第一天就卖了出去。

买主是罗伯特·布鲁克斯。

43

一天又要结束了，这一天又是在仔细研究各种信息却一无所获中度过的。贝基变得越来越沮丧，她觉得他们已经仔细查看了所有材料，没有发现罗伯特·布鲁克斯的踪迹。

既然他把车子丢在车道上，那他一定乘坐了别的交通工具。他们早该猜到他那么聪明，是不会用家里的电话叫出租车的，但他们还是找到了那个出租车司机，不出所料，他说罗伯特预订了用车却没有出现。

贝基紧闭双唇，环抱双臂。这个男人正在让他们品尝挫败的滋味。她在证据板前来回踱步，试图找出某些联结点，但什么也没找到。他们知道罗伯特从所有银行卡上都取了钱，但他使用的自动取款机都位于曼彻斯特的中心地带，如果他还在那里，找他就会像大海捞针一般。

她也为苏菲·邓肯担心。这位年轻的军官坚持自己一个人留在家里，还说她一点儿也不害怕罗伯特·布鲁克斯。"如果那混蛋敢再到我妈家里来，我就亲手结果了他"，对于这件事她就只说了那些。贝基喜欢她自信的风格，但鉴于她的腿已经成那样了，贝基只希望她再也不要见到罗伯特。她安排了一辆巡逻车不时地从苏菲家门前开过，却一点儿也没有把握那样做会不会起什么帮助。上一次罗伯特去苏菲家为非作歹，外面看起来就一切正常。

就在这时，瑞安朝贝基走来。贝基希望他能给这一天带来光明，但对此极度怀疑。

“我查看了所有能找到的去往奥尔德尼岛的交通方式。”他说道，“但这个清单并不详尽，因为显然一直都有小船从各个地方出现。那里有一个港湾，是著名的钓鱼地点，所以能有什么期望呢？如果有人选择租一条船……”瑞安耸了耸肩，翘起了上唇。

“人们抵达岛上后呢，没人检查他们的护照吗？”

“从英国过去不需要护照，长官。我查了法规了。”瑞安停顿了一下，像是在等待贝基表扬他主动去查。

贝基看到瑞安因没有受到表扬而流露出的失望眼神，她必须要对这个男人再严厉一点。“你查到了什么？”

“从根西岛辖区之外任何地方去的人都要经过海关，但我也看到资料说主海港外面有抛锚泊船的地方，也许罗伯特会利用那一点。”

贝基屏住呼吸，他们需要的就是这个！如果苏菲说得没错，罗伯特真的去找奥莉维亚了，这很可能就是抓住他的一个机会。

“好的，瑞安。跟所有从英国通往奥尔德尼岛沿线相关人员取得联系，告诉他们我们要找的人。现在还不确定罗伯特是否知道了他妻子的行踪，但我们不能仅因为苏菲·邓肯没有透露半点儿消息就推测他不能通过其他途径找到。请你把网撒得越大越好。”她想了想，又加了一句，“你做得很好，瑞安。这里面有些信息很有用。”瑞安翘起一边嘴角，贝基不知道他是高兴，还是看穿了她试图抚慰他的心思。算了，管它呢。

她的脑海里闪过彼得·亨特的样子，想起迷上他的那一天的情形。当时他们正在调查一起十分棘手的谋杀案，通过翻阅证据、逐条梳理线索，她找到一条可能被他们忽略掉的关键信息。彼得走到她坐的地方，说了刚才她跟瑞安说的一模一样的话：“做得很好，贝基。这里面有些信息很有用。”他拍了一下她的肩膀后走开了，但拇指在她后颈裸露的皮肤上停留了一下，她确定那是个温柔抚摸的动作。之后她就一直在等待更多的小暗示，每一次他走进房间时她都会微微脸红，焦急地期待他是否会在她的桌边停留，再给她一个暗示。

哦，他手段很高明。她现在看出来了。当然，在他没有百分之百的把握前不能贸然行事，于是就通过在这里碰一下她，在那里又对她笑一下的方式来挑逗她。有一次他给她递一叠文件夹的时候，甚至用手背摩擦她的胸部。

卑鄙小人。

贝基微微颤抖了一下，不敢相信自己上一分钟还陷入了爱河，短短几个月后却只剩下厌恶，她把思绪拉回到案子上来。

她焦急地等着奥尔德尼岛的警方回话，希望他们能提供些有用的信息。她明白当地警力不多的原因，那是一个几乎没有犯罪发生的岛屿。跟汤姆一样，得知房间墙壁上的血迹不是奥莉维亚的后，她松了一口气，尽管看起来另一个可怜的人在那里丧了命。在确定孩子们都安全之前，贝基不会感到放心，她的脑海里一直映着贾丝明的画里那个没有窗户的小房间，三个孩子蜷缩在一个角落里。每次想到这里她都会打一个寒战。但他们没有任何发现，罗伯特没有其他房产，这个案子中也没有其他嫌疑人。

贝基又一次看着所有证据，很多证据似乎都跟丹纳什·贾罕德有关——从他提出跟罗伯特见面却失踪开始。他们跟纽卡斯尔的酒店确认过了，酒店经理说有一个用苏菲的手机打来的号码被接到了罗伯特的房间，通话持续了大约两分钟。这是不是解释了罗伯特为什么从纽卡斯尔开车回家，是为了跟丹见面吗?

桌上的电话响了起来，贝基情绪低落地转过身，走过去坐下。她强迫自己坐直，着手做该做的事情，接起了电话。“我是鲁滨逊督察。”

“下午好，鲁滨逊侦缉督察。我刚收到一条信息说你想找我谈谈。很抱歉，我之前在伊朗，刚刚回来。我能帮上什么忙？”

“你是……”她问道，心里闪过一丝兴奋，她已经知道对方会怎么回答。

“萨米尔·贾罕德。我能帮上什么忙？”他问道，语气很礼貌，几乎没有什么口音。

“贾罕德医生，谢谢你打电话来。我们要问几个关于你兄弟的问题，你有时间吗？”

“哪一个兄弟？我有四个兄弟，还有两个姐妹。”萨米尔答道，音调没有丝毫变化。

“关于你的弟弟丹纳什。贾罕德医生，我们想知道你最近有没有跟他联系过。据你的妻子说，你已经几年都没有他的消息了，大约从他离开英国一年后开始。”

贝基听到一阵喘气声，像是萨米尔在通过牙缝向外吹气——这是出现情感波动的迹象。“丹纳什已经不是我们家庭的一员了，鲁滨逊督察。恐怕从他拒绝履行对我们家的责任时起，他就丧失了这个资格。”

“但我知道他抛下了英国女友和他们的孩子。他没有回伊朗去吗？”

“他们的孩子。”萨米尔再次呼出一口气，“这样多省事啊。我相信是丹纳什明白过来后离开了。他对生活十分失望——他被诱骗而成了父亲，不能继续攻读博士学位，得不到父母的原谅——因此做出了懦弱的选择。”

有一瞬间，贝基觉得他的意思是丹纳什自杀了。

“他去了澳大利亚，鲁滨逊督察。他在那里待了几年，最终回到了伊朗，但没有回到我父母所在的城镇。他想寻找自己要走的路。”

“你最后一次见到他是什么时候，贾罕德医生？”贝基问道。

“我大约已经九年没见过他了，那时孩子还没出生。我去见他的时候他的女朋友肯定没有怀孕。我跟他们一起待了一个月，想劝他去做正确的事情。”

“从那以后你就再也没有见过他？”

“没有，督察。我说过了我已经九年‘没有’见过他了，我也不想再看见他。但大约一年前他曾向我借一点钱，我没有跟妻子说过这件事，因为我很生气，也担心她会跟我的父母提起。丹纳什一直以来都无视家人，却向我要钱？但我们有一笔钱本应是属于他的，所以我就把那笔钱给了他。”

“你这是什么意思？”贝基问道。

“丽芙卖掉公寓后的所得，其中有一部分在法律上属于丹纳什。她把那笔钱寄给了我，让我替丹纳什保管，我从来没有跟他说过。”电话那头安静了一阵子，贝基没有说话。“也许我这么做是不对的，但我当时不想让他觉得丽芙比我想象中的要好，告诉他那笔钱的由来可能会让他跑回她身边。但后来距他离开她已经过去很长一段时间了，所以我觉得告诉他已经没问题了。”电话那头传来一声苦笑，“这说明我是多么不了解我的弟弟。他显然从来没有放下过她，他想联系上她，还想让她来伊朗见我的父母，并把贾丝明带给他们看。”

“他联系上奥莉维亚了吗？”贝基不想打断，但萨米尔说到最后一句话时变得十分安静，贝基能感觉到他的愤怒正在累积。

“我的父母已经伤得够深了，督察。带贾丝明去看他们只会让已经开始愈合的旧伤复发。我告诉他，他想怎么做都可以，如果他非要回到奥莉维亚身边可以回去，如果他想让贾丝明看看我们的国家也可以，但他不能把她们俩带到我父母面前。除非他答应我，否则我不会给他那笔钱。”

“那是你最后一次见到他吗，贾罕德医生？”

“是的，那之后我跟他还通过话。当他发现丽芙已经结婚后很痛苦，断定那段婚姻是假的。我跟他说他没有权利去破坏别人的关系，但他好像没有听进去。最后一次跟他通话的时候，他告诉我丽芙很害怕如果离开罗伯特，罗伯特会做出什么事情来。她显然已经害怕了好一阵子了，他还说她已经准备冷静地思考了。”

“你弟弟打算怎么做，贾罕德医生？”

“他要跟她的丈夫摊牌，说他和丽芙是注定要在一起的，她的丈夫该靠边站了。”

“他成功了吗？”贝基屏住了呼吸，很肯定自己知道他会怎么回答。

“我不知道，督察。从那以后我再也没有听到他的消息。”

跟菲利帕待了两个小时一点也没有改善汤姆的情绪，他觉得自己好像又回到了这天早晨刚开始的时候，脾气变得暴躁起来。

贝基看着他，汤姆猜她正在判断要不要开口问些什么，他决定省去这一麻烦。

“琼博想要用地面雷达检查露台和花园，这是我们讨论的问题之一，因为菲利帕同意了他的建议而我则不，我觉得应该先等着看看能不能找到跟血迹相匹配的人。”

“为什么？”贝基问道，“我们当然要尽快知道那地下是否埋有尸体，特别是邻居们都说罗伯特·布鲁克斯一整个春天都在搭建那个露台，而恰巧在他离家前去纽卡斯尔的时候完工了。”

汤姆抓了抓头。“是的，这当然，我明白这一点。但我总觉得那样做可能是在浪费时间和金钱。”

“你的依据是什么？听着，很抱歉我不赞同你的说法，汤姆。我们还不知道谁死在那里了，不知道奥莉维亚和孩子们是否还安好，不知道被害人到底是谁，也不知道作案动机。”

看来没有人赞成他的想法。菲利帕提出的论点非常正当，他们不能想当然地认为就是罗伯特在那个房间里杀了人，奥莉维亚也可能是罪犯，她可能杀了某个人后逃走了，但他们是错的，汤姆知道这一点。从什么时候起直觉变得没有任何效力了？

贝基倾身向前，两只前臂支在桌子上，双颊总算有了点气色，双眼也开始闪烁光芒。她全神贯注于这个案子，这似乎赶走了一直伴随着她的心魔。

“我们所知道的就是有人在上周用奥莉维亚的电子邮箱地址从奥尔德尼岛的某个地方与罗伯特取得了联系。”她说道，语速快而平静，“但我们只有罗伯特的一面之词，说在电话那一头的是奥莉维亚，但我不认为这有什么价值。你呢？也可能罗伯特有情人或是同谋，那个人接了他的电话。我们根本没拿到证据证明奥莉维亚当时在那里。就这一点来说，也没有证据表明奥莉维亚在其他地方。他可能两周前就杀了她,还有孩子们。仅仅因为出现在书房里的血迹不是她的，并不能说明她还活着，不是吗？”

汤姆举起双手，掌心向外伸向贝基。“嗬，厉害！我相信你。”汤姆发现自己因为她的激昂笑了起来，“虽然血迹不是她的，她的尸体也可能还在那里的某个地方——我知道这一点——同样，也可能是另一个可怜的家伙死在了那里。罗伯特可能已经杀了她，还可能杀了孩子们，所有这些视频片段和FaceTime视频通话的鬼话可能都是他精心安排的掩饰手段的一部分。但如果她已经死了,我们也没有任何线索知道罗伯特在哪里,我认为我们可以先等等，看奥尔德尼岛的警方会反馈回来什么信息。”

“啊——”贝基向后靠了靠，扭曲面部故意露出痛苦的表情，“这恐怕有点问题，我只能遗憾地这么说。”

汤姆闭上眼睛摇了摇头。这件案子里有些东西要水落石出了。他看着贝基，扬起了眉毛。她有点羞愧，但她必须告诉他:“瑞安跟岛上一个很乐意帮忙的警官谈过了，问他是否能认出新到岛上的人——那些在两三周前去了那里的人。他忘了提奥莉维亚和孩子们可能复活节的时候就去过那里，甚至可能去年十月就去过，我只能再打电话过去解释，告诉他考虑到时间跨度，很不幸，我们要把网撒得更大一点，所以他们需要把整个过程再重复一遍。我必须得说,听到这些话那位警官并不是很在意。他们会去各个学校查看，但家庭教育这一招数可能会让一切告吹，恐怕我们只能等待了。”

有人在耍弄我们。汤姆没法甩掉这个想法，并意识到就是这一点让他很焦躁。如果奥莉维亚想要玩失踪,把孩子们带出学校,这完全说得通。但如果罗伯特决定要把他们全都绑架了，囚禁或者杀掉他们，也同样有可信度。

专案室的双层门猛地被打开，门的大小刚好能挤进琼博那庞大的身躯。汤姆看到他有点惊讶，因为他们通常都是通过电子邮件或者电话进行工作上的交谈。他搜寻着琼博那具有感染力的咧嘴大笑——他现在需要这个来提升士气——但没有找到。

汤姆站起来，握了下琼博的大手。“是什么风把你吹来了，琼博？”

琼博的嘴紧抿成一条线，看起来很严肃，眉间显现出深深的皱纹。“我希望自己是对的，汤姆，你知道。但有时候，特别是涉及一起一直还没有定论的谋杀案时，感觉却并不那么好。”

“坐，琼博。把你知道的告诉我们。”

琼博抓过汤姆的椅子，一屁股坐上去，椅子微微地嘎吱作响。贝基正打算把自己的椅子让给汤姆，汤姆抬手制止了她，然后坐到桌子上，一只脚踩在地板上，另一条腿随意地在空中摇摆，以掩饰真实情感。琼博往前靠了靠，握紧双手，转动脑袋，视线从一个人转移到另一个人身上，仿佛在观察他俩是否已经准备好听他接下来的话。

“好了，重要的事情先说。我把血液样本拿去做了快速DNA检测，这你们是知道的，结果显示那是一个男人的血，但我们知道的只有这一点。我们从房间里选了一些两个男孩用过的物品做了比对检测，结果是阴性的，让人大大松了一口气。我们也跟罗伯特·布鲁克斯的物品进行了比对，以防出现他是受害人而不是罪犯的情况。同样，也是否定的结果。”

“这跟我们预期的差不多。”汤姆说，但他从琼博脸上看到话还没完。

“你记不记得我说过我们在阁楼上发现了一个密封的旧箱子？里面主要都是写着字的纸，但我看不懂，有很多复杂的计算，电脑打印出来的文件等等。我们请人来看了，并不认为这些东西跟我们的调查有关联，但还是会把东西交给你们。箱子上标注着‘丹’，文件上写的名字是‘丹纳什·贾罕德’。在箱子底下我们找到一些属于他的杂七杂八的东西，有一些写着他的名字，有一些只是零碎物件，看起来像是有人收拢了他的所有东西，”琼博张开双臂抱到胸口做了个示范动作，“然后全都丢了进去。”他说着猛地甩开双臂。

汤姆看了贝基一眼，意识到将会得到什么信息，从贝基的表情可以看出，她也知道了。

“在箱子里我们找到一双男式大号皮手套。”琼博继续说道，“磨损严重，已经十分破旧了，是伊朗的一家公司生产的。我们成功地提取了一些 DNA，做了个比对。手套上的 DNA 跟我们在书房里发现的血迹是匹配的。看来死在那里的人是丹纳什·贾罕德。”

虽然琼博一提到箱子的时候汤姆就知道他会说出这样的话，还是停顿了一阵子，思索着这个在此次调查中处于核心地位的年轻男子。汤姆还从未见过他，自从他们发现丹纳什又跟奥莉维亚取得了联系，还用苏菲的手机跟罗伯特约好了见面，他就开始为丹纳什担心了。现在已经确定书房里的血迹是他的，便意味着他们要打开一条全新的调查渠道。

“谢谢，琼博。”汤姆平静地说道，“你确定那个房间里溅出的血量足以让人丧命吗？”

“血迹被清理过，所以我无法确定地告诉你血有多少。但它的范围很广，我也确定那是动脉血。所以是的，有人死在那个房间里了。”他低头看着自己握在双膝之间的手，停顿了一会儿，仿佛是在为一个生命的陨落默哀。他吸了口气，抬起头继续说道：“还有别的。如果你还记得，我们调查了两辆车。在罗伯特那辆车的后备厢里，我们发现了血液的痕迹——跟书房里的血迹相吻合。”

贝基皱起了眉头。“如果贾罕德流了那么多血，不应该只发现这么一点痕迹吧？”

琼博摇了摇他的大脑袋。“不一定。如果罗伯特用塑料袋把他的后备厢认真地垫起来——防雨布或者是质量好的垃圾袋——就没有问题了。我的猜测是死者在书房里流干了血，这是根据血液喷溅的形状推断出来的。对于这一点我们会搜集更多反馈信息，但我还是坚持认为他被割断了颈动脉。你的警员发现有一条床单不见了，而在后备厢里也发现了棉花纤维，那些纤维跟主卧室里的其他床单相匹配。”

“该死！”汤姆喃喃自语道。如果尸体被人从房子里带走了，那它现在可能在任何地方。但他在为别的事情烦恼。

“我们知道罗伯特在周三晚上返回了家中，或者准确地说是在周四的凌晨。我们只能推测他同意跟贾罕德在那里见面，并预期奥莉维亚应该也在家。也许他希望他们三个人来个对决，理论上说当时她应该已经度假归来了。也许贾罕德说过他要去见奥莉维亚，劝她离开他，罗伯特回去确保不会发生这样的事。”

汤姆从贝基的眼神里看出她不仅跟上了他的思维，而且可能想得比他更快。

“所以罗伯特回来见丹纳什，然后杀了他。”她说。

“丹纳什·贾罕德死在那间书房里。”汤姆说道，“有证据表明他之后被放到罗伯特的车后备厢里运走了，我们不要忘了还有一把没有找到的刀，我怀疑我们再也找不到它了。罗伯特回到纽卡斯尔参加了第一场晨会，遛狗的人看到他在早上五点十五分离开了家，他在开车返回纽卡斯尔的路上没有足够的时间四处瞎蹿。”

“我去拿一张地图，看看他可能走的路径。”贝基说。

汤姆摇了摇头。“没必要，贝基。我很清楚。从他行驶花的时间来看，他应该是走了最近的路线，经由 M60 开往 M62，穿过奔宁山脉，然后上了 A1。”

“好家伙。”琼博咕哝道。汤姆满怀期待地等着他继续说下去。“如果我告诉你们，我们的朋友罗伯特有一点痴迷于米拉·韩德丽和伊恩·布雷迪呢？”

汤姆和琼博对视了一下。不需要再说什么了。贝基盯着这个看看，又看看那个，一脸疑惑。

“你想啊，贝基，M62 高速公路有哪个明显的地方在清晨完全没有人，是抛尸的绝佳场所？”琼博问道。

身为一个年轻的南方人，贝基显然需要比汤姆和琼博花更长时间才能想明白。

“沙德伍兹沼泽，贝基。”汤姆说道，把她从痛苦中解救了出来，“六十年代，布雷迪和韩德丽杀死了五个孩子，其中四个就埋在那片沼泽里，但另一个一直都没有找到。”

“当然是那里了。抱歉，我没有想起来。”贝基说道，脸微微泛红，“但他有时间去挖坑吗？”

汤姆摇了摇头。“我不认为有，除非你告诉我们你在搜查中找到了一把裹着泥煤的铁铲，琼博？”

琼博瞪了他一眼。“我想应该没有。”

汤姆从办公桌上跳下来，站定后双手插进裤子口袋。“那你最好从你的储备人员中挑选一些带上，因为我们肯定不能把他们全都拉上。”

44

坐在这个属于自己的海滩上看着孩子们玩耍，我感到一阵小小的喜悦，我意识到这是失去丹、又在两个月后失去父母以来，我第一次可以自由地享受喜悦。

接受父母的死讯是我不得不接受的最艰难的事之一。记得当时我对着来到现场的警察大声叫嚷。警察想要解释发生了什么，他们告诉我那应该是很平静的死亡方式。但他们一定是弄错了，大错特错。

他们告诉我房间里有一个一氧化碳探测器，但不幸的是没有装电池，也许我的父亲把电池拿出来更换,然后忘记了。这在我看来根本就讲不通。我爸爸备有所有大小型号的电池，他很钟情于那一类东西。我带警察去看那个放电池的抽屉，爸爸怎么会没有换上那该死的电池呢?

警察没有听进去我的话。我记得烟气刚散掉，大家认为房子已经安全了的时候，一个好心的女警官把贾丝明带到客房，把她放到那张新的活动垫上，那是我的父母为她买的“欢迎来到新家”的礼物。

接着电话响了起来，我无法理会它。我没法跟任何人说话，不知道能不能说出那句话:“我的父母都死了。”我相信每一个音节都会像胶水一样封住我的上颚。

那位警察拿过我的手机接起了电话。我不知道他说了什么，只记得他把手机还给我的时候说:“罗伯特·布鲁克斯说他就要过来。”我已经把罗伯特彻底忘了，他正在公寓等我。当爸爸没有跟租来的货车一起出现的时候，罗伯特建议我先开车回家看看是什么事让他耽搁了。我原本应该打电话告诉他什么时候可以回去。

当得知有警察以外的人知道发生了什么事时，我感到如释重负。那个消息已经传出了四面墙外，那似乎让它变得更加真实了。我为罗伯特知道发生了什么而高兴。我还不太了解他，但自从他第一个赶来看公寓起——就在它开始挂牌出售的当天——他就对我很好。我立刻觉得他强大又有能力，迫不及待地等他过来，帮我减轻一点负担。

似乎等了很久他才赶过来，但之后他告诉我那一段路他是以破纪录的速度走完的。等他到了的时候，现场已经满是调查的人，但他们没有什么意外发现。屋里没有任何被强行闯入的迹象，也没有发现他杀的苗头，只有一个相当微不足道的证据，就是电池不见了。

一个专业的煤气工程师来看了热水器，马上就指出了一个问题。他解释了通气孔的重要性，它可以让冰凉的新鲜空气进来，使燃气升上烟囱排出去。我摆脱了僵尸一般的麻痹状态，准备好聆听他说话。我要弄明白那一点。

当他指出房子的通气孔被一条旧毛巾堵住的时候，我几乎要大发雷霆。“不可能！”我不停地叫喊道，“他为什么要这么做？”

那个工程师简明地指出从他看到的情况来看，房子的所有窗户都有三层玻璃，每一扇门——包括内门——都装有密封条。他问我的父亲对节省费用是不是特别在意，我只得承认他确实如此。那个冰凉的通气孔会破坏我父亲精心布置的密封环境，但他会那么傻吗?

他们全都悲伤地看着我，罗伯特抱住我的肩膀，我记得我丧气地甩开了他。我不想要安慰，只需要有人相信我。

显然不仅仅是通气孔的问题。在那无可否认已经老旧的热水器暖气管上发现了一处坏掉的连接点，有毒气体就是从那里泄漏的。他们说得却好像错全在我父亲似的。

我记得当时我像被卷入一团黑色的雾气中，双腿发软。有人抓住了我，把我扶到沙发上——我已经记不得那个人是谁了——但我还是从完全崩溃的状态中奋力回过神来，我要设法让警察承认他们是错的。

那个时候，感谢上帝让罗伯特出现在我身边，虽然我并不想要他给我拥抱和安慰。警察毫无用处并不是他的错，罗伯特是唯一能让我保持理智的人，即便身处那样的混乱之中，他还提醒我要给贾丝明喂食。

当我争论到词穷的时候，他代表我向警察道歉。我不想让他那么做，但对他们大喊大叫并没有什么用。我要接受没有谋杀证据的事实，而且也没法想到有哪一个人希望我的父母死去。

那名督察知道有些事情不对劲，我肯定这一点。我听到了他与调查犯罪现场的技术人员的谈话。我走到他们聚集的杂物间的门口，听到督察让技术人员把所有东西再重新检查一遍，确保没有人来过。我想爸爸或许有可能把通气孔给堵上，但是电池的事情怎么也想不通，除非我父亲突然之间性格大变，或者是得了早期老年痴呆症。

想到那一晚要住在他们的房间里，我害怕起来。我能在父母数小时前刚刚死去的房子里睡着吗？我觉得我做不到。我再也不想回那个令我伤心的家里，但我已经不是公寓的主人了，而最好的朋友正在中东的某个地方，于是我只能贴着墙壁向下滑落坐到地板上，双臂环抱住双膝，不停地哭。我听到那个警察问罗伯特知不知道谁可以帮我，他告诉警察说不用担心，他会把我带回公寓——那时已经是他的公寓了——会亲自照顾我。

那位警察听说罗伯特愿意为我做那些事时看起来很惊讶，如果当时我思维清晰，应该也会感到惊讶。但当时我唯一想做的就是蜷曲在床上继续哭泣，想要把痛苦锁在自己心里，因为如果它跑出来，会使我粉身碎骨。于是我就让罗伯特全权负责了，他已经证明可以和贾丝明相处得很好，而且还那么细心周到。我还能有什么别的选择呢？

先是丹，两个月之后紧接着又在父母身上发生了那样的事，我变得完全麻木也不足为奇了。我很感激罗伯特，深深地感谢他。所以六个月之后，当他求我嫁给他时，我同意了。那是最轻而易举、显而易见的事。

我当时是多蠢啊，直接走进了他设的陷阱。牢笼的门在我身后砰的一声关上了。

45

一天快要结束，汤姆已经准备好回家了，他需要时间安静地思考。家有一种安静的氛围，他第一次来看房子的时候就注意到这一点了。他的母亲过去常说，房子会吸取住在里面的人的性格，他以前总是毫不留情地取笑这种说法，但如果她说的是真的，那么这栋房子一定曾经见证过非常幸福安宁的时光，而这正是他现在所需要的。

当然他在柴郡已经有了一栋小屋，在悠闲的周末偶尔去一下是很棒的，特别是女儿露西可以跟他一起去的时候，但每日上下班来回的话就有点太远了。如果交通通畅，八十多公里的路程没有问题，但曼彻斯特周围的道路在高峰时段经常水泄不通，而他需要在必要的时候能快速赶到总部。

他花了好些时间才找到这栋房子，在伦敦住过后，他不准备再找一个冰冷的外壳当成自己的家，而且随着露西慢慢长大，她可能希望有更多时间待在曼彻斯特——有商店、电影院以及跟朋友相聚的场所。他的脑海里冒出“俱乐部”这个词时战栗了一下，谢天谢地他还要再过几年才需要担心这个问题。

他打算在可预见的未来都待在曼彻斯特，既然钱不是问题，他就决定买一栋房子。这房子给他一个人住是太大了，但他一见到就爱上了。这是在曼彻斯特南部的一栋红砖半独立式住宅，有一种不同寻常的爱德华七世时代的风格，从一开始就吸引了他。房间很宽敞，天花板很高，客厅的两扇凸窗还保留着原先的彩绘玻璃，前面还有拱形装饰。门厅大得足以放下他的办公桌，还带有一个小壁炉，让这里成为一个温暖舒适的工作场所。两个矮书架上塞满了各种著名小说，而门口条纹状的地板上铺着色彩鲜艳的地毯，让人有一种宾至如归的感觉。

他打开前门跨进房间，感觉紧绷的四肢放松了下来。他把公文包和钥匙放到桌子上，脱下外套搭在椅背上，朝厨房走去。这是一个晴好的六月傍晚，外面天还亮着，于是他抓起一瓶冰啤走到了花园。

汤姆不是很喜欢园艺，内心深处，他觉得今后可能会对种植水果和蔬菜感兴趣，但仅仅是为了拿来做菜。他付钱请了一个园丁来全权管理，这令人羞愧，却是必要的。如果他不走捷径，每天下班以后就都要拿着割草机和除草叉干活，那样他就没时间陪露西或利奥了。

汤姆站着环顾被修整得十分漂亮的花圃，想起柴郡小屋被非法入侵的事，还想到了杰克。如果没有杰克，他绝不可能有钱买下这栋房子或是柴郡的那栋房子，而且还得供养似乎觉得自己毫无义务去上班以维持生计的前妻。有时候他在想，如果没有杰克的钱，该如何应对这一切，但如果能换回哥哥，他很乐意住在客卧两用出租屋里。

但汤姆无法想象的是，为什么会有人想要得到杰克的资料，他已经过世四年了。汤姆刚刚才从律师办公室取回那些资料，本打算在休年假的时候翻阅，但那段假期提前结束了，他意外地得到了在曼彻斯特担任总督察的工作，所以没时间去看资料。据律师说，杰克的房产状况良好，而这些又仅仅是个人资料，所以并不那么紧急。

脑海里突然冒出一段回忆。杰克去世时，他的女朋友曾试图宣称她是巨额财产的合法继承人。杰克的遗嘱很明确地说明他的钱是要留给汤姆的，他女朋友梅丽莎曾来争夺过这份财产，但失败了。她跟杰克在一起才约六个月，看起来很不像杰克会选中的人。杰克是一个有点发疯的天才，需要一个安宁平静的环境。梅丽莎让汤姆想到了缅甸猫——性感，美丽，喵喵地叫着，蹭着你，急切渴望着关爱，直到她被惹恼了，才露出一口毒牙。

实际上，汤姆记得他曾问过杰克到底在搞什么名堂。在遇见梅丽莎之前，杰克曾经和一个叫艾玛的女人保持了几年的恋爱关系。艾玛跟梅丽莎是两个极端，她的笑容可以点亮整个房间。他们之间的关系曾经看起来坚不可摧，后来他似乎突然间失了魂魄。

当遗嘱的条款被公布的时候，梅丽莎来争夺杰克的钱，但失败了。她说即使不能得到那笔钱，也想得到杰克的某些东西，并向律师申请把杰克的资料给她。律师拒绝了她，汤姆也把这件事彻底忘了，直到现在才想起来。

不知什么原因，汤姆从裤子口袋里拿出了手机。"史蒂夫？我是汤姆·道格拉斯。很抱歉打扰你，我想请你帮个忙。"

汤姆让史蒂夫回到小屋里，从藏钥匙的地方取出备用钥匙，把所有资料都转移到安全的地方去。他不知道为什么要这么做，但就是有这种感觉。这个案子一结束，他就要投入该花的时间去翻阅那些资料了。

汤姆答应史蒂夫近期找个时间出去喝一杯，然后挂断电话，把关于杰克资料的所有思绪都抛到脑后。他要开始工作了。一整天他都在为跟奥莉维亚·布鲁克斯的父母之死有关的事情而烦恼。他走到大厅里拿起公文包，把里面的文件拿了出来。

46

医生建议苏菲的母亲在医院里再住一天时，苏菲松了一口气。她有很多事要做，如果把母亲单独留在家里，她会非常不放心，那个可怜的女人可能从此以后都会生活在恐惧中。

苏菲叫了一家安防公司来家里，他们建议在她母亲的床边安装一个应急报警器，还要把耶鲁电子锁换成五级的，这样苏菲出门的时候就可以确保门是安全的，至少如果罗伯特·布鲁克斯再来拜访，也会遇到一些阻碍。

但苏菲觉得他不会再来了，他是一个有任务的人。苏菲希望丽芙很好地掩盖了自己的行踪，运气好的话，她可以永远躲开罗伯特。丽芙无法再回到没有任何自由的生活里，在那样的生活里，每一天的每一分钟都被一个疯狂到会通过构思和计谋把她留在身边的男人密切观察着。罗伯特看起来也是一个会使用暴力的男人，虽然目前为止苏菲还没有发现他曾动过奥莉维亚一根汗毛，只是还没有而已。

与此同时，苏菲还有几件事要做，其中之一就是要给一些人提供的服务支付报酬。她已经付清了用林恩·梅多斯的名字制作假证件的那一部分费用，是货到付款的。但那些视频不一样，它们是通过远程编辑上传的。

苏菲想不出她会出于什么原因被发现或被人认出来，但在曼彻斯特刚刚复兴的北区一条狭窄的小巷子里前行时，她一反常态，紧张无比，不时鬼鬼祟祟地回头看上几眼。不知为何，这条小巷子似乎在重建过程中被遗忘了，缺少了周边地区那种令人兴奋、富有创造性的氛围。她并不是喜欢幻想的人，但总觉得那些黑暗的玻璃窗后似乎潜伏着一张张苍白的脸孔，正看着她，想知道她来这里做什么。夜幕刚刚降临，这里并不是久留之地——特别是在她并不适合打斗的情况下。她瘦得很厉害，对任何想找人打架的人来说都是一个很容易对付的目标。

她走近一扇暗棕色的门，门上的旧漆已经剥落，墙上只有一个门铃，没有名字。她按下门铃等着。

似乎过了很漫长的三十秒钟，她听到一阵嗡嗡的响声，然后咔嗒一声，门打开了。没有人叫她报上名字，但她知道自己正被监视着。斯图亚特在确认来人的安全性之前不会放任何人进去。

她艰难地走上两段黑暗的水泥楼梯，每走一步，那条伤腿上被刺中的伤口的疼痛似乎都会直接传导到头上来。罗伯特·布鲁克斯这个王八蛋，该死的怪胎。走到楼梯顶上时，她停下来调整了一下呼吸。让她精疲力竭的不是这一段爬楼运动，而是疼痛。汗水从前额滴落下来，她恼火地为自己的脆弱咂了咂嘴，从包里拿出一张纸巾把脸颊擦干。

恢复过来后，她推开了另一扇门，来到斯图亚特幽暗的工作室。尽管楼道已经很暗了，这里的黑暗程度又提升了一级，唯一的光线来自被斯图亚特的脑袋挡住了一部分的显示器。他没有转过头。“钱带来了？”他问道，手里还在继续转动编辑仪器的控制器。

“我来这里还能为别的事？”她也用同样轻蔑的语气回答道。

她继续朝房间里面走去，可以看到斯图亚特那被闪烁的屏幕照亮的脸。那双大而突出的眼睛像是要从头上瞪出来似的，那是他身上唯一大的地方。他就像一根小树枝一般瘦弱，脑袋像一个倒三角形——上面宽宽的好用来安放眼睛，向下越来越窄，延伸到尖尖的下巴和紧闭的嘴。油腻的头发耷拉在宽大的前额上，还有一部分像女孩子一般被夹到耳后。他一只手转动着控制器，另一只手则抠弄着下巴上一颗看起来令人恼火的青春痘。

斯图亚特是最顶尖的，苏菲很肯定他绝对不会向任何人透露被要求做的事。他在女王陛下监狱外的生活要依靠他的守口如瓶，因为他落在苏菲手上的把柄要远多于他所掌握的她的。苏菲本可以迫使他免费为她做这件事，但那样他有可能会在做事的时候设下陷阱，而且付钱给他似乎也是理所应当的。

她靠在墙上，让那条受伤的腿不承受重量，看着他施展魔法。虽然他是一个完全不吸引人的讨厌鬼，但她还是被他的技巧迷住了。他可以准确地选出需要的地方进行完美的编辑，而且速度之快让她屏住了呼吸。

“你做得很好，斯图。很完美。”

“当然。”他回答道，眼睛根本没有离开屏幕。

“你觉得警察要用多长时间才会发现？”

“这完全取决于他们是否找到了厉害的人来处理。他们当中有些人非常机灵，有些人完全就是饭桶，就算把东西塞进他们的屁眼，也发现不了明显的不对劲。”

“嗯，我想我们只能等着看了。”苏菲回答道，心里却想这些视频必须起作用。

“我必须得说，有的人真是非常聪明。”斯图亚特说道。

“怎么这么说？”

“那一组镜头里有很多细微的东西。那个水仙花瓶是个启发，它不在屏幕正中间——不是那么明显——但确实在那里，一个专注的聪明人是会发现的。第二天花就不见了，第三天它们又在同样的地方出现了。还有那些衣服——即便是一个经验丰富的做剪辑的女孩，我相信也会在很多地方犯错，更不要说是之前从没做过这种事情的人了。”

“也许是买了《教傻瓜学剪辑》之类的书吧。”苏菲轻蔑地说道，靠着墙撑起身子。

斯图亚特转过头看着她，用好奇的语气问道：“真的有这种东西吗？”

“我他妈的不知道。我是瞎说的，你这个笨蛋。”苏菲嘟囔道，“不管怎样，天才，这是给你的钱，全在这里了，还有一点额外的奖金，因为你干得真是漂亮。”

苏菲把一个信封放到桌子上，同时把桌上的纸盒推到一边，盒子里装有一块看起来至少已经放了一天的比萨。她特别小心地没有动那些半满的咖啡杯。她曾经动过一次，招来了斯图亚特的大喊大叫。如果她把什么液体洒到了他那珍贵的仪器上，她敢肯定自己现在已经是个死人了。

“你给马克付钱了吗？”斯图亚特头也不抬地问道，“我把熟人介绍给别人时，要确保他们得到合理的回报。”

“当然给了。”苏菲看着斯图亚特那张奇怪的外星人一般的脸，显示屏上闪烁的图像在他的脸上投下影子。“他真的叫马克吗？还是说那只是他的绰号？你懂的，马克，苹果电脑黑客。[①]”

“不要问，也不要太关心这个问题，但他真他妈的是个魔术师，在那个家伙的 FaceTime 视频通话记录里自由进出却没留下任何痕迹。真他妈厉害。”他咕哝道，“出去的时候记得带上门。”

斯图亚特没有再看她，苏菲意识到这是逐客令，于是做好准备走下那些该死的台阶。

①原文为“Mack the Mac Hacker”。

47

星期二

星期二早上，贝基觉得全世界的重量好像都压到了肩膀上。奥尔德尼岛的警方传来消息，他们一直都在调查，但到目前为止，还没有查出什么来。那位警官说他们已经去售楼处、宾馆和家庭旅馆调查过了。他们查到了几个名字，逐一调查了这些人，但还没有追查到奥莉维亚的下落——如果她还在那里。他们必须接受她可能从没有去过那里的事实，或者上周跟罗伯特视频后就离开了，那意味着她可能在任何一个地方，包括被埋在露台底下这个可能性。

虽然他们肯定丹纳什·贾罕德的尸体已经被装在罗伯特的车里运出了那栋房子，琼博还是行动了起来。现在有一队人马正在花园里用雷达设备对地面进行探测，这么做的理由是如果罗伯特杀了一次人，那他们就要检测看看有没有其他人的尸体。

汤姆已经跟贝基说过他很肯定他们将会一无所获，但这已经成了一起谋杀案的调查，所以他们要探究每一种可能性。他也十分肯定如果罗伯特杀了奥莉维亚和孩子们，是不会把他们埋在那里的。但在他们确定这一家人都平安无事之前，他们不能承担这种风险。

贝基从远处看着汤姆。今天早上他变得很安静，正在为一份文件里的某些东西困惑，但还没有把具体的细节告诉她。

他们还拿到了罗伯特的信用卡上周的使用记录。汤姆推断说周三晚上他从纽卡斯尔回曼彻斯特的路上一定会在中途停车去加油，却一次也没有使用信用卡，这显然跟他平时的做法不太一样，这说明他不希望留下任何证据暴露自己的行踪。但是，他们知道他周二在纽卡斯尔的约翰·路易斯百货买了一些东西，那家商店也调查了他买的具体商品。他买了一把刀，看起来就是厨房刀具架上的那一把。

那家商店给了他们非常大的帮助，他们找到了当时给罗伯特提供服务的那位员工。贝基已经给她打过了电话。

“他要买的是特定的某一款刀吗？”贝基问她，“还是只是某一种类型的刀？”

那位售货员听起来有点喘不过气，像是正在跑步，但贝基知道那是被警察问话而产生的一种特别的兴奋感。“哦，不是的，他描述得很精确。”她说，“甚至到了带着商品货号来买的地步。我记得他，因为他不停地看表，像是要赶到什么地方去。他说他正在办一个活动，是趁着午休时间急忙跑出来的。我试着让他对比一下两三种不同款式的刀——你知道的，只是为了表明我不想怂恿他买我们自有品牌的东西。”

“他对萨巴蒂尔斯牌子的刀具不感兴趣吗？”贝基问道，想起琼博说过罗伯特家余下的所有刀都是同一个品牌。

“不感兴趣。它们看起来确实很相似，但他说如果买回去的刀子不对，妻子会‘活剥了他’。但他说这句话的时候笑了。”

“那么他把那把刀的商品货号写下来了吗？”

“是的，他把它写在一张纸上。”

贝基思索了一会儿。“你能不能看出来它是手写的，还是从电子邮件里打印出来的，或者是从网页上打印出来的，你知道吗？”

“是用蓝色墨水笔写的。”售货员说道，“我知道这一点是因为他在付款的时候让我拿着那张纸。纸上列的清单上不止这一项，但在我们百货店里买的就只有这一件。我想我还瞥了一眼清单上的其他东西，当然，只是为了看看还有没有其他可以帮得上忙的。”

“然后呢？”贝基问。

“我想我唯一记得的其他项目就是寝具了，没有别的厨房用具了。”

“这么说是有人帮他写下了那份清单？”贝基说道。

“我不这么认为。一定是他自己写下的，因为他看起来很关切地检查是不是把数字的顺序写颠倒了。其中一个数字他看不出来了，他说他把纸放在膝盖上写的时候一直在努力让纸张保持平衡。我猜是有人念着让他写下来的。”

贝基一点儿也不知道这些话会给他们提供什么线索，但还是谢过了那位售货员，并做了笔录。

汤姆看起来是在等她做完这件事。“贝基。”他说道，因专注而皱起的眉头让他那张平时表情都很放松的脸看起来老了几岁，“我跟你说些事，能听听你的意见吗？”

“当然，只要是能让我的脑子运转起来的东西。老实说现在我感觉像是陷入了泥潭。请吧，来一点轻松的调剂。”

“哈，我不确定能不能给你提供调剂，但有些事情一直让我困惑，我真心希望得到你的看法。这与奥莉维亚·布鲁克斯的父母——亨特先生和亨特夫人的死有关。这件事已经过去快九年了，但当时有一些东西让人感觉不对劲。我当时没能想清楚是什么，但现在我知道了。我只是不确定这是不是我胡乱幻想出来的。”

贝基向后仰坐在椅子上，拿起那杯她半个小时前打算喝、如今已经凉掉的茶喝了一口，打了个哆嗦，但总比没得喝要好。“继续说，我洗耳恭听。”

“我们在亨特夫妇死去的当天下午两点钟左右到了他们家里。我已经跟你说过他们是怎么死的，还有奥莉维亚是怎么发现他们的。但出于某些原因，我从来没有完全相信那是一起意外事故，我们没有找到任何证据证明。当时的我不够自信去相信自己的直觉，而且也完全没有证据可以让我们继续调查下去。直到昨晚我仔细读了笔录本。”

汤姆合上文件夹放回到办公桌上。“我已经读过很多遍了，仍记得当时的一些事情。当我跟奥莉维亚对话的时候——或者说是试图跟她对话的时候，她当时的情绪几乎已经失控，随之电话响了起来，是罗伯特·布鲁克斯打来的。她几乎已经无法说话了，于是我就把手机拿了过来，跟对方解释了发生的事情。他说他马上就赶到。”

“嗬，对于一个只是刚买了一套房子的人来说那么做可真是感人。”贝基说道，语气中透出一点对罗伯特在别人遭遇不幸时表现出的可靠性的敬畏，“我想大多数人只会说：‘等事情解决好了通知我一声。’”

“嗯，半个小时后他出现了，我还跟他说了话。他看起来很关心奥莉维亚。当时房子里很热，她却在发抖，他把自己的外套脱下来披在她身上。当照看贾丝明的那位女警官把孩子带过来交还给奥莉维亚的时候，她直接无视孩子，于是罗伯特就接了过去。我们当时很感动。对了，我还问了他之前有没有在那栋房子里出现过，好排除掉他的指纹。他说他之前从未去过那里。”

“然后呢？”贝基说道，她看着汤姆，完全不知道这是要说明什么。

“是我用奥莉维亚的电话跟他通话的，我只是跟他说了她父母的基本情况，别的什么也没说。”

贝基等着听他说下去。汤姆直直盯着她，显然他期待她能想明白一些关联，但不管他在想些什么，都让她不明所以。她只是等着。

“如果他从未去过那里，到底是怎么知道他们的住处的，贝基？”

汤姆不知道自己当时怎么会忽略了这一点。可能是奥莉维亚当时的状态实在太糟糕了，一会儿大声尖叫说有不对劲的地方，一会儿又崩溃地瘫倒在地上哭泣。并不是说那样做有什么奇怪的，她很脆弱，被发生在她身上的所有事弄得不知所措，所以那件事一定让她一片混乱。

但现在再去责备自己已经无济于事了，而且他也肯定如果当时就问了罗伯特，也会得到一个答案。罗伯特很可能会说奥莉维亚在公寓里留下了一些文件，上面有她父母的住址，或者说她曾经顺带提到过他们的住处。他一定会找到一个借口，一个听起来完全可信的借口。

但布鲁克斯为什么要去伤害亨特夫妇呢？他要怎么进入房子？通气孔上的毛巾肯定是从房子里拿出来的，如果有人把电池拿走了，一定也是在她的父母上床睡觉以后干的。

有一段时间，调查的重点都放在了奥莉维亚身上。先是男朋友失踪，然后是父母去世。如果她伤害了他们，她发现双亲尸体时的表现就应该是可以赢得奥斯卡奖的里程碑式表演。

罗伯特没有被当成案件相关人员。他只是一个买房子的人，他们怎么会多看他一眼呢？

事实是他们确实没有多看他一眼。

但也许他们应该这么做。

48

终于到了，罗伯特在奥尔德尼岛的海湾下船的时候想。这一趟旅途真是不容易，他没打算要在根西岛过夜，但抵达的时候已经没有什么选择了。他要是冒险搭乘了飞机，现在警察一定在寻找他的下落。用这种方式就可以相对不引起注意地悄悄来到岛上。

接下来他要做的就是找到奥莉维亚。想到这一点他露出了笑容。

他不知道要不要找个地方住下来，这完全取决于他追查到她的踪迹。他试图在脑海里回想她给他看过的沙滩的样子，但因为他是坐船驶入奥尔德尼岛的，一路上看到了很多漂亮的沙滩，每一个看起来都像是他要找的。

他问了一起搭乘那条可容纳十个人的小渡轮过来的一位同行旅客能在哪里找到住宿的地方，对方指了指城镇的方向。他沿着岸边顺时针走下去，看到了一座漂亮的旅馆，但如果不刷信用卡，他的现金不够付那里的房费，他相信岛上一定有更便宜的房间。他要先四处打听奥莉维亚的消息，不能冒险让这件事拖得太久，但另一方面还要打算找到她的时候要怎么做。

因为他就要找到她了。

在南下的旅途中，他努力思考奥莉维亚选择这座岛的所有可能的原因，直到抵达后才最终明白这里最强大的吸引力就是没法快速简单地抵达，也没法逃跑。她以为他永远也找不到她，但为防万一，她选择了一个会让他难以实施计划、无法轻松脱身的地方。但这根本不是问题，他适应力很强，可以在这座岛上找到一个同样可以很好地满足他需求的地方。

一直以来他的计划就是，如果到了要让他以许诺过的方式来伤害奥莉维亚的时候，他要把威胁的时间拉到最长——在这段时间里让她的痛苦接近他自己的痛苦。这一切都会导致最终的行动，保证最后要让她余生都生活在痛苦当中，让她意识到她本可以避免承受这一切。她原本所要做的一切就是爱他,这是他唯一的要求。他知道自己没有她就活不下去，如果不能得到她，那就要确保她直到死去的那一天都在后悔没有回报他的爱。

在这里实施计划要困难得多，但他会想出一个新计划。他需要一条路线和一个上演这个计划的最终场所。他闭上眼睛，用壮丽辉煌的电影画面想象着实施计划的场面。

也许他应该做得有些许不同。如果奥莉维亚很不情愿地成了整个事件的观众就太好了。

他大声笑了出来。坐船到这里是一个好主意，因为他注意到这个岛上并不缺少上演他脑中计划的合适场所，奥莉维亚的余生都将把他的这次行动深深印刻在脑海中。

但首先，他要先找到她。经过旅馆的时候，他刚好看到了正在寻找的东西——一家酒吧。该认识一下当地人了。他推开门走了进去，急切地要把计划付诸实践。

49

我花了很长时间才完全明白罗伯特对我的迷恋程度有多深。开始，他似乎是最体贴、最会照顾人、最周到的男人，虽然他身上没有任何地方让我感到兴奋，但我告诉自己在一段关系里最重要的两个因素就是安全与保障。罗伯特肯定能给我提供这两样东西。

他极尽所能来照顾我。失去丹继而失去父母让我耗尽了生命的能量。罗伯特娶了一个空的躯壳，但他还是努力给我一种能从某种程度上弥补我失去的东西的生活。

他无法提供兴奋与激情，我说服自己我们过的生活是正常的，也许如果丹还跟我在一起，我们也一样会习惯这样的生活：一个月过两次激情澎湃的性生活，其他晚上除了在脸颊上匆匆一吻之外也不会有别的更亲密的举动了。

但这不是罗伯特想要的，他无时无刻不想触碰我。当他下班回家把我拉入怀抱时，我尝试着给他回应，但总能找到借口抽身——孩子们有什么需要，饭菜要糊了。

我怎能对丈夫避而远之呢？

晚上，当我背对着他躺在床上时，他喜欢抚摸我的背，我讨厌这样。我知道他可以感觉到我身体紧绷，在用沉默的方式促使他停下来。他把手拿开的时候我总能听到一声轻轻的叹息。但在过去的两年里——自从那天晚上他把孩子们带走，又静静地站在贾丝明的卧室门口，听着我对女儿说晚安起——他就再也没有叹过气。取而代之的是他会温柔地对着我的脖子低语：“乖，睡吧。”这几个看似无恶意的表达爱意的字眼是一种暗示，一种威胁。

他一直在监视我。如果我们待在一个房间里，我抬头一瞥总能发现他在看着我。有时候我在厨房——做饭或是熨衣服——他在外面的花园里，仍能感觉到那双眼睛像冰冷的飞镖一样刺穿过来。如果我快速转过头，就会看见他的脸出现在窗外，直直地往里望着我。他会对我笑一笑，轻轻挥一挥手，然后转过身去，好像这很正常。

我讨厌这样。

我感觉自己仿佛被包裹在一颗茧里，或是穿着一身紧身服，手臂被钉在身体两侧，汗水从双臂和大腿内侧狂泻下来，冰冷黏腻。我知道如果试图逃走，那些束缚就会变得越来越紧，越来越黏腻。

我不知道是什么让我意识到不能这样生活下去，大概是从听其他等着接孩子放学的母亲说话开始的。她们嬉笑逗乐，用粗鲁的言语评论各自的丈夫，说他们是懒虫、足球迷或是邋遢鬼。她们说话的时候眼睛里总闪着爱的光芒，我无法加入。我想不到任何可说的事，除了“他监视我”，我知道这种话听起来会是什么样子。

我决定要跟罗伯特谈一谈，告诉他我是一个冷漠无情的人，他值得拥有更好的人，一个跟他关爱珍惜我一样关爱珍惜他的人。我记得他问我那孩子们呢？如果我冷漠无情，那是不是说我对他们也都没有感情？这是一个很傻的问题。我的孩子都是我的命，我疼爱他们身上的每一个细胞。他怎么能问这个问题呢？他说这说明我不是没有爱的能力，只是没办法去爱他。这就是问题所在吗？我是没办法爱他，我知道这一点。但我怎么能告诉他我想要离开他呢？我不能。最后我们一笑了之，断定这是我生理期前的反应——这是唯一一个看起来能被男人照单全收的理由，他们根本不明白那到底是怎么一回事。

接下来的几天我们再也没有提起过这件事，但罗伯特开始谈起下一次度假。他说他还想再去一次安格尔西岛上的南栈灯塔，还跟我回忆起我们之前去过的那一次。我不知道他要说明什么，直到突然回想起那件事——我记得当时我们站在一个悬崖边上，罗伯特对我说有一个人从那里跳下去丧了命。他把那里称为“完美的死亡之地”。想起那一天，我感到一阵寒意，仿佛有阵冷风从房间里呼啸而过。

我们又继续挣扎着过了几个星期，但后来罗伯特上演了大师级的表演，把我的孩子带走了。失去他们的那几个小时真的是太可怕了，不知为何我觉得这一切都是我的错。

我早该预想到会这样，罗伯特对警察说我早就知道他把孩子们带走了，一定是我忘记了，但这仅仅是他要摧毁我神智的开端。学校，其他孩子的母亲，一张让他确切掌握我所有行踪、定期更新的日程表的必要性——他毫不犹豫地把这件事告诉了我的医生、学校的老师、孩子的卫生随访员，还有社工。我开始意识到如果我申请离婚，他可能会让我因明显的不可预测性和不稳定性而无法将孩子们留在身边。他正在积累证据，简直太聪明了。他让我陷入困境，确保我如果离开他，也将永远失去孩子。

我被困住了，觉得完全软弱无力。我继承的遗产全都投进了我们家里，没有办法拿到钱，这就意味着没有办法逃跑。我被冻结了，瘫痪了，开始有了惰性，有几个星期我感觉到倦怠正重重地把我拖垮。

如果说我之前认为他在监视我，那现在的感觉就像我是显微镜下的一只变形虫。被人监视这件事的古怪之处就在于你不会总知道自己正被监视，但不知为何，你都能感觉到。

50

汤姆端着两杯咖啡刚走进专案室，电话就响了起来。贝基弓着身子坐在办公桌前，乌黑的头发垂下来搭在脸上，但汤姆还是能从她紧绷的身体判断出是有什么坏事发生了。她正在打电话，直到他一边兼顾手上的两个杯子一边从口袋里拿出手机来，才发现她要打给的那个人就是他自己。

“贝基，我在这儿。”他说道，没有接起电话。

她猛地抬起头，乌黑的双眼里充满担忧。

“出了什么事？”他问道，同时抓了把椅子在她对面坐下，推给她一杯咖啡。“你看起来像见到鬼一样。”

“我刚刚接到一个在根西岛经营船运公司的人的电话。他们提供往来海峡群岛的渡轮服务，包括奥尔德尼岛。他打电话给我是因为他看到了报道奥莉维亚和她的孩子的一段新闻，以及她的丈夫也失踪了的后续报道。”

汤姆有一种灾难将要临近的不同寻常的感觉。

贝基点了点头，确定汤姆已经领会了她话里的含义。“今天早上他把罗伯特·布鲁克斯送到了奥尔德尼岛。”

汤姆立刻站了起来。*该死的，他已经找到她了。*汤姆匆匆喝下一大口咖啡，做了个手势让贝基跟上，一把抓起放在办公桌上的钥匙和手机，朝门口快步走去。“拿上你的东西，贝基。一定要带上有照片的证件。我们在路上把所有事情都理清楚。”

他知道贝基不会浪费时间问问题，她拿起放在自己桌旁地板上的公文包，打开后往里面胡乱塞了一些文件和手机，同时转过头喊道：“尼克，给我们订两张从曼彻斯特飞往奥尔德尼岛的机票。安排最快的那班，订好后给我打电话。”

他们还不知道航班的时间就跑了起来，如果迟到几分钟而错过了航班，可就太令人懊丧了。

他们跑向汤姆的车子——他的车离得较近。汤姆边跑边问有没有从奥尔德尼警方那里收到什么消息。

“有，也没有。他们还没有追寻到奥莉维亚的下落，但如果罗伯特也到了奥尔德尼岛，我们就可以十分肯定她一定在那里。如果她在哪个地方租了房子，那一定是私人的租赁交易。好像还没有人看到过他们三人，也没人听过他们的名字，但她是个聪明人，一定把名字全都改掉了。”

汤姆知道确实如此。如果他是奥莉维亚，就会在四月份还没有人在追寻她的时候故意让那个地方的人都看到她，而如今就要相对保持低调，不做任何引人注意的事，还要确保孩子们不符合任何描述。当然，照片关系重大，她十分清楚，所以在离开之前毁掉了所有照片。

奥尔德尼岛警方会尽力而为，但他们不像汤姆那样了解罗伯特·布鲁克斯这个人。汤姆确定奥莉维亚已身陷险境。他按了两下遥控，把车子的门都打开，然后他们跳上车，边系安全带边快速开出了停车场。

“贝基，打电话给苏菲·邓肯，跟她说现在不是对朋友表忠诚的时候。我们必须找到奥莉维亚，她很可能已经陷入危险。苏菲不可能不知道奥莉维亚的下落，一定知道怎么联系上她。让苏菲去联系她。我们现在不是在胡闹，这是很严肃的事情，苏菲必须明白这一点。”

贝基向下翻着通讯录，拨出号码。在贝基跟苏菲通话的时候，汤姆只能听到电话这头的说话声。贝基解释说他们认为奥莉维亚可能在奥尔德尼岛上，他们要知道她在哪里。“快点，苏菲。这不是闹着玩儿的。如果你知道她在哪里，就快告诉我们。我们想要帮她，你应该比任何人都清楚罗伯特·布鲁克斯是个危险人物。”

贝基听到电话那头沉默了一阵，汤姆不用看都能感觉到贝基的每块肌肉紧绷起来。

“什么？”她对着电话大喊起来，“你确定吗？”她又听对方说了一阵，然后挂断了电话。“该死的！该死，该死，该死！”

汤姆看了看她苍白的脸，她的双眼看起来像是两个黑洞。“怎么了？”

“苏菲不知道奥莉维亚在哪里，但可以联系上她，也会去联系她。苏菲也会把奥莉维亚的号码用短信发给我们。”

汤姆等待着。

“她说罗伯特不会伤害奥莉维亚，他的目标是孩子们。”

51

自从和彼得·亨特开始那段万劫不复的风流韵事开始，贝基的健康状况就一落千丈了，她知道这点已经有一段时间了。仅仅为了万一彼得打来电话时她一定要在家就没有再去健身房，可悲啊。现在他们从人群中冲向曼彻斯特一号航站楼去赶飞机，她尝到了那么做的恶果。这还真是终极冲刺啊。她尽可能紧跟着汤姆，在免税店的购物者之间穿插前进，差点要把一个手里拿着瓶香奈儿香水的女人撞飞。如果他们错过了这班去根西岛的飞机，接下来几个小时都不会有航班，而他们还不知道从根西岛去奥尔德尼岛的航班时间。事情得一件一件地做。

跟苏菲通过话后，贝基没有时间去思考，全部心思都用在要尽量联系到奥莉维亚上，但电话一直被转接到语音信箱。如果罗伯特已经找到她了该怎么办？

贝基再次和奥尔德尼岛的警方通了话，他们尽了一切努力，也尝试了用苏菲提供的号码联系奥莉维亚，但都没有查出奥莉维亚是否住在岛上。不过那位警官说他有一个计划，会在他们抵达的时候向他们解释。

到了登机口，贝基弯腰想要喘口气。广播里已经放过了最后一次通知，她愕然地看到至少还有二十个人在等着登机。他们本可以轻松地走过来，那样她就不至于感觉这么难受了。连汤姆都有点气喘吁吁，看贝基如此痛苦，他咧嘴笑了。“赶上了。”他喘着气说道，一只手靠在一排塑料座椅的靠背上，似乎扶着才能站直。

他们登上飞机后就恢复了正常呼吸，赶上飞机的短暂愉悦在即将要发生的现实面前瞬间化为乌有。

在飞机上，他们详细分析了已掌握的关于奥莉维亚在奥尔德尼岛住所的所有细节，包括罗伯特提到的窗外景色和苏菲对那个地点的描述。他们知道得非常少，但奥莉维亚提到沙丘上放着一条长凳，背后是那栋房子，这信息肯定会有帮助吧？

九十分钟的航行时间，他们能做的只有讨论案情。在贝基看来，他们在不停地绕圈子，最后总是会回到同样的结论上来。

飞机刚飞了半个小时，贝基就迫切地向乘务人员打听是否有航班可以让他们飞往奥尔德尼岛。上帝啊，在你需要跟地面保持联系的时候，飞机是一个非常令人懊丧的地方。

过了一会儿，那位乘务员回到过道上，在贝基身边蹲了下来。“下一班飞往奥尔德尼岛的航班在我们的飞机抵达十五分钟后起飞。我们会直接把你们送到飞机上。”

贝基抵达根西岛后，地勤人员先邀请他们下了飞机，把他们送上一辆机场摆渡车，飞速赶往正在等待的飞机。

如果是在别的情况下，贝基一定会很享受这次飞行，在这么低的飞行高度飞越海洋是很棒的，特别是还可以看到远处奥尔德尼岛白色的沙滩和蓝绿色的海水。但越靠近那里，贝基越发焦虑起来。

“快点，快点。”她喃喃自语道，这架小飞机似乎在以非常慢的速度靠近那短短的跑道。

跟之前一样，他们又是最早下飞机的，匆匆赶往那个小小的抵达大厅后，当地的警察已经在那里等着迎接他们了。

“你们找到她了吗？”汤姆一边跟那位警官握手一边问道。

“抱歉，长官，还没有任何发现。至于她在哪里你们还有没有其他想法？”

“我们在飞机上一直在想这个问题。”贝基说道，“能确定的唯一一点就是她在靠近沙滩的地方。”

那位警官看了她一眼，表情像是在说：“你在开玩笑吧！”直到他们坐上车飞速离开机场时，贝基才明白原因——经过的每一个转弯处，前面都是海。

那位警官动了一点怜悯之心，说道：“至少我们排除了城镇。”但显然没有起到任何作用。

汤姆坐在副驾驶座上，贝基倾身向前听他们的对话。

“你建议我们该怎么着手，警官？”汤姆问道。

“我已经在收集小道消息了。”那位警官说道，“我的妻子和其他警员的妻子在过去的两个小时里都在给她们认识的每一个人打电话，询问是否有人知道点什么，或者对于我们应该去哪里寻找有没有什么看法。相信我，这是我们最佳的计划了。同时，我们会沿着海岸边的道路行进。据我所查到的信息，你们要找的人并没有租车。他可能租了自行车，不用信用卡很难租到汽车。或许他偷了一辆自行车，这里没有人会给车上锁，而且人们全都把钥匙留在车上。这可能会有所帮助，但如果你们要找的人够聪明，或许车主几天都不会发现自己的车不见了。”

太好了，贝基想道。真是他妈的棒极了。

52

今天又是天气极好的一天，阳光普照，这片沙滩上只有我们几个人。今天早上我们花了几个小时探索那些清澈透亮的潮水潭，刚刚完成比利的“史上最棒的沙堡”。

我要偷会儿懒，躺在松软的沙子上，抬眼望着头上湛蓝的天空，听着孩子们友善地争论着要怎样建一座吊桥。

但我只是漫不经心地听着，思绪转到了苏菲身上。我难以接受罗伯特曾去找过她这件事，很肯定她没有把一切都告诉我。罗伯特不可能心平气和地问她我在哪里，而且被拒绝后还能礼貌地离开。我为把她拖进这件事感到内疚，虽然客观地说，是她说服我逃离这段婚姻的，她缓慢却坚定地把我拉出了绝望的深渊。

“听着，丽芙。”我们第三次还是第四次见面时她说，“你可能觉得只要留在罗伯特身边，孩子们就是安全的，但他显然已经精神错乱了，如果他中途改变规则而你却没有做好准备该怎么办呢？如果他变得异常疯狂，要知道你的每一个举动，把你锁在房子里该怎么办呢？你要做一个彻彻底底的囚犯吗？你要逃出去。”

我们探究了所有逃脱的法律途径，但似乎什么办法也没有找到。我没有任何证据证明罗伯特对我的威胁，另一方面他却有大量证据证明我精神不是很稳定。我被告知自己可能被判定为有过错的一方，但他起码能得到孩子们的探视权——只要这一点就足以让他实施计划。

我满心焦虑，但还是被这座岛的平和吸引。似乎这里不会有任何坏事发生在我身上，我认为是这个地方的简单给了我安全感。人们无时不面带微笑，总是不怕麻烦地热心助人。路上没什么车，因此很安静，甚至连一段迂回的道路都找不到。给我带来真正安宁的是大海。放眼望去几乎总能看见海，不论它是平静的蓝绿色还是白浪从漩涡上涌起的暗灰色，我都无法将视线移开。

丹的问题还没有完全解决，但我知道总会解决的。然后，到了最后，我就可以继续带着我的生活向前迈进了。此刻我感觉生活在一个气泡里，在湍动的空气里安全地飘荡。我几乎可以想象自己和孩子们在这个气泡里的画面。我们周围的空气看起来黑暗阴森，乌云密布，灰蒙蒙的大海汹涌澎湃。但在我们的气泡里面，就是跟今天一样的好天气——阳光和煦，明媚晴朗，充满欢声笑语。我要阻止黑暗渗透进来破坏我们的幸福。

我转过头去看着漂亮的孩子们在沙地里玩耍，贾兹——不，金妮——穿着她最喜爱的冰蓝色T恤，男孩们站在浅海里，圆胖的腿上沾着白色的沙子，正把水铲进橘色的塑料桶里，想要填满他们沙堡的护城河。他们需要过多久才知道这是一项徒劳的工作？但他们需要靠自己去发现这个事实。

我坐了起来，扭头向后看我们租的房子。它再完美不过了。隐蔽，却不会给人孤单的感觉。晚上我可以开着窗户睡觉，听着浪花轻柔地拍打海岸。我等不及要看第一场大风暴，从这里看一定十分壮观。

房子被粉刷成了淡黄色，顺着一片小小的草坪而下是一扇直抵沙滩的大门。我并非因它的隐蔽性而特意选择了这里，这是额外的红利。我选择它是因为房子后面有一个阳台，每一间卧室都有门与阳台连接，阳台上还有一段旋转楼梯，顺其而下就能到厨房和起居室后面的露台。我简直不敢相信自己这么好运能找到这样一个完美的地方，因为当我想到气泡时想起了一件事：气泡的外壳是十分脆弱的，随时可能会破掉。

因此我们制订了一项计划，到了我们该做另一场练习的时候了。我把它变成了孩子们的一个游戏。这是我们的战争游戏，孩子们是错过了最后一条船的被撤离者，当敌方的士兵抵达时，孩子们要躲起来。我要他们认真对待这场游戏，但我不想让他们做噩梦，所以尽量让它变得很好玩。

我们在复活节来这里时做的第一件事就是去寻找一个又近又方便的沙坑。当然，这座岛上有不少沙坑，但我们要找的不是最靠近房子的，而是可以让他们安全地走进去并躲起来的沙坑。于是我们花了好几天时间探寻那些对于四岁孩子的小短腿来说不算太远的沙坑，把里面累积的垃圾都清理出去，然后我买了一个塑料冷藏箱，在里面装了饼干和孩子们爱喝的饮料，还有一些装有电池的照明灯具和一部充满了电的手机，并解释说那个塑料箱子可以保护食物不被四条腿的捕食者吃掉。我们用几条暗灰色的毛毯盖住箱子，这样即便有人进来，也不会看到亮红色的塑料。我们每隔几天就去查看一下箱子，每一样东西我都准备了备份，以防有人找到那个冷藏箱并把它搬走。

但这个海岛有一点不寻常，没有人想过要拿走不属于他们的东西。那位租给我房子的女房东很惊讶我想要配把锁，她说她二十年来从没有锁过门。窃贼在这里无处可逃，就这一点来说，绑匪也一样。

但我还是要把所有的门都锁着。我可能觉得自己在这里是安全的，但为了孩子们，我要谨慎一点，不能沾沾自喜。

我们一建好防御敌人进攻的藏身之地就开始演练怎么从房子逃走：从卧室的门出去，走到阳台上，从旋转楼梯往下，穿过草地，走出大门，沿着海岸边的路走。经过头两个沙坑，从山坡上往下滑，躲进藏在悬崖一侧的小沙坑里。入口的地势有一点低，但我堆起了几块石头，这样小一些的孩子们也可以轻松地爬进爬出了。

我想一遍又一遍地练习，但孩子们会觉得乏味，而且我担心到时候他们可能不愿意跑走。第一次练习的时候弗雷迪哭了，但现在他好像已经接受了。但愿我们永远也不需要真的去尝试这一招。

我起身走向放着沙滩包的那条长凳。我想给孩子们拍张照，于是从一堆毛巾下面拿出了手机，这时看到好几个未接来电，从两小时前就开始打进来了。大多数是苏菲打来的，但也有几个号码是我不认识的。手机又开始震动，又有电话打进来了，是苏菲。但现在不是我们约定的时间，这不像她的做法。

有一瞬间，我感觉神经震颤了一下，但没有理会。我要学着变得更自信。我接起了电话。“嗨，苏。在这么美好的天气里可真是一个惊喜。”我说道，“你刚才给我打电话了？”但我的笑容立刻就消失了。她把我最不想听到的事告诉了我。“丽芙，是罗伯特。他知道你在哪里了。他找到你了。”

我的身体僵住了，一句话也说不出来。他要来带走我的孩子，就跟他说过的一样。我并非一直都明白他拿什么威胁我，但两年前他带走孩子们那件事发生后，他一直等到警察离开，只剩我们俩的时候，才把威胁的话说了出来，每一个字都说得清清楚楚，不紧不慢，好让我明明白白地听懂。我试图不去听，好像不听这些话就可以让它变得不真实。我努力不去看他，好像不去看他就可以让他消失。但他靠近我，对着我的耳朵呼气，每一个字我都听得一清二楚。

“奥莉维亚，你是我的生命。其他的东西都不重要，只有你。如果你离开了我，那我的呼吸就没有意义了。你明白吗？我每一天的每一秒钟都在想你。我坚信有一天，你对我也会有一样的感情。”他深吸了一口气，“但这不可能，奥莉维亚，对吗？”我说不出话来。“你是我的，奥莉维亚。虽然你不能像我爱你一样爱我，你还是我的。我可以接受这样的状况，只要我可以每天看到你的脸，在我想要的时候摸到你的身体——是的，奥莉维亚，在我想要的时候——并且知道每天晚上回家的时候你都会在这里。但如果你离开我，有一天我就会带走你的孩子们，就像我今晚做的一样，再也不会有人找到我。”他靠得更近了，嘴唇碰到我的耳朵，“如果你离开我，就再也见不到我们当中的任何一个人。你将会一无所有。”

53

玛乔里·贝雷斯福德感到很愧疚。此刻她本该在照看父亲，但今天早上她去了镇上，没有按原先答应好的买完鱼和肉就直接回家，而是决定先喝上一杯卡布奇诺。这天天气很好，小酒吧的桌子都摆到了外面。

毕竟只是一杯咖啡——只不过多花十分钟时间。问题是那十分钟变成了半个小时，她跟几个星期没有见过面的人聊起天来。她不常外出，因为父亲现在几乎需要不间断的看护，但他还不打算去养老院，她还能怎么办呢？有人聊天真是太好了，如果说她有点忘乎所以，忘记了时间，那也是情不自禁。只有这一次。

当玛乔里要付钱的时候，一个和善的年轻人走了进来，说正在找自己的妹妹，她不久前刚带着三个孩子来到这座岛。他记得她说过在某个地方租了房子，他保证过会去看她，但愚蠢的他把地址给弄丢了。他询问店主乔时玛乔里无意中听到了。那个男人只知道他的妹妹住在一处海滩附近。他这样四处打听，想看看有没有人知道那是什么地方，这么做真的有用吗？

玛乔里肯定他说的人是林恩，林恩也有三个孩子。她不知道自己要不要说出来，但当她付完钱，边往外走边跟几个熟人说完话后，看到那个男人愁闷地坐在一张桌子旁，她为他感到难过。

“打扰一下。”她说道，“我还不知道你的名字。”

“乔纳森。”他回答，露出一个友好的微笑。在她看来，那笑容里满是伤感。

“我叫玛乔里。你的妹妹叫什么？”他轻笑了一下，让她很吃惊。

“我不知道。”

“什么？”

“抱歉。”他说，“这是一个很长很复杂的故事。我妹妹在英格兰惹上了一点小麻烦，欠了一些钱。这是很常见的事，她的丈夫出走之后她就有点放纵自己。她贷了一大笔款，光是利息就有十倍高，于是她越陷越深。我给了她一些现金去还债，她却带着那笔钱跑到了这里。我想找到她，跟她说我还清了所有的债务，她已经完全摆脱了困境，可以随时回家了，父母很想念她和孩子们。她的真名叫奥莉维亚，小时候很多人都叫她丽芙。但我不知道她给自己取了个什么名字，也不知道孩子们现在都叫什么。”

玛乔里看着对面这个男人忧伤的脸，这是一个多好的哥哥啊，她不禁想道。她也有一个哥哥，他对他们的父亲完全没有帮上一点忙。“你的妹妹有你真是幸运。”她真诚地说道，“听我说，我不知道这对你有没有帮助，我帮以前住在这座岛上的一些人照看一栋房产，但他们已经去美国好几年了，把房子拿去出租，目前有一位女士带着三个孩子住在那里。她们是去年十月租下的，我不知道跟你说的是不是同一个女人，她的名字叫林恩。我记不得孩子们的名字了，但是是一个女孩和两个小男孩。你觉得会是他们吗？”

这个叫乔纳森的男人立刻面露喜色。“太好了，谢谢。听起来像是他们。你能告诉我那栋房子在哪里吗？”

她这么做了，因此迟了四十五分钟才到家。她的父亲心情很不好，回答她的任何提问都最多只说出一个音节。她需要为自己不体贴的行为做出补偿。

她收到父亲想吃三明治的指令，正走出卧室时，大厅里的电话响了起来。她想去接，她很喜欢跟别人聊天——除了父亲以外的人——但她不能去接。要紧的事先做，她至少要给父亲沏一杯茶。

她站在厨房里等着水烧开，但还是能听到电话里的留言声。她听出是帕姆的声音，她已经几个星期没有见过她了，帕姆无疑是想知道她们能否找个早晨一起喝杯咖啡。有机会当然很好啦。当她往茶壶里倒水的时候，似乎听到帕姆提到警察的事情。

她放下手上正在冲泡的茶，走进大厅，完整地听完了留言，忧虑得脸红起来。

哦，天哪！我做了什么？她心想。

54

我震惊得无法动弹。这怎么可能？罗伯特怎么找到我们的？我在房子里没有留下一点证据，即便他知道我们没有去安格尔西岛，又是怎么找到这里的呢？我几乎要晕眩过去。

孩子们的叫喊声把我从思绪中唤醒。贾兹正指着我身后的马路大喊。

哦，上帝，不！千万别是罗伯特！

我从没有给孩子们暗示过他们应该畏惧父亲，我不想让他们生活在恐惧当中，而且我觉得只要做一个恭敬顺从的妻子，他是不会伤害他们的。但当我了解了他的痴迷程度有多深，知道了他所做的每一件事的严重程度时，才最终开始相信我们在他身边永远不会安全。

我转身去看贾兹指的是什么，松了一口气，只是有几匹马经过而已。她很喜欢马，我一直想着等我们安定下来后，安排她去上马术课。

我必须行动起来，要把孩子们带到安全的地方并报警，但现在还不能，解释起来需要太长时间。

我站起身时，电话响了起来，但我没有去接。再没有比把孩子带离危险更重要的事了。我迟滞了大约三十秒没有采取行动，但这可能会给他们的生命带来威胁。

“贾兹！”我喊道，“快到这里来。”我以最快的速度沿着海滩往下跑，抓起弗雷迪，把他壮实的小身子一把甩到怀里，并对站在海边往水桶里装水的比利大喊："丢掉水桶。丢在那里，不要争辩，以最快的速度跑回小路上去。"

我看出来自己吓到了他们，弗雷迪哭了起来。"对不起，宝贝。"我用稍微平静下来的声音说，但孩子们很容易就能感知到别人的情绪。"这是入侵演练。我要你们全部都到沙坑里去。你们要躲避敌人。"我尽力露出微笑。

孩子们艰难地沿着沙滩往上走，并没有我希望的那么快，沙子是软的，不利于奔跑。我们踉踉跄跄半走半跑地经过一个个沙丘，经过那条长凳。我拿起包，听到电话还在响。但我没时间去接听。

当我们抵达房子后面延伸出的小路时，我听到空荡荡的房子里回响着世界上最糟糕的声音，是门铃的声音透过敞开的饭厅窗户传了出来。

孩子们看着我。但那一瞬间我完全愣在了原地。比利拽了一下我的手，"怎么了，妈妈？"他问道，被我突如其来的不安给弄糊涂了。

我蹲下来把贾丝明拉到面前。"听着，这是敌军到来的警报。你来负责这次演习，贾兹。你知道要去哪里，带着弟弟们快跑。待在那里等我来——好吗？"

贾兹惊恐地看着我。"你不跟我们一起走吗？"她小声颤抖着问道。

"我会跟上的。让我们来看看咱们的训练成果，快走，亲爱的！你是一个勇敢的女孩，让我们看看你的能耐。"

我把贾兹扭过去，轻轻推了她一把。男孩们的表情有点困惑，但我用微笑告诉他们一切都很好。

我不能跟他们一起走，他可能马上就会走到房子后面来，孩子们必须离开，我要引开他。

贾兹回过头来看了我一眼，我努力给她展现一张欢乐幸福的脸，但我觉得她没有被骗到。她知道敌人真的来了。

我不禁思索不知道还能不能再见到孩子们。

我转身对着房子，他已经不再按门铃了，我期望并祈祷他正通过前面的窗户往屋里看，还没有走到后面来。我要拖住他。如果他现在绕到这里，就会看到走得并不快的孩子们。

我全速向后门跑去，手心满是汗水，艰难地打开锁，然后快速跑过厨房来到大厅，透过前门的磨砂玻璃看到一个男人的轮廓，他想透过信箱往里看，正要直起身来。我在任何情况下都能认出那个脑袋来。

“等一下！”我喊道，尽量让声音听起来轻松快活。

要尽力让孩子们有足够的时间逃走。

我抓起一条茶巾，装作在擦手的样子，把身后的厨房门拉起来关上。我想让他以为孩子们就在这里，在花园或者沙滩上玩。心脏跳得像是要穿破胸膛，但我不能打电话报警。他可能马上就知道我的意图，然后就会失去耐心。我相信他按门铃的唯一原因是他不能百分之百肯定我住在这里。如果有人把这里的地址告诉了他，他也觉得只是“可能”，如果他不想被人举报，就要假装成文明人，至少装到他完全肯定的时候。

最后，我从橱柜最上面藏钥匙的地方拿下钥匙。我放得很高，这样孩子们就不会趁我不注意时抓到它并打开锁。我转动钥匙，同时深吸一口气，拉开门闩把门打开。

他站在那里，脸色惨白，像戴了一张白色面具，双臂垂在身体两侧，拳头紧握。

“你好，罗伯特。”我尽可能冷静地说道。

但罗伯特一点也不冷静，双手推开了我，我猛地向后撞到楼梯底部的端柱上。我尽量忍住不叫出声来，因为如果我尖叫，按照常理孩子们便会跑过来。不能让他知道孩子不在这里。

他踏进大厅，踢了一脚门要关上它，但用力过猛，门又弹开了，撞到大厅的壁橱上。他还是一言不发，直直地盯着我，我也盯着他。只见他的嘴巴紧闭成一条线，双眼像是要冒出火来。我们对峙了将近一分钟——宝贵的一分钟。我不准备打破这种沉默，这样的时间越长，孩子们就越安全。接着，他张口问：

“为什么？”他说的时候看起来极度痛苦，如果有人不了解罗伯特的真面目，不了解他真正是个什么人，一定会为他感到难过。

我没有说话。拖延，拖延，拖延。我能想到的只有这个。

他走向我，伸出双臂。我以为他想要抱住我，随之一阵恶心。我感到恶心是因为在知道了他的真面目和所作所为之后还一次次地让他抱住，只为能让我的孩子们安全地逃走。

但他不是要抱住我，他要掐死我。他双手抓住我的脖子，摇动着我的身体。我咳嗽起来，结结巴巴地发出声音，觉得自己就快要死了。他停了下来，双手放回到身体两侧，有一瞬间他看起来像是被打败了，我希望如此。

“不，奥莉维亚，我不是要杀了你，你知道我不会这么做。我不明白你怎么能对我做出这种事——离开我，一句话也不留，不告诉我你在哪里。你知不知道警察以为我杀了你？他们此刻很可能在挖露台，那里一定全是犯罪现场的调查人员，一切都是因为你没有告诉我你要离开。”

我不禁生出一阵满足感。这很残忍，但跟罗伯特的残酷比起来差远了。

“你要回到我身边吗？”他问道。

我抬起双手抚摸自己的脖子，没有马上回答他。我找不到任何言语来表达对这个混蛋的极度厌恶，我想也许现在孩子们已经有足够的时间逃走了。

“我永远都不会回到你身边。”

我想告诉他我现在已经看到了他面具下的真面目。我知道他做过什么，知道他是什么人。我想告诉他他再也见不到我们当中的任何人，但我说的已经足够了。

他软弱的时刻过去了，现在正对着我笑，他觉得我的话很好笑。接着他脸上出现了那个表情，我知道它自始至终都存在，却从没有亲眼见过。他的下巴垂向胸口，双眼像是变成坚硬的圆石，嘴巴微微张开，露出紧咬的牙齿。这是魔鬼的脸。他又推了我一下，但这一次是要从我身边走过。他要去找我的孩子们。

我不能阻止他，我没有力气。如果我早想到有今天，就会在房子里备着武器——用来击打他脑袋或是刺穿他腹部的东西。但我从未想过他会找到我。跟孩子们进行的战争游戏练习是最终的预防措施，但我觉得我们不会用上。

我想要跑走，但不能朝着孩子们离开的方向跑，也不能抛下他们。这所房子奇妙的孤立状态有一个弊端——我没法跑去邻居家里求助。我跑不出一百米就会被罗伯特抓住，而且不论怎样，我都要盯住他。我要盯着他的一举一动，不能让他找到孩子们。

我想拿手机，但它放在厨房里。

罗伯特不一会儿就搜寻完了楼下的房间，接着他把我推开，一步两级台阶地走上楼去查看卧室。我听到衣橱门被打开的声音，还听到他砰地跪到地板上检查床下的声音。我趁着他在楼上，冲到厨房里，但手机不见了，罗伯特已经把它拿走了。

听到一阵冷笑声，我知道他正在我的卧室里。他发现了房间的布置玄机，我还没时间去把它改过来。"真聪明，奥莉维亚。我低估你了。"他喊道，我听到他冲到下一个房间里的声音。

门被猛地推开，发出一声重响，他发现了阳台。我脑海里冒出一个可怕的想法：我从没有试过在上面能看多远，他能看到正在跑走的孩子们吗？

必须阻止他，于是我跑到楼上，对着他大喊："罗伯特！"他听出了我声音里的急迫感。"他们不在这里。我对你发誓，他们不在这里。"

他转过身来盯着我，时间停住了一秒钟。然后他朝我走来，缓缓地说道："他们在哪里，奥莉维亚？我会找到他们的，你知道的，不想受折磨就说实话。"

我昂首站着，背部挺得笔直。"你以为这就会让我告诉你孩子们在哪里吗？”我厉声对他说道，“你认为我会为了让自己免受皮肉之苦牺牲他们的生命吗？”

我刺激他。我要让他走出这个房间，离开那扇窗户。我转过身，往楼下走。他跟了过来，抓住我染成棕色的长发，绕在手上，扭动了一下好紧紧抓牢，接着猛地往后一拉，我差点摔在地上。

我们走到大厅时，他把我的头发抓得更紧了，把我从厨房一路往饭厅拉去。我想要抓住他的手臂,但每次想这么做他就更用力地抓我的头发。他向下拖，所以我不得不弓着身子走，这样我就没法抓住他来自卫。他一边解开牛仔裤的搭扣一边大步走进饭厅，在那可怕的时刻，我知道他要强奸我。

他还在继续往低处拉我的头发，所以我实际上是爬着走的，他朝我的腿踢了一脚，我跌倒在地板上，做好准备等着看似不可避免的事情发生。当我挣扎着要从地板上爬起来的时候,他一脚重重地踩到我的肚子上，让我动弹不得，接着把我的双手拉过头顶，用他的皮带紧紧绕住我的手腕，绑到一根散热管上。我无可奈何。

他抓过一把椅子，让椅背对着我的头，椅子的四条腿把我的双膝困在里面，这样我就无法踢他。他叉开腿坐在椅子上，俯身靠向我，愤怒地盯着我。“他们在哪里，奥莉维亚？”他的脸停在我上方，双唇凸起，嘴角冒出唾沫。我感觉自己在发抖,祈祷着他在强奸我的时候千万别来吻我。他斜睨着我，“我都不敢相信会这样，但这一刻，我亲爱的老婆，我比任何时候都想要你。你从没有真正地顺从我，对吗？我之前就该试一下这一招。”

我想鼓起勇气骂他个狗血淋头，但不希望做任何事加快这件无法避免的事情的发生。这件事持续的时间越久，孩子们安全的可能就越大。

“我将最后一次要你，奥莉维亚。这会跟之前的都不一样，你下半辈子都会牢牢记住它。但首先，你要告诉我孩子们在哪里。”

我闭上了双眼，无法忍受看他恶魔一般的表情。

“我们来看看你有多勇敢,好吗?”他说着从口袋里拿出瑞士军刀——我去年圣诞节送给他的礼物，打开上面锯齿状的刀片。他把椅子推开，跳到我身上，膝盖抵在我大腿两侧，控制住我的双腿，然后倾身靠过来，用刀刃划过我手臂内侧裸露的皮肤,从手肘一直划到腋窝。血液涌了出来，我感到一阵猛烈的刺痛。“感受一下痛苦到来的滋味儿。我不想对你这么做，奥莉维亚。但因为你，我们都没法回家了，除非你现在带上孩子们跟我一起走，否则我就要兑现承诺了，我两年前对你许下的承诺。我告诉过你如果离开我会发生什么。他们在哪里?”

我决不会告诉他。决不!

但接着我听到了全世界最可怕的声音。厨房通往饭厅的门缓缓地打开了，我听到一个带着哭腔的声音，是弗雷迪。“你在哪里，妈妈?我们不想离开你去躲避敌兵。你在哪里?”

我没有发出声音，从罗伯特肩膀上方看过去，三个孩子站在门口，正看着我们。

55

贝基变得越来越焦虑，已经给苏菲打过了电话。苏菲说她最后联系上了奥莉维亚并警告过了，她想要到地址，但一提到罗伯特在岛上这件事，奥莉维亚就挂断了电话。那是大约二十分钟之前的事情，当时贝基和汤姆还在路上，从那之后就再也没人打通过奥莉维亚的电话。这可不大对劲。

那位警官做得很到位，带他们在奥尔德尼岛走了一圈。他们努力地寻找可能符合所知道的那几个细节的所有房子。

“问题在于，”他说，“这些房子很多都属于那些一年才到岛上几次的人。如果他们私下把房子租出去了，我们可能也不知道，所以这件事会很麻烦。我们可以去敲门，但如果没有得到回应，是说明他把她当人质控制起来了，还是只能说明房子里没有人？”

他们在一栋漂亮的石头砌的房子的车道上停了下来，贝基马上就看出房子的后花园几乎延伸到了海边，住在这样的地方该有多好啊。他们敲了门，但没有回应。汤姆绕到房子后面查看，不一会儿就回来了。“我觉得不是这一栋，沙滩上的沙子不是很多，而我肯定埃文斯夫人说过罗伯特曾自言自语提到过沙子的颜色。”他说，“奥莉维亚可能给他看过从窗户看出去的景色，但那肯定不是凯迈斯海湾的。”

“你说得对，汤姆。我应该记住这一点。”贝基真想严厉自责。他们可能不知道沙子颜色的重要性，但罗伯特感兴趣的肯定是沙子。事实证明提到长凳并没有他们所期望的那么有帮助，这座岛上到处都是成了众多夫妻美好回忆的长凳。

他们上了车，前往下一处房子，这一次把关注点仅放在那些靠近多沙的海滩的房子。

“想问一下，”那位警官超过两个骑行者时说道，“如果我们找到了布鲁克斯先生，你们会怎么做？”

“我们会以怀疑他跟一起谋杀案有关的理由逮捕他。”贝基回答。

“抱歉，督察，”那位警官带着一丝痛苦的表情说道，“你们在这里没有管辖权。你们不能逮捕他，我也不能根据你们无证据的断言去逮捕他。”

“该死！”贝基轻声咕哝道。那是不是说就算他们找到了他，他也可以直接走掉？

“没事，贝基。”汤姆转过身来，对她会心地一笑，“这一点我知道。我们登机时，你在催促大家把事情办妥，而我打电话申请了逮捕令。已经有人在办这件事了，他们会把原件寄到这里来，那样如何？”汤姆看着那位警官。

“我们要把逮捕令呈给奥尔德尼法院的院长。你们觉得逮捕令要什么时候到，总督察？”

“最快要到明天。请叫我汤姆，这位是贝基。”

“我叫雷，”他回答道，“那我们要计划一下如果找到了你们要找的布鲁克斯先生，我们该怎么做。有什么主意吗？”

接下来一阵短暂的沉默被雷的电话铃声给打断了。在他还没来得及报上名字前，贝基听到电话里面传来一声尖叫。

“冷静一下，玛乔里，我听不清你在说些什么，深吸一口气再说一遍。”

那边稍微停顿了一下，雷继续听着。“好。谢谢，玛乔里。你做得很好，什么也没做错。不要担心，照看好你的爸爸。我过后会去你家，告诉你我们的进展。”

雷挂断了电话，把车停下。“我想我们找到他了。”他只说了这一句话。

56

罗伯特正在拥抱孩子们，但只是看到他碰他们就足以让我想要尖叫出来。他们为什么要回来？一定是我做错了。也许他们太把这件事当成游戏了，我应该警告他们真的有危险。但或许贾兹是知道的，也许她是为了我才回来——来确认我是否安全。

男孩们看起来很高兴见到父亲，但贾兹只是看着我。看到我被绑在散热管上，她的眼睛瞪得跟茶碟一样圆。我想告诉她快跑，但儿子们该怎么办呢？

“你对妈妈做了什么？”看到我躺在地板上，血顺着手臂流到了地板上，贾丝明问道，从声音可以听出她感到很困惑。我可怜的小女孩。

罗伯特没有理她。对于像贾兹这样聪明的孩子，他找不到可以骗过她的答案。

她的眼睛转向我，看着我的手臂，又转回去看着罗伯特。他此时正跪在地板上，抱着我们的两个儿子。我看着他们，希望他们能平安无事，并努力地思考着，我一定可以做点什么。

“我很想你，比利。还有你，弗雷迪。你们的假期过得愉快吗？”罗伯特用温柔的声音问道，但我可以看出他眼中的疯狂，我觉得贾兹也看得出来。

“我不再是比利了，我是本。”比利自豪地说道，“你喜欢我的新发型吗？”

罗伯特转过来看着我，轻轻摇了摇头。我也盯着他，用眼神祈求他。但他笑了。

“罗伯特。”我开口说道，但他没有理我。

“听着，孩子们，你们可以带我到外面看一看吗？我想看看海滩。我跟妈妈聊天的时候只能从视频里看。”他的神情在我看来只有纯粹的恶意。

“那妈妈呢？”比利问道。

“现在妈妈可以留在这儿。她已经把你们留在身边几个星期了，现在轮到我了。来吧，我们走。”

贾兹还在观察整个房间。“我留在这里陪妈妈。”她带着一丝反抗的语气说道。

“不，你不能。你要跟我一起走。”罗伯特张开紧闭的双唇，说出这样的句子。他伸出手抓贾兹，但她把他的手臂挡开了。

“我要留下来。”她说道。我可爱的小战士。

罗伯特起身抓起贾兹的手臂。“来吧，孩子们，带我到外面去。”

贾兹还是没有动，直到他用力拉起她的手臂，她差点摔倒，痛苦地尖叫起来。

我得逃走。我要找一个办法救他们。我拉了拉皮带，但它一动不动，肩膀非常酸痛，完全没力气。我感觉像是在看一场可怕的电影，四面的影像都变黑了，只有丈夫和孩子们突出地站在中间的焦点下。

男孩们意识到有点不太对劲，他们看了一眼贾兹，然后又看着我。“留在这里，孩子们。别跟他走，他不能把你们都带走。来这里，弗雷迪。”我想让最小的孩子逃脱他父亲的控制，但已经太晚了，罗伯特把他拦腰抱了起来，死死抓住不放。

只有比利是自由的，但他看起来震惊得动弹不得。做点什么，比利。

“贾丝明，抱着你的小弟弟。”罗伯特命令道，他想把弗雷迪递给她。我不确定贾兹能抱着弗雷迪走多远，他是一个结实的小男孩，而她却如此单薄。看她一动不动，罗伯特又猛地拉了下她的手臂。泪水顺着她的脸颊流了下来，她抬眼看着罗伯特。他怎么能对这些漂亮的脸蛋无动于衷？

“不要动我的孩子们，罗伯特。如果你伤了他们一根头发，我会杀了你！”我知道自己的尖叫不会起任何作用，只会令他发笑，火上浇油。但只要我能让孩子们意识到危险……

罗伯特大笑起来，我知道他会笑。他笑声里的歇斯底里比任何时候都要明显。“如果我不能拥有你，奥莉维亚，那你就必须付出代价。我只是在做我之前的许多男人都做过的事，那些像我一样被背叛、被欺骗、被抛弃的男人。”随着他说出最后那三个词，笑声消失了，他愤怒到了极点，恶意洒满了房间的每一个角落。孩子们哭了起来，而我却什么也不能做。

“跟妈妈说再见，孩子们。该走了。”

他把弗雷迪放了下来，也放开了贾丝明，把孩子们推向门口。他在我身旁跪下，双手箍住我的脖子，把我拉向他，我最后用渴望的眼神看了一眼孩子们，然后他便把我猛地推向散热器。我的脑袋痛得快要炸开了，但在迅速袭来的黑暗中我感觉到他的气息贴近我的皮肤，听到他在我耳边说了一句：“乖，睡吧。”

57

脑袋像是被人拿一把弯刀劈成了两半。我想摸摸它，把疼痛压回去，但双手动弹不得。肩膀很疼，可以感觉到手臂内侧湿漉漉的刺痛感。发生了什么？

有人在说话，想让我听见。“奥莉维亚，加油！奥莉维亚，醒过来！”一只温柔的手正抚摸我的脸，但不是那个说话人的手。那是一个男人的声音，而这只手很轻柔。我听到一个女人的说话声：“我觉得她要醒过来了，汤姆。”我听到一声咕哝。

“那是她的免提电话。”另一个粗哑的声音在后面说道，正在急促地发出断断续续的指令。我听到了“救护车”“更多尸体”“孩子们”，突然间我醒了过来。他指的是什么，更多尸体？我的孩子们在哪里？

我想坐起来，一只强壮的手搭上我的肩膀。“奥莉维亚，你能说话吗？”

我想要点头，但头痛得厉害。就在一瞬间，一切都迅猛地向我冲过来，那力量几乎要把我打倒。“罗伯特带走了我的孩子们。”我喃喃道，声音几乎只有自己能听见，我努力回忆这是真实的，还是我的想象。但我知道这是真实的，声音也慢慢有了力气。“他带走了他们，他带走了我的孩子们。”最后一个字是我抽泣着说出来的。

“我们知道，我们会找到他们的。”

“有人说‘更多尸体’，那是什么意思？”我听到一声震惊的喘息，视线聚焦到一个漂亮的年轻女人身上，她一头黑发，眼中带着倦意。

“不，不，我们没有找到更多尸体。我想是那位警官想要叫些援兵来，让他们出去找你的孩子们。”

感谢上帝。但我昏迷了多久？

像是看穿了我的想法，另一个男人——那个有着强壮手臂的男人——开始说话了。“你知道罗伯特到这里的时候是几点吗？我们要知道他可能走了多远，这样我们才好合理地安排搜寻活动。”

我不知道。我无法思考，但知道自己必须思考。“看一下我的手机。苏菲一给我打电话，我就把孩子们从海滩带上来了。然后就看到他在这里了。这一切都发生得太快了——十五分钟，最多不超过二十分钟。”

那个年轻的女人已经明白了。“该死。我们就迟了三分钟，汤姆，最不济也就八分钟。”

我认出了那名穿着制服的警察。他是这个岛上的巡警，但我不知道另外两个人是谁，只知道他们是来这里帮助我的，但没有时间做介绍。

“我知道他可能把他们带到哪里去了。”我的声音因激动而变得嘶哑，但我要稳住。“他会把他们带到一个悬崖去，一个离海面很高的地方。”那位警官听着，等着发布指令。

“为什么，奥莉维亚？他为什么要把他们带到悬崖上去？”那个叫汤姆的人问道。

我几乎没法说话，那些画面一闪而过，我的双眼充满惊骇。但我记得在南栈灯塔的那一天，还有他对孩子们说的最后一句话“跟妈妈说再见”。

“他要跳下去，要带着我的孩子们一起跳下去。”

“贝基，你留在这里陪着奥莉维亚。奥莉维亚，贝基是位督察，如果你的丈夫回来了，她会照顾你，可以吗？”

不，当然不可以。

“我要跟你们一起去。”我说，可以看出那个男人要争辩。我对他隐约有些印象，但想不起来了。“我不知道你是谁，但那是我的孩子。我要跟你们一起去。”

我挣扎着站起来，头上的疼痛达到极点，差点儿昏倒过去，头盖骨像是需要扶住才能合在一起，否则就会碎成片，但我不能让他们看出来。

“你会拖延我们的时间，奥莉维亚。留在这里。”

“不。如果罗伯特看到你们，而他又在靠近悬崖的地方，他会跳下去。我是你们手上能劝他不要那么做的最大希望。”

我确定自己听到他嘟囔了几句骂人的话，但我不在乎。我们还在耽搁什么？

汤姆看着那位岛上的巡警。“我们的计划是什么，雷？”他问道。

“好消息是附近没有陡峭的悬崖，而他的速度也会被三个孩子拖累。我已经通知了本地的消防队，他们会便装出动，以防他受到惊吓逃走。救生艇也已经在出海途中了，他们会沿着海岛巡视，如果发现了他就会打电话通知我们。救护车还需要留在这里吗？”

我想要摇头，但这不是一个好主意。“不，”我说道，“我不会上救护车。我要跟你们一起去。”

两名警官面面相觑，那位岛上的巡警耸了耸肩膀。“没时间争论了。在我看来，如果布鲁克斯是从后门离开的，那他会在小路上向右拐。向左拐就会走到海滩去，那边几公里内都没有悬崖。我的警员刚告诉我他已经沿着峭壁小径走了大约二百五十米，还没有发现布鲁克斯的踪迹。”雷朝门口慢慢走去，“我现在要去追他了，以确保他没有躲在中间的什么地方。我有你的号码。”然后他跑了出去。

“那我们还在等什么！”我喊道，为他们明显的拖拉感到恼火。

那个年轻女人抱住我。“我们需要在附近留一辆车，这样当他们找到孩子们的时候，我们就可以尽快赶到。雷把警车留给了我们，那是一部四驱车，我们可以把它开上那些崎岖的小路。”她拉住我的手，引我到一把椅子上坐下。“让我来看看你的头。”她温和地说道。但奇怪的是我并不在意疼痛，它只会提醒我应该去做什么。

我坐了约三十秒钟便突然从座位上站起身，头部随之传来一阵剧烈的疼痛，它提醒我要保持稳定，否则我可能又会晕过去。“我们能不能这就走，朝正确的方向去拦住他？求你们了，我不能光坐在这里什么也不做。”

我察觉到两位警官互换了一下眼色，也感觉到他们同样沮丧。

汤姆轻轻点了点头。“他已经走了大约十五至二十分钟了。平均的步行速度大概是每小时五公里，但带着孩子们呢？”

我知道罗伯特一定会抱着弗雷迪，贾丝明能跟上他。只有比利会让他的速度慢下来，但至少在最初的一公里内不会。我把这一点告诉了他们，汤姆似乎同意我说的话。

“贝基，你来开车，我来指路。”他说道。贝基对他露出惊讶的表情，我不明白这是为什么。“你那张地图在哪里？”

“在车上。”她拿起了包，“你要跟雷说吗？”

汤姆已经把电话放到耳边，朝着前门走去。“雷，我们要出发去离这栋房子大约一点二五公里远、位于峭壁小径上的一个地点。对，我们带了地图，会在那里赶上你。”

58

贝基不知道该对奥莉维亚说什么。罗伯特带走孩子们已经两个小时了，没有人见过他们。奥莉维亚坐在汽车后座上，头抵着车窗，泪水顺着脸颊无声地滑落。

“奥莉维亚，我无法想象你的感受，但至少我们相当肯定孩子们什么事也没有。如果发生了什么，我们会知道的。罗伯特把他们带走不到几分钟，悬崖上就全是出去寻找他们的人了。我们一定会找到你的孩子。”贝基看了一眼汤姆，她知道他讨厌别人做出自己都不知道能不能兑现的承诺。但他只是对她点点头，两排牙齿紧紧咬着上唇。

贝基突然看到前方有些动静，她从座位上坐直身子。他们把车停到草地上，停在他们能安全到达的离悬崖最近的地方。奥莉维亚一定也觉察到了什么，她把头从车窗上移开，探身靠近贝基的肩膀上方。“怎么了？”她问道，声音里充满了希望。

“我觉得我看到了什么，可能是一只兔子。”贝基说。但那不是兔子。她瞥见了一个人的头顶，看见他正在下面的峭壁小径上迂回向上移动。

奥莉维亚猛地向后伸手去抓门把手。

“喂，”汤姆说道，“停下，奥莉维亚。如果是罗伯特，我们要冷静行事。别让他跳下去或是快速地做出反应。他比我们离悬崖边缘近得多。”

通往他们所在位置的小路弯弯曲曲，他们只能每隔几秒钟瞥见一个令人心惊肉跳的头顶。

车后座传来一声叹息，大家终于呼出了一直屏住的气息，他们认出了来人是雷，他正一路小跑朝他们奔来。他的速度不太快，说明没有好消息，也不太慢，说明也没有什么坏消息。

雷满脸通红地走近车子，汤姆和贝基打开车门走了出来，转过身让奥莉维亚——安全锁把她限制在车内——也下车来。贝基很高兴能呼吸到新鲜的空气，也有机会伸展双腿。一阵强劲的风把新鲜的空气送入肺部，她深吸了一口气。

“有什么消息吗？”汤姆问道。奥莉维亚哭肿的眼睛焦急地凝视着雷，贝基怀疑她的头还在持续疼痛。

“峭壁小径上没有发现他的踪迹，我们已经尽力确认了，只能认为他躲到某个地方了。”

贝基环顾了一下四周，放眼净是开阔的乡野风光。

雷准确地理解了她的表情。“这可不像看上去那么简单。这个地方遍布着战争时期留下的沙坑，还有旧的堡垒。布鲁克斯逃跑的第一段路会经过一些在每年这个时候可能都没有人住的房子，他也有可能闯进那些房子里去了，那些房子甚至可能都没有上锁。我们已经着手对显眼的地方进行系统搜索了，但很抱歉，我们只能耐心等待。你能告诉我孩子们穿着什么样的衣服吗，布鲁克斯太太？知道我们要寻找什么颜色的衣服可能会有所帮助。”

奥莉维亚描述贾丝明穿着蓝色T恤和配套的条纹短裤时，贝基转身看着大海。罗伯特的下一步行动会是什么？他们要怎么把他找出来？还有几个小时天才会黑，那么他希望发生什么呢？

雷的无线通信设备在身后发出噼啪的响声，他抓起了设备。“什么？”雷喊道，贝基猛地转过身来看着他。他的额头显现出焦急的皱纹。“他妈的，他是怎么到那里去的？”雷已经跑向车子，他们全部都跟了过去，“打电话给埃德，让他重新安排手下，但要小心，不要冲过去。明白吗？”

雷走向驾驶座，贝基跳上车后座和奥莉维亚坐在一起。没有人说话，大家都担心会干扰雷，他正在如此靠近悬崖边缘的地方驾驶车子。贝基感觉到奥莉维亚把手伸向了她，那手就像冰块一样，她紧紧抓住贝基的手指，感觉要把它们给捏断。雷把车转到小路上，然后开启了警笛。“不用担心，我们快到的时候我会把它关掉的。我们搞错了，看来他走出花园后走了另外一条路，我想是因为他对这座岛不熟悉。那边大约一点六公里之内都是平坦的，基本上都是沙滩。我们也派了几个人去了那边，但他一定是躲起来了一阵子，因为没人看到他们。救生艇刚刚看到他出现在科龙奎堡垒外面。”

奥莉维亚似乎松了一口气。“我知道那个堡垒。它在海上，对吗？只有一条堤道通向那里，所以那是在海平面上了。”

贝基突然明白奥莉维亚在想什么。如果是在海平面上，那就是安全的了。

“那座堡垒是在海平面上，但他们不在那里。他们在那里的上方，在悬崖上。”

59

我拼命抓住贝基的手，当雷解释我的孩子们在哪里时，血一下子涌上脑门，那疼痛更剧烈了。我觉得又要晕过去了，但我用意志力挺住了。孩子们一定筋疲力尽了，他们走了几个小时。弗雷迪会哭起来，比利会拖着脚步抱怨，贾兹呢？她会一言不发，试图弄明白是怎么一回事，会为我担心。她见到我的最后一幕是她的父亲揪住我的脑袋砸向散热器。

雷关掉警笛时我松了一口气。如果罗伯特听到了声音，他就会知道我们已经找到了他。我要先到他身边去。

雷把车开上一座陡峭的山丘，经过一座已经荒废了的大型旧堡垒，闪烁的灯光让经过的寥寥几个路人和几辆车子上的人都对我们露出惊讶的表情。他把车停在一段狭窄的人行道旁。“贝基，”他说道，“你就跟奥莉维亚待在车上吧。让汤姆和我来处理这件事。”

绝不可能。

“我也要去！”我说道，祈祷着他们不要把我锁在车后座上。

汤姆转过身来看着我，露出同情的表情，但很严肃。“奥莉维亚，你的孩子们还需要你，你可以跟来。但重要的是你要蹲下，不被发现。如果他看到了你，那一切可能就都完了，你明白吗？”

我同意了，不知道看到孩子们时还能不能遵守承诺。

雷早已经跑着横穿过了那片土地。

“雷在干什么？”我低声急切地问道，担心罗伯特听到我的声音。

“他要去看一下能不能看到罗伯特。别担心，如果情况危急，他是不会靠近的。”

我们沿着小路往前赶，尽力盯着前面的雷。地面很不平坦，亮黄色的金雀花和粉紫色天竺葵想要向这条狭窄的小径发起进攻。我要注意着脚下，以防被绊倒，但我不想让自己的视线离开雷。突然他蹲下身子，转身举起一只手，示意我们要小心。我看不到罗伯特，但知道雷可以看见。雷用手势让我们蹲下去，特别是汤姆，他比我们所有人都高。我们弯腰屈膝，安静地往前走。

我萌生了一个疯狂的想法，觉得可以和贾兹感应交流。我一直认为心灵感应是一种技巧，一种亟待被发现的能力，现在我要竭尽全力试一下。

*贾兹，亲爱的，你能听到吗？*我在脑海里重复说道。*趴到地上，贾兹，让男孩子们都趴到地上，你们紧紧地抱在一起，手脚都抱到一起，让他无法将你们分开，这样他就没那么容易得手。就这么做，贾兹。现在就做，甜心。*

我们靠近雷，终于看见罗伯特和孩子们就在我们下方。我松了一口气，吞声暗泣他们都还活着。罗伯特站着，但贾兹已经趴到了地上，可能是走得筋疲力尽了，她正倾身向前，头向下低着。弗雷迪想要依偎到她身旁，她没有抬头看，伸出一只手臂把他抱住。比利站着，盯着他的父亲，但我离得太远，看不清他脸上的表情。我想他一定感到十分困惑。

四周很安静，我试图把各种声音分离开来，这样或许就能听见孩子们的声音了。悬崖下海浪一阵阵拍打着岩石的声音和蛎鹬尖锐刺耳的叫声盖过了我正在留神倾听的声音。但我可以模模糊糊地听见比利因为要强忍住不哭出来而发出的哽咽声，还有他的姐姐发出的“嘘——嘘”声。或许这都是我想象出来的。

接着我听到了罗伯特低沉的咆哮声，比较清晰，因为他正对着我们。吹过的风带走了一部分他的说话声，但我知道他在说什么。

“站起来，贾丝明，把弗雷迪扶起来。”我可以从他手上的动作看出他想让她做什么。他要贾兹扶着弗雷迪，因为他没法同时扶住三个人。但贾兹没有动，她把弗雷迪拉到身边，并不像我在思想里祈求她做的那样，但也让罗伯特变得难以下手。

汤姆和雷低声耳语，商量着准备采取行动。罗伯特在很远的地方，如果他们现在冲向他，他还是有时间抓起我的孩子们——至少可以抓住两个——然后跳下去。我听不见警察在说些什么，但我慢慢地朝前移去，跟雷并排。

突然，罗伯特抓起贾丝明的一把头发，把她拉倒在地。她疼得哭了出来。我的心像被刀刺穿了，丧失了所有理智。他在伤害我的孩子，我站起来就跑。一只手伸出来抓住我的脚踝往后拉，不想我被发现，但我把它踢开了，我自由了。

“贾兹！”我喊道，“躺到地上，躺在弗雷迪身上。比利，比利！躺下去！”

贾兹猛转向后，丝般的头发从罗伯特的手上溜了出来。她愣了一下，但只持续了一瞬间，接着猛地扑向地面，把尖叫着的弗雷迪撞倒，用自己的身子掩盖住弟弟的小身板。但比利愣愣地站在原地，看着我。罗伯特想伸手去抓他，但贾兹动作非常快，而且比利的手离她要比离罗伯特更近。她抓住比利，一把把他拉倒，比利摔倒在地，发出一声惊叫。

我祈祷警察会继续蹲伏。如果在我靠近罗伯特之前让他看到了他们，他就会抓住我的一个孩子，一起跳到下面翻腾的水中。我不敢将视线从罗伯特身上移开，但余光可以看见一只亮橘色的船正快速摆动着离开海岸线。是救生艇。可是如果罗伯特带着他们当中的一个人一起跳下悬崖，救生艇也无济于事。他们会在掉入大海之前撞到岩石上。

“罗伯特！”我喊道，累积的所有烦恼和痛苦都同这声呼喊一起宣泄了出来。他蹲下身，试图把孩子们分开，同时注视着我。但他做不到。我在奔跑过程中看到他抓住其中一个孩子的一只手臂，另一只就会被一条腿缠住，他没法将他们分开。至少在我到他身边之前不会。

或者说我是这么想的。但我错了。

由于对发生的一切感到害怕，又因为听到了我的声音，弗雷迪从贾丝明身子下面爬了出来，而贾丝明又专心救比利，所以没有注意到罗伯特把弗雷迪拽了起来，抱在了怀里。

罗伯特往悬崖边退去，贾丝明大哭起来，觉得没有保护好弟弟。我迫切地想安慰她，但还不是时候。我突然停住了。

“罗伯特，”我说道，尽力让声音保持平稳，“住手。求求你，把弗雷迪放下来。”

贾丝明和比利从罗伯特身边爬向我，我用手势示意他们到我身后去。贾兹看懂了，把比利一起给拉上了。但我一直没有把目光从丈夫身上移开。

“你从来都不明白，对吗，奥莉维亚？”他说道，“你知道为了赢得你，把你变成我的人，我不得不怎么做吗？你知道去做我要做的那些事情需要多少爱吗？”

我知道。我自己全都弄明白了，却不可以向任何人诉说。没有任何证据，只有他一辈子的爱和付出。我要说些什么才能拨乱反正？

“我明白，罗伯特。我知道你多么爱我，知道你对我有多好。很抱歉我伤害了你。”我开始慢慢走近他。也许我还能让他相信他感受到的是纯洁的爱，未被他邪恶的行为玷污。我能让他相信我们之间还有可能吗？

我试图让自己的话听起来很悲伤，同时又向前走了一步。

“我不想你死。”我说了谎，“我们能谈一谈吗？求求你，罗伯特。”

有一瞬间我觉得自己成功了，但罗伯特往我身后看了一眼，眼神就变了。他看到了别人，知道了这里不止我和他。他把弗雷迪抱得更紧了，开始往悬崖边退去。我不能让他靠过去，但他离边缘只剩下大约八米。

贾丝明和比利在我身后哭泣，我看了一眼弗雷迪惊恐的小脸蛋，没有停止思考和计划。罗伯特抓住了我的孩子。我拼尽全力朝他冲过去，跑了两步跳起来想要把他撞倒。他不是一个大块头，但比我高也比我重，他承受住了冲撞，没有被撞倒，但松开了弗雷迪。弗雷迪扭动着身子，挣脱了束缚。

罗伯特抓住了我的脖子，用力地勒住我，疯狂地小声嘀咕他那完美的爱。我想要挣脱，但听到贾兹在尖叫，于是从罗伯特肩膀上看过去，看到弗雷迪在往后退，没有意识到再走几小步他就会掉下去，接触到稀薄的空气，然后摔下悬崖。

我无法呼吸。我挣扎不是为了自己活命，而是为了救弗雷迪的命，而我无法喊出声来。我试了，但咽喉上的压力让我只挤出了吱吱的声响。

我无法转头，但我看见一个黑影不知从什么地方朝弗雷迪猛扑过去，把他从悬崖边拽了回来。

感谢上帝！我的孩子们安全了。

现在我可以死去了。

60

从我在沙发上坐的位置，可以看见那位总督察——汤姆，我们在悬崖顶上那漫长的两个小时的等待时间里，他让我这么叫他——坐在饭厅的桌子旁，用茶巾包着一袋冷冻豌豆护理着他的手。他扑过去把弗雷迪从悬崖边拽回来的时候受了伤，据医生说那只是扭伤，我不知该怎么谢谢他。

罗伯特因为在奥尔德尼岛上所犯的罪行被抓了起来，已经被送入牢房。英国本土的逮捕令明天就会发过来，看来到时候他们要做出决定，看是要把罗伯特遣返回曼彻斯特去指控他在那里所犯的罪行，还是让他留在这里控告他袭击孩子们和我。我问雷罗伯特在曼彻斯特犯了什么罪行，他告诉我这件事我得跟汤姆谈。

孩子们围在我周围，贾兹在一边，比利在另外一边，他们俩都牢牢地压在我身上，把自己的身子紧紧地挤到我的胸腔上，我几乎无法呼吸了。弗雷迪坐在我的膝盖上，紧紧地蜷成球形，脑袋靠在我脖子的瘀痕上。疼痛让我意识到自己差点失去了什么。

孩子们受到了惊吓，我不知道要怎么做才能让他们忘了这件事，只希望这座岛的和平安宁能抚慰他们。但贾兹将是需要最长的时间来恢复的。她严肃的小脸蛋不时露出皱眉的神情，像是在努力用自己的思考揣摩出一些东西来。

汤姆正看着我，我知道他要跟我说些严肃的事情。他站起身走了过来，开口时声音平静和缓，不让一丝紧张溜进这个平静的房间。“奥莉维亚，请问我们能说几句话吗？我知道你不想离开孩子们，但贝基会陪着他们。我们可以就坐在饭厅那边，这样你还可以看着他们，但我们的对话最好不要让别人听见。”

我和贾兹轻声说了几句话，确定她没事，并提议她选一张他们都喜欢的碟片看，也许一部不会造成伤害的欢乐的卡通片是最好的。

我跟着汤姆走了过去，但确保自己没有走出他们的视线。汤姆背对着孩子们坐了下来，像是不想让他们听见他说的话。

“汤姆，我要怎么感谢你今天所做的事情？”

他亲切地对我笑了。“你冒着生命危险，我们差点失去了你。如果发生了什么，我是不会原谅自己的。”

他们告诉了我当雷把罗伯特放倒在地的时候汤姆是怎么把弗雷迪兜到怀里，并把他递给贾丝明的，还有在那两个男人用手铐铐住罗伯特的时候贝基是怎么把我心慌意乱的孩子们带到安全的地方去的。但我当时已经失去了知觉，他们要再次让我醒过来。

我醒过来的时候第一眼就看到我的三个孩子伏在上方，真是难以置信，他们脏脏的满是泪痕的脸蛋在我眼里从未如此动人。汤姆伸手在我手上轻柔地握了一下，我把自己拉回现实。

“我们知道罗伯特是冲着孩子们来的，苏菲告诉我们了。你一定无法相信他计划要做些什么。”

“是的，但可悲的是他不是第一个这么做的父亲，不是吗？他想让我为不爱他付出代价。”

如果我把自己的怀疑告诉别人——我的孩子们有生命危险，谁会相信我呢？感谢上帝，苏菲理解我，虽然我的故事听起来是那么难以置信，不过她已经目睹了罗伯特多年前的痴迷程度，知道他什么事都做得出来。我们没用多长时间就预想到了剩下的事情。

没有苏菲的话我该怎么办？我们安全之后我马上让贝基给苏菲打了电话。虽然我想亲自跟她说话，但孩子们是我最需要关心的。我晚一些时候会打电话给她，等到孩子们都上床睡觉了以后。

汤姆倾身向前，进一步放低了声音。“很抱歉在遭受今天的惊吓之后还要给你增加负担，但我需要问你关于丹纳什·贾罕德的事情。你能告诉我什么？”

我知道这一刻会到来，当然了，我应该早有准备的。但听到别人嘴里说出来他的名字，还是让我感到伤痛。我努力让声音保持稳定。“你知道多年前他离开了。我现在想起来了，你在那个可怕的晚上出现过。这件事似乎已经过去很久了，当时你对我很好，你在我父母的事上给了我很多帮助。”那一刻我几乎要失控了。不管怎么看，我都觉得他们是因我而死的。但汤姆想谈一谈丹，于是我把思绪拉了回来。“我相信你应该知道丹离开的时候我收到过他的一条短信说他很抱歉，之后我再也没有得到他的音信。直到一年前，他找到了我，希望我们重归于好。我不能那么做，我很爱丹，会一直爱着他，但我知道罗伯特会做出什么事来。”

跟汤姆说这些的时候我无法看着他。我用手指在餐桌上勾画着各种形状，把注意力集中在那上面。

“那么发生了什么？”

“我见过丹几次，他祈求我离开罗伯特，甚至想让我带着贾兹去伊朗见他的家人，我也差点这么做了。但我无法让他明白我需要时间，对丹和我的孩子们来说，他们所要冒的风险都太大了。”

“你知道丹纳什在两个星期之前联系过你的丈夫吗？似乎他想安排一次会面。”

我集中注意力于桌布上变得越来越错综复杂的形状，声音低得几不可闻。“苏菲告诉我了。丹还是有点急躁，他不想等我。但罗伯特在纽卡斯尔，我想他们是不可能见面的。我两个星期里都没有听到丹的音信，他也不接电话，我猜他还在为我的逃避而生我的气。也许现在……我不知道，都是很久以前的事了。”

我还是无法看着汤姆，脑海里满是丹的样子，他在为我说的什么话发笑，伸出手把我拉向他，把他的嘴唇埋进我的头发。汤姆又开口说话了，但我脑海里还是那个画面。我喜欢那个画面。

“我们认为你的丈夫上周三在你家里和丹纳什见过面。我们知道罗伯特那天晚上回家了。”我感觉胸口被一根紧绷的带子紧紧地勒住了。我知道汤姆接下来要说什么。“我很抱歉，奥莉维亚。你今天要处理一大堆事情，很抱歉要增加你的负担，但我们认为你的丈夫杀了丹纳什·贾罕德。”

我任由脑袋垂进交叠的双臂，趴在餐桌上。悲痛从体内涌上来，最后我终于可以无所束缚地为我可爱俊美的丹哀悼了。在脑海里，我还可以看见他。我挣开想象中他的拥抱，看着他巧克力色的眼睛微笑着。汤姆还在继续讲细节。丹也对我回以微笑，我觉得他为我感到骄傲。

“我们在你丈夫的书房里发现了血迹，我们把它和一个从阁楼上找到的箱子里的手套上的 DNA 比对成功了，那双手套是丹纳什的。但我们还需要确定那是丹的血，所以我们想从贾丝明身上提取 DNA 样本，如果你同意。”

我抬起满是泪痕的脸看着汤姆，极其不情愿说出下面的话，但又别无选择。“只管提取吧，总督察，但我不知道这能否帮到你。很不幸，贾丝明不是丹的女儿，她的父亲是萨米尔。”

61

星期三

在回曼彻斯特的飞机上汤姆出奇地安静，贝基却兴高采烈。这个家庭终于可以平静地生活了，不幸的是丹不能加入进来，但对奥莉维亚来说，无所畏惧地生活一定是个很大的解脱。

“你没事吧，汤姆？”她问道，“你的手疼吗？”

“疼，但我会活下来的。”他回答道。

贝基等着，但他没有再说什么。

“一切都还好吗？”她问道，对他的表情感到困惑。他陷入深思，不停地咬着下唇，这样的表现一点也不像平时的他。

“都好，谢谢。”

真该死，这会儿想跟汤姆聊天简直跟拔牙一样困难。不过，当贝基打电话告诉苏菲·邓肯，奥莉维亚和孩子们都安然无恙的时候，苏菲的声音听起来欢欣鼓舞。贝基没有提到丹纳什，她要把这件事留给奥莉维亚去解释。

“那你怎么看丹和萨米尔这档子事？”她问道，为发起一段对话做出最后的努力。

“没什么看法。她说她多年前就告诉丹，贾丝明可能是萨米尔的女儿，那就是丹离开的原因。”

“但为什么呢？如果她深爱着丹纳什，又为什么要搭上他哥哥？”

汤姆摇了摇头。“我们不必问为什么，贝基。人们会出于他人无法理解的原因做出各种各样的傻事来。”

贝基希望这句话不是在讽刺她和彼得·亨特，这不像是汤姆会做的事情，于是她打消了这个念头。

“我觉得这完全跟她试图让丹嫉妒，同时又想吸引萨米尔有关。”汤姆说道，“后来一切都有点一发不可收拾。大概是这样的。不管怎么说，不论贾丝明是谁的骨肉，奥莉维亚一直都认为她是丹纳什的孩子，将她养大成人的过程中也是这么告诉她的。我们会给贾丝明验 DNA，但我肯定我们会发现她跟她的叔叔——也就是丹纳什的 DNA 是吻合的。”

“那你为什么不开心？”贝基刨根问底。

“我不知道。有些地方不对劲，我知道这一点，可以感觉到。但我不知道是什么地方不对。”

他们沉默了一阵子，各自沉浸在思绪里。汤姆拿起一直在研究的笔记，但马上又放下了。

“我一直想告诉你一些别的事情，虽然我不确定这样做对不对。既然我收你进了我们的团队，就不想失去你。”

贝基猛地把头转向他。“什么？我不会惹上什么麻烦了吧？”

“不，当然不是。我们在根西岛的机场等飞机的时候我接到了一个电话，问我是否有兴趣回去临时就任一个职位。”

“你不打算接受吧，对吗？”贝基说道，难以掩饰声音里的恐惧。

“不打算，但我觉得我应当告诉你那是彼得·亨特的职位。我不知道这会不会影响你的想法，他的妻子好像最终放弃了他并离开了。他休假了——因为压力停职了。”

贝基沉默不语，她真的不知道要说些什么。汤姆还是跟平时一样，没有逼她发表什么意见。

她盯着舷窗下方的朵朵白云。那么现在彼得自由了，是吗？要是几个月之前，这定会让她满心欢喜，憧憬未来。

她努力挖掘内心的情感。我是什么感受？我想让他回到自己身边吗？但心中只有茫然，她意识到自己终于毫无感觉了，既不为他受到应有的惩罚感到满足，也不为他恢复自由之身感到喜悦。

贝基靠回到靠枕上，微微转向汤姆咧着嘴笑了。“你不会那么容易摆脱我的，汤姆。”

“明智的决定。”他带着一丝微笑咕哝道，再次把注意力集中到笔记上。

62

星期四

汤姆一整晚都在思索他所知道和怀疑的每一件事。他没有跟利奥见面，只是坐在厨房里，面前是一瓶酒、一盘意大利面、一支笔和一张纸。但他什么也没有写下。

他要去见菲利帕。

当他走进菲利帕的房间时，她满面笑容地站起来，从办公桌后面伸过手来跟他握手。“做得好，汤姆。这件案子办得极其出色，我也会专门把鲁滨逊督察找来这么跟她说的。请向小组传达我的祝贺。”

“谢谢，菲利帕。但在我们兴奋过头之前，你有没有时间听我说点事？”

“当然，请坐。为什么这么阴郁，汤姆？你本应高兴才对。”

汤姆不知道该从何开口。“罗伯特·布鲁克斯声称他跟贾罕德的死无关，这件事你知道对不对？他发誓说他当天晚上没有离开过酒店，一定是有人为了陷害他，开他的车回曼彻斯特去了。而且我们还没有发现尸体。”

菲利帕耸了耸肩。“也可能不会发现，如果像你怀疑的那样，尸体被藏在水池底下的话。他当然会声称自己是清白的，我们也不能因此推测有别的情况，不是吗？还有谁会希望贾罕德死掉呢？”

汤姆摇了摇头。他感觉这件事不是那么简单。“罗伯特让我们查一下他那辆捷豹的备用钥匙是不是还放在家里的抽屉里。钥匙不见了——但我们也只有他的证词证明钥匙之前是放在那里。”

“汤姆，这个案子一目了然。贾罕德给在纽卡斯尔的罗伯特·布鲁克斯打了电话，他们约定见上一面，布鲁克斯也回了家。他不是被一个人看到，而是两个人。我们在他的房子里和车上都发现了血迹，那辆车第二天早上又回到了纽卡斯尔。一把刀不见了，后来又被替换了回去，是罗伯特干的。还有贾罕德失踪了，从上周三开始就没有人见过他，也没人得到过他的音信。”

“我知道，菲利帕，但有一些地方不太对劲。罗伯特买了一把用来替换的刀，但我们不知道原先的那一把怎么了，而且奇怪的是虽然他写下了明确的货号，却是一个错误的货号。是的，有人用苏菲·邓肯的电话打给了罗伯特，但他们说的可以是任何事。我们没有证据，只有苏菲的证词说那是丹纳什在约罗伯特见面，但这只是看起来不对劲的事情中的一件。我试图把所有问题都写下来，但除了记下脑海中杂乱的思绪之外没有得出更多有意义的结论。”

“嗯，不论你是在烦恼什么，尽管说说你那些杂乱的思绪，我会把它们记下来，看看这样我们能不能把事情都理清楚。”

“我觉得奥莉维亚·布鲁克斯玩了一场非常聪明的游戏。”汤姆说，“据我们所知，她至少三次成功地让她的丈夫相信她在某个地方，而实际上根本就不在那里。当然是在苏菲·邓肯的帮助下。”

“谁又能责怪她呢？据我们掌握的所有情况来看，罗伯特的痴迷似乎越来越无法控制。奥莉维亚是一个聪明机智的女人，这一点真是谢天谢地。”菲利帕点了点头，像是在致敬一般。

“她确实是。但我很肯定奥莉维亚一定是篡改罗伯特电脑视频的那个人。”

菲利帕对汤姆困惑地皱了皱眉。“她为什么要那么做，为了骗过罗伯特，让他以为她一直都在家里吗？”

“可能是。但她没打算回来，那么罗伯特是怎么想的又有什么关系呢？我们照理应该会查出它们都是假的，但会认为是罗伯特篡改了它们。当然，这正是我们所做的。”

菲利帕拿起笔敲着桌面。“我很难想通这一点有什么要紧，汤姆。”

“好吧，我们为什么要搜查那栋房子？”汤姆没有等她回答，“因为我们觉得罗伯特一再地欺骗了我们。如果他没有逃走，我们接下来就会检查他的电脑。我们会发现这些视频，对它们进行分析，并发现它们都是假的，就像厨房墙上的那张日程表一样。一旦我们知道了这一点，我们就会肯定罗伯特在奥莉维亚身在何处以及她最后一次出现在房子里的时间这两个问题上对我们说了谎，然后就会把现场勘查人员召集过来。我认为这些证据都是故意留给我们的，这样我们最终就会让法医队伍参与进来，搜查那栋房子，找到那些血迹。”

汤姆没有取得任何进展，他明白为什么没有进展，他没能把整件事情想明白，但肯定已经很接近真相了。“还有一些小事情，比如应急灯突然被打歪，照进邻居的房子把她给弄醒。太多巧合了。”

菲利帕正在快速翻阅放在她桌面上的文件。“跟我说说你在罗伯特·布鲁克斯的物品里发现的文件夹。”

汤姆叹了一口气。这让一切变得更糟了。“我们认为这是他藏在书柜后面的东西。它的背面有一个暗格，里面有个空间，看起来像是最近刚刚被人打开过。那个文件夹看起来跟那个位置很匹配，但我们永远也没法确定这一点。不管怎么说，文件夹里放着数百张奥莉维亚的照片，还有一把钥匙。”

“你据此推测出了什么？”

“那些照片从奥莉维亚还是大学生时开始拍起，显然是在她不知情的情况下拍下来的，照片有点模糊不清，像是用不是很好的长焦镜头拍摄的。派对上的奥莉维亚，表演慈善钢管舞的奥莉维亚，笑着的、跳着舞的、在图书馆学习的奥莉维亚——数百张这样的照片——都是在奥莉维亚遇到罗伯特·布鲁克斯之前拍的。我的猜测是他已经迷恋她很长一段时间了，他也许觉得自己是有机会的，直到她怀上了孩子。”

菲利帕点了点头，似乎觉得这样的迷恋是正常的。但当然，这只会让汤姆毫无头绪的观点变得更加不令人信服。

“那钥匙呢？”她问道。

“我可能永远也无法证明这一点，但我怀疑那是奥莉维亚父母家的钥匙。如果罗伯特跟我所认为的一样聪明，他在买下奥莉维亚的公寓的时候就会把那些锁都换掉，以防万一。这就是他的纪念品。”

菲利帕靠回到椅背上。“哇噢，你觉得罗伯特杀了奥莉维亚的父母？”

“我肯定这一点，但没有证据。在他查看公寓的某个时候——我不知道，可能是在给电视机测量空间之类的时候——他一定偷走了奥莉维亚的钥匙并磨制了一把。以我们现在对他的了解来看，他可能把整串钥匙都复制了，就为了万一能派上用场。他知道如果失去了父母，奥莉维亚就完全是孤身一人，就只能依靠他。这是让她在生命中最困难的时候完全依赖于他的最佳方式。”

“你好像是在说你觉得是奥莉维亚陷害了罗伯特·布鲁克斯。那让我把话说明白，你觉得罗伯特杀了奥莉维亚的父母，但你不认为他杀了丹纳什·贾罕德。”

汤姆摇了摇头。“不，不是这样。我非常肯定他杀了贾罕德。”

菲利帕抬起双臂，又一脸困惑地放下了。

“但不是上周。我觉得他是在九年前杀了丹纳什·贾罕德。”

63

汤姆跟菲利帕在一起待了大半个钟头，把他认为是真相的所有事情都讨论了一遍，最后菲利帕叫他回家去，希望他能认真地思考一下这件事和接下来要采取的步骤。

汤姆给利奥打了电话，她今天没有课，正待在家里，声音听起来异乎寻常的热情："你听起来很沮丧，汤姆。到我的公寓来，我给你做一顿特制的迟到的午餐，我们可以聊一聊，或者就听听音乐，如果你想，还可以睡一觉。"

这在汤姆听起来真是无比幸福。利奥在汤姆看来是最宽慰人心的伴侣，过了不到半个小时，他就按响了她的门铃。

一开始，他没有提及案子，只是跟利奥说他觉得奥尔德尼岛是个多么美妙的地方，不知不觉提到他们可以找个时间到那里去一趟，利奥同意了。现在他没法思考这意味着什么。

他们吃了午餐，就是利奥到街角的熟食店买的一些可口的奶酪、硬皮面包和红洋葱酱。配上一杯红酒感觉棒极了，汤姆感觉心情开始放松了。

"你还有没有想过那栋小屋？"利奥问道。他知道她指的是那一次被人非法闯入的事，这是一种温和地提醒他的方式。

"史蒂夫帮我把所有文件都存放起来了，那些文件都很安全。你知道吗，等下一次能休几天假的时候我要把它们仔细翻阅一遍，我倒要看看那些资料到底有什么吸引人的地方。一定有什么玄机，这一点我敢肯定。”

“如果你需要帮助，只要说一声就行了。”利奥说着从厨房的凳子上起身朝咖啡机走去，指着它扬起了眉。

“好的，谢谢，来一杯真是太棒了。”

“嗯，你去休息一下，等咖啡一好我就给你送过去。”她说着用双手做出赶汤姆走的手势。

汤姆坐到沙发上，靠在柔软的靠垫上，头向后仰，茫然地盯着天花板。他感到而不是看到利奥把一杯咖啡放在他身边的那张小桌上，在他的两腿之间跪坐下来，手放在他的膝盖上。

“告诉我。”她只说了这一句话。

于是他就开始了。天花板上，一根厚梁支撑着屋顶，他始终盯着上面的一点，把知道的一切都告诉了她，以及他所怀疑的一切。

“那，如果你是对的，拜访苏菲·邓肯的那个人又是谁？”

“我们给埃文斯夫人看了一张丹的照片，但是是九年前的照片。她没法确认也没法否认。但我们显然应该相信那个人是丹，我们不得不拿到尽可能多的证据证明他在大约十天之前还是活蹦乱跳的。”

“你能证明你所说的任何一点吗？”她问道。

听到这句话，汤姆移开目光，看着利奥。一阵短暂的停顿后，他摇了摇头。“我觉得不能。如果我推测对了他们是怎么做到这件事的，就需要在现场找到足够的血液来进行柠檬酸盐测试。”

“那能证明什么？”

“如果，像我猜测的那样，实际上没有人死在那个房间里，那些血一定是从一个活人身上来的。取这么多血又不让人致死，那就要在几天甚至几星期内每次采集一到两品脱的血，那些血还要储存起来，以备喷洒到墙上，还需要添加一种化学物质不让血液凝固，一种柠檬酸盐。为了确认这一点我昨晚专门查证了，但这不是常规的法医鉴定内容。”

“那有什么问题？”

“琼博告诉我他们找到了极少量的血液，够用来进行DNA检测，但还不够做柠檬酸盐检测。”

“菲利帕怎么说？”

“她断然表示不想进行任何更深入的调查。这个案子看起来无可辩驳地指向罗伯特，我完全没有证据证明他是被陷害的。如果我能证明，她会再考虑，但光有直觉是不够的。当然，如果我肯定罗伯特·布鲁克斯九年前杀死了三个人却又无法证明这一点，我们就应该根据已经拿到的证据来办。不论是当时还是现在我都无法证明任何一件事。我所知道的就是他发誓在大学的时候不认识奥莉维亚，但他是在说谎。当我们告诉他那个在安格尔西岛拜访他妻子的人——当时我们还认为在那里的人是他的妻子——是贾罕德的时候，他真的认为这很好笑，如果他知道那个人已经死了，你就会觉得这种反应很正常。”

“所以菲利帕想让你放手，但你不同意。”这是一句陈述，而不是一个提问。

汤姆闭上了眼睛。他不想把这件事说出来，但必须这么做。“去年我告诉过你我对你——包括对任何人——有一个要保守一生的秘密，你记得吗？”

他知道她不会忘记，他一直以来都在想这会不会是他们之间无法克服的最后一个障碍。他不需要等她回答。“事实上，我让一个杀人犯逍遥法外了。我扮演了法官和陪审团的角色，从那以后良知就一直在折磨我。我还是认为自己是对的，但做出那些决定并不是我的职责所在。这就是我们有一个司法系统的原因，一个非常擅长做这些决定的系统。有时候，偶尔，你知道，照章办事的结果可能违背道德。在这个案子里菲利帕就是这种观点。但我不确定我还能这么做，并且还能忍受下去。”

利奥握住他的双手，并把其中一只拉向自己的脸颊，轻柔地亲吻了那只手掌。“那就让菲利帕来做决定。如果这个人无罪释放了，他会杀了那几个孩子吗？”

汤姆又把身子向后靠，觉得眼睛刺痛起来。“可能会。”

“那么你就是因为他确实犯下的罪行而把他终身监禁起来了，只是没有按照你手上的证据所表明的方式来办。这没有错，汤姆。让这件案子去折磨菲利帕的良心，而不是你的。”

汤姆没说什么，只是又转回去盯着那根顶梁。

他们都沉默了一阵子。汤姆感觉她靠得更近了，柔软的胸脯摩擦着他的大腿内侧。他几乎要呻吟起来。他可以听见她的呼吸，又快又浅，还能闻到她身上淡淡的香水味，那么近。

“我觉得我最爱你的一点，汤姆，”她说道，声音迟疑又轻柔，“是你非常正直。你从不让任何人失望。你是第一个让我觉得能真正信赖的男人。”

汤姆屏住了呼吸。要是她说的是真心话就好了。尽管他用尽全力控制情感，还是毫无疑问地知道自己爱上了这个女人。他低下头，看着她美丽机警的眼睛，撞上她迎来的目光，觉得仿佛这个世上其他的一切都不复存在了。

他感觉到利奥的双手在移动，滑上他的大腿，朝他的胸口靠过来。“今晚留下来陪我。”她温柔地说道。

汤姆伸出一只手抚摸着她的头发。“那明天呢？”

她转过脸吻了吻他放在她头发上的手。“还有明天，”她笑起来，“或许还有之后。”

64

十一月

汽车沿着狭窄的小路颠簸前进，我尽量避开路上那些最大的卵石和坑洼。我终于拥有了一辆像样的车，而不是罗伯特买给我的那辆愚蠢的甲壳虫，虽然它很漂亮，但对于一个带着三个年幼孩子的女人来说那是最不实用的车子。我还记得罗伯特跟车一起出现的时候我的惊骇之情，幸运的是，他把我张大的嘴理解成了敬畏和高兴。

“见鬼，丽芙，你就不能更小心一点吗？如果你再带着我到处颠簸，会把我送回到该死的医院去的。”

我大笑出声，能和朋友在一起真是太好了，不幸的是苏菲的腿还得再接受一轮手术，罗伯特的袭击给她造成的伤害要比医生原以为的更严重。但她说无论如何都不会错过今天。她知道我有多么需要她。

我们来到小路的尽头，到了该走出去面对十一月初的天气的时候了。

空中挂着一层薄薄的毛毛细雨，雨滴像悬浮在空中。我打了个哆嗦，沙德伍兹沼泽的苍凉中带着一种壮丽感。

站在这里，我们都难以相信自己离曼彻斯特这么近。唯一的生命迹象就是远处的羊群和零星隐藏在具有防护性的凹陷处的那些石头砌成的农舍。这个高度的山坡见不到树，但地面上覆盖着一层草，其间点缀着一块块赤裸的泥煤，形成一块绿色和棕色相间的地毯，夹杂着已经凋谢了的紫色石楠花。

“我们需要走多远？”苏菲一边问我，一边去后座上拿她的拐杖。

“不会很远。”我回答道，希望自己没有记错。我的良心不想给苏菲带来更多伤害。

“你确定就是在这里吗？”她问道。

老实说，我不确定，但应该八九不离十了。我们开始朝远离小路的方向走去，走进沼泽地里，爬上一道木栅栏。“你觉得他会来吗？”我问苏菲。我对与他见面感到紧张，但应该让他来。

“他说他会来，他之前从没让你失望过，不是吗？”苏菲一屁股坐到松软的地面上，显然不在意那一定能穿透她牛仔裤的潮气。“你想要单独待一会儿吗？”她问道。

但我不想一个人。我只想等等看他会不会来。

我们默默地等着，也许我们俩都在聆听那种安静。

终于，我们听到远处传来轮胎嘎吱嘎吱地压过高低不平路面上的石头的声音。灌木丛中的一只野鸡被惊扰到后发出一阵骚动，嘹亮刺耳的叫声吓了我一跳。

那辆车停在我的车后面，一个男人走下车来，甩手关上了身后的车门。我喘了口气。

他把头发留到了及肩处，潮湿的空气让发梢微微卷曲。就在那一瞬间，我相信世上真的有不可思议的事。

苏菲挣扎着站起来。“你找到我们了！”她喊道。

他点了点头，却看向我，仔细地查看我的脸，看我是不是好好的。

“你近来好吗，丽芙？我已经几个月没见你了。过来这里。”他张开双臂。

我不需要他再喊一遍。我喉头发紧，几乎说不出话来。“谢谢你能来，萨米尔。”说出这个名字时我的声音嘶哑了。我几乎要叫他丹了。我非常感激这个人——对他的感激之情不亚于对苏菲的。

“我不知道要对你们俩说什么，要怎么感谢你们所做的一切。”

“他是我弟弟，丽芙。否则你还能怎么想？”萨米尔说道。虽然过去了这么多年，他的创伤至今未愈。

“而你是我最好的朋友，”苏菲插话说，“我们不能让你一个人来做这件事。被那个愚蠢的女人拍到照片时我差点儿把事情搞砸了。”

“但你没有。在某种程度上，罗伯特对那张照片的反应让这一切变得更加合理可信了。这件事对你们两个而言都非常危险。”我说道，我知道这一点是真的，“要是……”

“嘘，”萨米尔说着抬起手指放到我的唇上，“罗伯特已经被逮捕五个月了，他已经被判了谋杀罪，也没有人来抓我要 DNA 样本。他们现在不会这么做，你就别担心了。”

我稍微跟萨米尔拉开点距离，点了点头。我不知道这件事是不是会一直安好，但孩子们必须要得到终生的保护。

“我们可以走了吗？”我说，“我觉得应该没有多远了。”

我们开始走，急切地想要到那里去。但同时，这种对死亡的最终确认还是让人难以忍受。

“你为什么觉得罗伯特把他埋在了这里？”萨米尔问。

我很难解释清楚，但还是尽力解释。

“罗伯特没什么想象力，他一直对沼泽谋杀案很感兴趣，尤其是最后一个受害者基斯·班奈特的尸首一直没被找到这件事很吸引他。大约七年前我怀着比利的时候他带我来到这里，说散散步对我们俩都有好处。我们就在离这里远一些的地方停了下来，我累了，坐到一块石头上。罗伯特开始讲沼泽谋杀案。”

我不知道现在这种状态下，我还能不能继续讲这个故事。但萨米尔需要知道他弟弟的遭遇，我不能回避事实。

“我记得他说过一句话，每一个字我都记得清清楚楚：‘我想知道有多少尸体埋在这里，你此刻可能就站在其中一具的上方。’这话听来让人毛骨悚然，但他当时却在笑。”

我看看萨米尔又看看苏菲，知道他们开始明白罗伯特扭曲的思想了。我无言地伸出双手。萨米尔抓住其中一只，苏菲抓住另一只，先后鼓励性地轻握了一下。

“你什么时候意识到他杀了丹和你父母？”萨米尔问道，“你是什么时候弄明白的？”

我看着苏菲，对她露出一丝笑容。这全是我再次见到她的时候开始明白的，距离现在快两年了。从她告诉我罗伯特就是那个恐怖男的那一刻起，一切都变得一目了然。

“当苏菲说她见过你，而自从丹离开我之后你就没有得到他的一点音信时，我就知道丹一定是死了。丹那么爱你，萨米尔。他决不会和你，还有你们家的其他人断绝来往。我也从来不认为我父母的死是一次意外。”

那一刻，我说不出话来，于是苏菲就替我接着往下讲了。“我让丽芙把所有的事情都仔细想了一遍，从她遇到罗伯特的第一天起。当她告诉我公寓一开始出售还不到几个小时他就敲响了她的房门，并且二话不说就买下来时，我就知道这绝非巧合。而后他又在丽芙父母去世的时候驾着他该死的车去了，而她却完全不记得曾经把父母的住处告诉过他，所以我们就开始怀疑从他充满魅力地介绍自己的那一刻起的所有事情，一直到他威胁要杀掉孩子们的那个晚上。”

“那丹呢？”萨米尔又问道，他温柔的棕色眼睛看了看我，像极了他的弟弟。

“我发现罗伯特对丹的了解程度超过了他应该知道的范畴，我得到的第一个实质性证据是听到罗伯特跟贾兹说她的父亲逃到了澳大利亚。我从没有告诉过罗伯特这件事，我没有告诉任何人，因为丹扔下我和孩子一走了之，我觉得很丢脸。警察知道这件事，后来我才告诉了你们俩，从没有跟其他人说过。罗伯特一定是杀了丹，然后带着丹的手机和信用卡坐上了火车。可怜的贾兹，罗伯特没有权利把那件事告诉她。”

“那我的女儿怎么样了？”萨米尔绷着脸问道。

我把眼睛闭上了一会儿，对这个谎言感到羞愧，但我别无选择。我默默地向丹纳什祷告道歉后转向了他的哥哥。“哦，上帝，我很抱歉，萨米尔。我不希望走到这一步。”

萨米尔大笑起来。“我是开玩笑的，丽芙。如果她真是我的女儿我会很自豪。我已经把所有事情都告诉了我的妻子，她在跟警方交涉的时候做得很好，她会全力支持我们的。”

我愁眉不展地看了他一眼。我一直都相信萨米尔知道什么是安全的，但他冒了最大的风险。他慢慢地抽取自己的血液，连续数天一品脱一品脱细心地抽取，为布置谋杀现场做准备。我们原本以为把萨米尔的旧手套丢进丹的物品箱内就足够给警察提供DNA证据，但他们也有可能会检测贾兹的DNA，那样他们就会知道那些血来自她的叔伯，所以那个谎言是必要的。我知道丹会原谅我撒了这个谎。

我们走的每一步都有许多潜在的风险。如果普雷斯顿太太认出在午夜走下汽车的那个人比罗伯特高的话怎么办？我们希望萨米尔走上那条路的时候应急灯可以晃花她的眼睛，但还有许许多多因素跟警方的技术和邻居的八卦程度相关。

我长吁了一口气。看起来一切都结束了，我们在夜里终于可以安稳地睡上一觉了。

我松开萨米尔的手，抓住他的手臂，把他拉到身边，好让头靠到他的肩上。如果我闭上眼睛，仅那一瞬间，我可以想象他就是丹。

“我觉得我们已经到了，或者说从我能猜到的程度来看已经很接近了。这里差不多就是罗伯特让我站着想象脚下可能有什么的地方，知道了他扭曲的想法，我们应该不会离得太远。”

我依次看了看他们俩。

苏菲对我露出感伤的笑容，萨米尔只点了一下头。

我打开包，抽出一支白色的玫瑰，把它拿近我的嘴唇，迅速亲了一下然后跪了下去，把它轻柔地放在湿漉漉的土地上，感受到萨米尔搭在我肩上的手传来的温度。

“送给你，我亲爱的丹。为了你过去的一切，为了你对于我的意义，为了我们漂亮的女儿。我很抱歉曾经怀疑过你的爱。”

致 谢

在写本书的过程中，我得到了许多人的帮助，我要再一次由衷地感谢有这么多人热心地为我出谋划策。

我要特别提到几个人，一如既往地，我要感谢约翰·温特默，感谢他对警务工作的洞见，并事无巨细地解答我的每一个问题。写这本小说时，我也向奥尔德尼岛警方的科林·索尔韦征求了建议，他给我提供了极大的帮助，并不计酬劳地把时间花在了我身上。如果本书中出现了任何纰漏，责任在我，是我为写这个故事而犯下的，与他人无关。

在本书的一些法医细节方面我也需要帮助，我想感谢迈克·西尔弗曼，他的书《用鲜血写成》出版于二〇一四年二月十三日。

有很多人给我提供了弥足珍贵的信息，其中一些我没有完全用到本书中，但仍要对这份长得惊人的名单上的所有人表示深深的谢意，谢谢你们不惜辛苦给我提供了从 IP 地址切换到物证调查等各方面的知识。我只能略提几个人，感谢凯特·布里顿、史蒂夫·罗杰斯、林赛·托马斯、蒂姆·迪金森、布伦达·邓肯、贝基·斯克里夫纳、约翰·拉夫尔、迪亚哥·贝尼托，以及奥尔德尼航空服务公司、Eyetek、Tor Project 和 iPrivacy 公司的员工。

我早期的读者一直都是我的得力智囊，他们给我提供了极好的反馈和建议，在过去一年里，有一个小团体在许多方面给我提供了帮助。谢谢凯西、朱迪思、夏洛特、凯里、安、约翰、凯瑟琳、里克以及安德里亚。特别感谢奥尔德尼岛善良的居民，你们是那么热情好客。抱歉我擅自使用了几次你们美丽岛屿的地理知识。

因为我总是犹豫不决、不停改变主意，设计师阿兰·卡彭特长期饱受煎熬，但他这次依然为我制作出了精美绝伦的封面。

一如既往地，我要特别感谢我的代理利奇·克雷默，她是最好的，没人能超过她。一直以来，她都为我提供了极大的支持和指导，大卫·海厄姆版权代理团队的其他人士也一样，尤其是罗拉和哈里特。我不知道利奇和哈里特读这份手稿读了多少遍，但他们的帮助和指导，还有两位极其出色的编辑——克莱尔·宝隆和莉齐·迪普尔的付出，为这本书增色不少。我对你们的谢意无以言表。

图书在版编目(CIP)数据

笼中的爱人/(英)阿博特著；李娟译.—天津：
百花文艺出版社，2016.5
ISBN 978-7-5306-6895-5

Ⅰ.①笼… Ⅱ.①阿…②李… Ⅲ.①长篇小说－英
国－现代 Ⅳ.①I561.45

中国版本图书馆CIP数据核字(2015)第273152号

著作权合同登记号 图字：02-2015-191

笼中的爱人
(英)蕾切尔·阿博特 著
李娟 译

出 版 人 李勃洋
出 版 方 百花文艺出版社
地　　址 天津市和平区西康路35号　　邮编 300051
电话传真 +86-22-23332651（发行部）
　　　　 +86-22-23332656（总编室）
　　　　 +86-22-23332478（邮购部）
主　　页 http://www.baihuawenyi.com
发 行 方 新经典发行有限公司
　　　　 电话(010)68423599　　邮箱 editor@readinglife.com
经　　销 新华书店

责任编辑 郭 瑛
特邀编辑 崔 健 黄莉辉
装帧设计 韩 笑
内文制作 杨兴艳

印　　刷 三河市宏图印务有限公司
开　　本 890毫米×1270毫米 1/32
印　　张 9.75
字　　数 263千字
版　　次 2016年5月第1版
印　　次 2016年5月第1次印刷
书　　号 ISBN 978-7-5306-6895-5
定　　价 39.50元